ullstein

LENE DAMONTE ist eine deutsche Autorin, die ihr zweites Zuhause, ihren Ort der Inspiration und ihren Schreibmittelpunkt in Italien gefunden hat. Dort schreibt sie in einem kleinen Ort am Meer ihre Geschichten über das Leben und alles, was dazu gehört.

Lene Damonte

PS. Über Apulien leuchtet die Liebe

Roman

Ullstein

Besuchen Sie uns im Internet:
www.ullstein.de

Originalausgabe im Ullstein Taschenbuch
1. Auflage Juni 2023

Umschlaggestaltung: zero-media.de, München
Titelabbildung: © FinePic®, München
Gesetzt aus der Albertina powered by *pepyrus*
Druck und Bindearbeiten: ScandBook, Litauen
ISBN 978-3-548-06739-1

Teil I

Dovrà finire prima o poi/
Questa lunga storia d'amore

(Sie muss früher oder später enden/
Diese lange Liebesgeschichte)

Prolog

Wie alles begann

Wenn Rosa an Lenni dachte, sah sie seine blonden Locken, seine blauen Augen mit den dunklen Tupfern, die so sehr dem Ozean glichen, und sein Lächeln. Sein Lächeln, das ununterbrochen auf seinen vollen Lippen lag, egal, was er tat. Oder egal, was andere taten. Lenni begegnete jedem mit einem Lächeln. Das war sein Talent. Es war ihm angeboren, er konnte gar nicht anders. Sein Lächeln war das Erste, was Rosa aufgefallen war, als sie sich auf Annas Gartenparty trafen.

Und es war das Erste an Lenni, in das sich Rosa verliebte. Obwohl. Moment. Zuallererst verliebte sie sich in die Art, wie er tanzte. Er tanzte nämlich ganz und gar nicht gut. Es war das Lustigste, was Rosa je gesehen hatte.

So begann alles.

Die Obstbäume waren mit Lampions geschmückt, die in blauer, gelber, roter und grüner Farbe leuchteten, das Licht ließ die Äste und Blätter in seltsamen Formen und Schattierungen erscheinen, ihre Kronen sahen aus wie die extravaganten Frisuren der Marie-Antoinette. Wie riesenhafte Besucher eines Maskenballs aus dem 18. Jahrhundert, dachte Rosa, als sie durch Annas Garten wandelte und das Fest, die Musik, die Farben und Gerüche auf sich wirken ließ. All ihre Sinne wurden angesprochen, sie atmete tief ein, der betörende Geruch von Blüten, Frühling und frisch gebackenem Obstkuchen, von dem Anna immer mindestens zehn Bleche für ihre Sommerpartys backte, erfüllte den Garten. Vergnügtes Gemurmel und heiteres Gelächter erklangen aus jeder Richtung, Rosa ließ sich einlullen, ließ sich treiben durch die warme Nacht, die so vieles bereithielt, das spürte sie ganz deutlich. Sie hatte zwei Stunden damit verbracht, sich für Annas Gartenparty herzurichten, hatte ihre Lieblingsplaylist eingeschaltet und war durch die Wohnung getanzt. Mehrere Kleider hatte sie anprobiert, war darin ein paar Runden durch Küche und Schlafzimmer gehopst, hatte sich ausgelassen zur Musik bewegt, um zu prüfen, welches der Kleider für einen beschwingten Sommernachtstanz am ehesten infrage käme. Sie entschied sich für ihr weißes Leinenkleid und dafür, ihre langen Locken offen zu tragen. Einen kleinen Haarreif bestückte sie mit Blüten und setzte ihn sich auf den Kopf, um ihre wilde Mähne etwas zu bändigen. Sie hatte sich kleine braune Ledersandalen gekauft und ihre Zehen in einem zarten Türkis lackiert, eine Minitasche aus Bast umgehängt, und fertig war ihr perfektes Sommerparty-Outfit.

Für sie begann der Sommer immer mit diesem Fest. Jedes Jahr am ersten Juliwochenende versammelten sich um die fünfzig Freunde und Bekannte in Annas Garten und läuteten die schönste Zeit des Jahres ein. Bereits Wochen im Voraus berichtete Anna von ihrer Planung, von dem neuen Kuchenrezept, das sie ausprobiert und das Ergebnis für himmlisch befunden hatte. Sie schwärmte Rosa von ihrer diesjährigen Deko für die Terrasse und die Obstbäume vor und schickte ihr die Playlist, die sie zusammengestellt hatte.

Und auch diesmal war es ein großer Erfolg: Rosa sah in fröhliche Gesichter, beobachtete die vielen tanzenden Gäste, die fliegenden Haare und Röcke, sie lächelte einigen jungen Frauen zu, die sich auf den Stufen der Terrasse niedergelassen hatten, jede barfuß und mit einem Glas Sekt in der Hand. Eine kleine Gruppe spielte etwas weiter unten im Garten Frisbee, in der Mitte war die große Feuerschale aufgebaut, um die herum Baumstämme als Sitzgelegenheit lagen. Noch saßen dort nur zwei junge Männer, die versuchten, das Feuer anzufachen. Hin und wieder blies einer der beiden voller Inbrunst in die glimmenden Zweige und Holzscheite, und einige Funken verteilten sich über ihnen, tänzelten durch die Nachtluft und erloschen im Flug. Rosa setzte sich ihnen gegenüber auf einen Stamm und beobachtete weiter das Treiben im Garten. Es war ihre liebste Beschäftigung, wenn sie irgendwo ankam, sei es auf einer Party, bei einem Konzert, auf einem Trödelmarkt oder sonst wo. Sie liebte es, zuerst die Menschen zu beobachten, ganz allein und in Ruhe umherzuschlendern und sich ein Bild zu machen. Sie hatte das Gefühl, die Atmosphäre eines Ortes viel besser aufzunehmen und in Erinnerung zu behalten, wenn sie sich nicht direkt ins Getümmel warf. Außerdem sammelte sie so viele Eindrücke und Inspirationen, das kreative Zentrum ihres Gehirns lief in diesen Momenten auf Hochtouren.

Doch diesmal sollte sie für ihre anfängliche Momentaufnahme nicht viel Zeit haben, denn schon von Weitem hörte sie Anna aufgeregt ihren Namen rufen. Sie sah ihre Freundin barfuß, in einem mintfarbenen Rock und weißen Top auf sie zuspringen, die Arme weit ausgebreitet, wie in einem romantischen Film. Beinahe kam es Rosa so vor, als rannte Anna tatsächlich in Zeitlupe durch die feiernden Gäste.

»Rosa, meine Liebste, ich habe dich gar nicht kommen sehen! Entschuldige, aber man wird hier förmlich von den Gästen zerrissen«, sagte Anna lachend und fiel Rosa überschwänglich in die Arme.

»Immer mit der Ruhe. Ich lasse gerade dieses wunderbare Fest auf mich wirken, wie schön alles geworden ist!«, sagte Rosa.

»Toll, nicht? Ich habe aber auch die ganze Nacht dekoriert und gebacken! Ben hat mir zum Glück die letzten Handgriffe abgenommen, als ich auf der Couch eingeschlafen bin. Wie findest du die Musik?«

»Alles passt ganz wunderbar, Anna, die Musik ist perfekt.«

Rosa sah zu den ausgelassen tanzenden Menschen in der Mitte des Gartens, zwischen Lavendelsträuchern und Rosenbüschen bewegten sie ihre Hüften und Beine zum Rhythmus der Musik, die aus Lautsprechern in den Bäumen ertönte. In diesem Moment fiel Rosas Blick auf einen jungen Mann, der völlig ziellos durch die Tanzenden stolperte. Sie war sich zuerst nicht sicher, ob er unbeabsichtigt dazwischengeraten war. Seine blonden Locken lagen ihm wild im Gesicht, wippten auf seinem Kopf mit jedem Schritt, den er tat, und jetzt ahnte Rosa, dass das, was er dort vollbrachte, tatsächlich eine

Art Tanz sein sollte. Sie musste lachen, konnte ihren Blick nicht von ihm abwenden, sah sein breites Lächeln und seine geschlossenen Augen, wie in Trance taumelte er über die Wiese, zwischen all den anderen Füßen, Beinen, Armen, Schultern, ließ sich treiben, durch die Musik. Er war schön, dachte Rosa, nicht nur äußerlich, seine ganze Ausstrahlung berührte sie, und sie bekam bei seinem Anblick ein seltsam warmes Gefühl im Bauch.

Anna stupste sie an, und als Rosa sie überrascht ansah, grinste Anna wissend.

»Der gefällt dir, stimmt's?«

Rosa war es unangenehm, dass sie anscheinend eine ganze Weile diesen wildfremden Mann angestarrt hatte, aber ja, Anna hatte natürlich recht, er gefiel ihr sehr.

»Kennst du ihn?«, fragte sie ihre Freundin.

»Klar, das ist Lenni, der Nachbar von Ruth.«

»Ruth?«

»Meine Arbeitskollegin. Wir waren doch vor ein paar Wochen mal zusammen Mittag essen, am Kanal, erinnerst du dich nicht?«

»Ach natürlich, ja, klar erinnere ich mich daran«, sagte Rosa, die schon wieder von Lennis Anblick gefesselt war.

»Ich stell euch vor«, sagte Anna mit einem Mal, sprang auf und hüpfte beschwingt in Richtung Tanzfläche.

»Anna, nein, komm zurück!«, rief Rosa und als Anna sich nicht mehr zu ihr umdrehte, sondern entschlossen in Richtung Lenni stapfte, hielt sie sich die Hände vors Gesicht und seufzte auf. Diese Verkupplungen gingen doch immer nach hinten los.

Aber plötzlich stand er vor ihr.

»Rosa, das ist Lenni.«

Sie redeten die ganze Nacht. Tranken Wein, tanzten, redeten, saßen am Feuer, redeten, tanzten. Es war, als hätte Rosa ihren besten Freund aus einem früheren Leben getroffen. Keine einzige Pause gab es in ihren Gesprächen, keinen peinlichen Moment der Stille, die Themen sprudelten nur so aus ihnen heraus, und plötzlich begann Lenni von seiner Keramik zu sprechen.

»Du bist Keramiker?«, fragte Rosa mit leuchtenden Augen.

»Ich würde mich eher als Künstler bezeichnen, aber ja, ich mache meine Skulpturen aus Ton«, sagte Lenni lächelnd.

»Ich bin Keramikerin! Ich arbeite an der Scheibe und mache mehr so Geschirr und Gebrauchskeramik.«

Rosa winkte ab, als seien ihre Tassen und Schalen nicht annähernd so interessant wie Lennis Tonskulpturen.

»Ich wollte schon immer mal das Töpfern an der Scheibe lernen«, sagte er dann, und Rosa verliebte sich zum mindestens hundertsten Mal in dieser Nacht in sein Lächeln.

»Ich kann‘s dir zeigen, wenn du willst«, sagte sie und dachte noch im selben Moment, wie blöd sich das anhört, wie durchschaubar.

»Liebend gern, das ist eine super Idee!«, fand Lenni und ließ jede Peinlichkeit aus diesem Moment entweichen wie aus einem Luftballon mit Loch.

Stunde um Stunde verging, nach jedem lebhaften Tanz, nach jedem weiteren Glas Wein rutschten Lenni und Rosa näher auf dem Baumstamm vorm Feuer zusammen. Rosa hatte sich lange nicht mehr so wohlgefühlt, so frei und ausgelassen – sie wusste, dass das der Anfang eines ganz besonderen Sommers sein würde. Am Ende hörten sie die ersten Vögel zwitschern, hinter den Dächern wurde es langsam hell, die meisten Gäste waren längst gegangen. Lenni hatte seinen Arm um Rosa gelegt und streichelte ihr sanft die Schulter.

»Es wird langsam ein bisschen kühl, findest du nicht?«, fragte Rosa, und Lenni drückte sie einfach ein bisschen fester an sich.

»Vielleicht sollten wir bald nach Hause gehen«, flüsterte Rosa und ärgerte sich sofort, dass sie das gesagt hatte, denn am liebsten wäre sie ewig hier in seinem Arm geblieben, kein Stück wollte sie sich von ihm wegbewegen. Der vernünftige Teil ihres Gehirns hatte übernommen, und sie hatte es nicht rechtzeitig verhindern können.

»Du hast recht«, sagte Lenni und gähnte demonstrativ.

Im Garten standen und lagen überall Gläser, Teller und Besteck verteilt, einige Weinflaschen waren, wie Blumen, in die Beete gestellt worden. Quer über der Wiese lag eine Lampionkette, die flackerte, als würde sie ihre letzten Atemzüge tun. Vorsichtig schlichen Lenni und Rosa ins Haus und sahen sich um, auf der Suche nach Anna.

»Hier ist sie«, flüsterte Lenni und winkte Rosa von der Sofaecke zu. Anna war mit einem Kuchenteller in der Hand eingeschlafen. Süß sah sie aus, wie sie ganz friedlich dort lag, als hätte sie die Müdigkeit mitten beim Essen überkommen.

»Lassen wir sie schlafen, ich komme am besten morgen noch mal, um ihr beim Aufräumen zu helfen«, sagte Rosa und nahm wie selbstverständlich Lennis Hand. Was tue ich denn da, dachte sie. Der Alkohol war ihr wohl zu Kopf gestiegen.

»Gut, gehen wir nach Hause«, sagte Lenni und lächelte sie an, lächelte mit seinen Lippen, seinen Augen, seinem ganzen Wesen, und Rosa fühlte plötzlich, dass sie keinen Tag mehr ohne ihn verbringen wollte.

Sie liefen am Ufer des kleinen Sees entlang nach Hause. Die Luft war frisch und erfüllt vom Zwitschern der Vögel, sie tauchten die gesamte Landschaft in ihre fröhliche Morgenmelodie. Die Sonne war ihr Dirigent, dachte Rosa, der gerade auf sein Pult stieg und die ersten Schwünge mit dem Taktstock tat. Lenni hatte seinen Arm wieder um ihre Schultern gelegt und drückte sie fest an sich, während sie den kleinen Uferweg entlangschlenderten. Das war gut, dachte sie, allein hätte ich vielleicht gar nicht mehr gerade gehen können.

»Wie viel Wein haben wir eigentlich getrunken?«, fragte Lenni just in diesem Augenblick, als hätte er ihre Gedanken gelesen.

»Zu viel«, antwortete sie und legte ihren schweren Kopf an seine Schulter.

»Gerade richtig, würde ich eher sagen«, entgegnete Lenni grinsend. Dann blieb er plötzlich stehen, schob Rosa vor sich, sodass ihre Gesichter ganz nah beieinander waren. Er streichelte ihr sanft über die Wangen und lächelte wieder so, dass ihr der Boden auf einmal ganz weich vorkam, als würde sie langsam im Uferschlamm versinken und rein gar nichts dagegen tun können.

»Alles war doch gerade richtig, nicht?«, flüsterte Lenni, und seine Lippen näherten sich ihren ganz langsam, bis sie aufeinandertrafen, und ab diesem Moment verschwamm in Rosas Kopf alles zu einer weichen, hell glitzernden Zuckermasse.

So erzählte sie es jedenfalls Anna einige Stunden später, als sie leicht verkatert und übermüdet wieder in ihrem Garten saßen und die Kuchenreste verdrückten.

»Es war unglaublich, Anna. Die Vögel, das sanfte Morgenlicht, der stille See und Lenni. Und Lennis Lippen und sein Lächeln.« Rosa seufzte laut und schob sich ein Stück Kuchen in den Mund, der jetzt sogar noch besser schmeckte als letzte Nacht.

»Ach Rosa, das klingt ja so romantisch, wie in einem Kitschfilm! Ich freue mich so für euch! Und wie geht's jetzt weiter?«, fragte Anna mit erwartungsvollem Blick.

Rosa zuckte mit den Schultern und kuschelte sich an ihre Freundin.

»Keine Ahnung. Er hat mich nach Hause gebracht, wie ein Gentleman, hat mir seine Jacke gegeben, und wir haben uns verabschiedet. Das war's.«

»Das war es noch lange nicht, Rosa, da bin ich mir sicher! Immerhin hast du seine Jacke, stimmt's?« Anna zwinkerte ihr zu, und beide mussten lachen.

Um sie herum lagen die Bäume im goldenen Licht eines neuen Julitages, und für Rosa fühlte sich alles wie der Beginn von etwas ganz Wundervollem an.

Etwas Wundervollem, das jedoch nur von kurzer Dauer sein würde.

Denn als Lennis Lächeln erstarb, zerbrach auch Rosas Welt. Er sah sie mit seinen blauen, dunkel gesprenkelten Augen an, und beinahe war sie wütend, dass sogar in seinen Augen immer noch ein Lächeln lag. Wie schafft er das bloß?, fragte sie sich.

Stundenlang saß sie an seinem Bett und hielt seine Hand. Sie hatte ihn aus dem Krankenhaus zu sich nach Hause geholt, als sicher war, dass es nicht mehr lange dauern würde. Sie wollte Lenni ganz nah sein. Jede einzelne Sekunde nutzen, die sie ihn noch bei sich haben konnte. Das Ende gab es für sie nicht in diesen letzten Tagen. Es gab nur sie und Lenni. Lenni, der kurz bevor er seine lächelnden Augen das letzte Mal schloss, sagte: Ich möchte, dass du glücklich wirst, Rosa.

I

Rosas Küchenfenster ging in den Hinterhof, in dem die kahlen Winterbäume standen. Sie saß am Tisch und starrte hinaus, allmählich begann es zu regnen, die kleinen Tropfen klopften gegen die Scheibe, wurden immer mehr und spielten eine kleine Melodie. Rosa hielt ihre große runde Keramiktasse mit beiden Händen umschlungen und schlürfte den noch heißen Tee. Der Geschmack von frischer Minze und herbem Ingwer breitete sich auf ihrer Zunge und in ihrem ganzen Mund aus. Der Topf mit der Pfefferminzpflanze war das Einzige, was überlebt hatte, all das andere Grünzeug war in den letzten Monaten eingegangen. Den Ingwer hatte sie vor zwei Tagen gekauft, das erste Mal, dass sie wieder etwas Gesundes im Supermarkt mitgenommen hatte. Langsam kam die Wärme zurück in ihren Körper. Seit den frühen Morgenstunden saß sie nun schon hier, frierend war sie wach geworden. Sie hatte die halbe Nacht nicht schlafen können, Ideen waren in ihrem Kopf hin und her gesprungen. Manchmal fühlte es sich an, als würde ihr Kopf vor lauter Einfällen explodieren. Das ging schon einige Wochen so, doch Rosa versuchte, sie so gut wie möglich zu verdrängen. Es ist noch nicht so weit, sagte sie sich immer wieder. Es ist noch zu früh. Lenni war nun schon fast ein Jahr nicht mehr da ... Kein Unfall, kein plötzliches Ereignis hatte ihn davongerissen, sondern eine Krebserkrankung, gegen die weder die Ärzte noch Lennis Zuversicht angekommen waren. Das war das Bitterste gewesen, zu sehen, wie seine Hoffnungen nach und nach erloschen. Rosa schloss die Augen, um ihre aufsteigenden Tränen zu unterdrücken. Müde stellte sie die Tasse auf den alten Holztisch, den sie gemeinsam mit Lenni weiß angestrichen hatte, als sie vor drei Jahren eingezogen waren. »Es muss aber alt aussehen, nicht so glänzend weiß«, hatte sie ihm gesagt. Also hatte er kurzerhand ein Stück Sandpapier genommen und damit über den Tisch geschliffen. Danach war der Tisch perfekt gewesen, und das war er jetzt immer noch, fand Rosa. Sie fuhr sanft mit dem Zeigefinger über das lackierte Holz. Dann fiel ihr Blick wieder auf die Tasse in ihren Händen, noch so ein für sie perfekter Gegenstand. Ein Gefäß, das sie vor Jahren schon gefertigt hatte, in ockerfarbenem Ton und mit weißer Glasur. Oben am Rand war sie nur ganz dünn und der braune Ton schimmerte hindurch. Am unteren Rand hatte sie die Tasse unglasiert gelassen, da war sie rau. Und innen schimmerte ein dunkles Türkis. »Wie am Meer«, hatte sie zu Lenni gesagt, »das kräftige Blau, dann die sanfte, weiße Gischt und unten der ockerfarbene Sandstrand.«

Rosa fertigte ihre Keramik schon immer so, der Natur ganz nah. Das Meer war dabei ihre liebste Inspiration. Sie war vernarrt in seine Farben, die vielen verschiedenen Nuancen, manchmal war es dunkel und rau, dann wieder freundlich mintgrün oder azurblau. Wenn sich die Sonne darin spiegelte, konnte es sogar golden erscheinen. Und auch der Strand hatte so viele verschiedene Facetten, die sie wunderbar im Ton festhalten konnte. Manchmal weiß und weich unter den Füßen, dann wieder steinig und rau. Um diesen Effekt zu erhalten, mischte sie kleine Stücke festen, dunklen Ton in den helleren braunen.

Rosas Tee war kalt geworden, so lange hatte sie sich ins Formen und Erschaffen geträumt. Sie wusste, dass sie nicht mehr lange zu Hause sitzen konnte. Bald musste sie wieder in ihr Atelier und ihre Hände in das Material tauchen, das sie am allermeisten liebte – oder geliebt hatte, denn im Moment konnte sie nur mit Widerwillen daran denken.

Rosa stand auf, um die Tasse noch einmal mit heißem Wasser zu befüllen. Ein zaghaftes Klopfen an der Wohnungstür ließ sie zusammenzucken, und beinahe hätte sie die Tasse fallen gelassen.

»Rosa, bist du da?«

Natürlich erkannte Rosa die Stimme ihrer besten Freundin sofort. Sie hatte Anna seit Tagen nicht zurückgerufen, sich in ihrem Bett verkrochen und endlos amerikanische Serien geschaut. Ihr Nachttisch sah schlimm aus, mehrere angefangene Tafeln Schokolade, Taschentücher, Kopfschmerztabletten, leere Plastikflaschen, alte Teebeutel und labbrige Apfelsinenschalen lagen in kleinen Haufen um die Leselampe verteilt. Auf dem Boden neben ihrem Bett türmte sich ein Berg schmutziger Wäsche, den sie seit drei Wochen nicht angefasst hatte. Sowieso trug sie seit geraumer Zeit dieselbe Jogginghose, und auch ihre Unterwäsche hatte sie nur sporadisch gewechselt, immer dann, wenn sie zum Supermarkt musste, um Essbares zu holen. Rosa fühlte sich wie eine Einsiedlerin, weitab von der Zivilisation, obwohl sie direkt in einen Strom von Menschen fiel, sobald sie aus ihrer Haustür trat. Berlin Neukölln eignete sich wirklich nicht für das Einsiedlertum.

»Rosa, ich weiß, dass du da drinnen bist, wo sollst du auch sonst sein! Komm schon, mach die Tür auf!«

Als Rosa weiter schwieg, rief Anna ein herzzerreißendes »Ich vermisse dich!« hinterher.

Rosa sah sich um. Selbst für ihre beste Freundin musste ihr derzeitiger Anblick und der ihrer Wohnung eine Zumutung sein. Sie überlegte, noch schnell etwas aufzuräumen, bevor sie die Tür öffnete, entschied dann aber, sich in ihrem ganzen Leid zu präsentieren – Anna hatte es ja nicht anders gewollt.

»Du hättest auch anrufen können«, murmelte Rosa ihrer Freundin zur Begrüßung entgegen.

»Du nimmst doch nicht mehr ab! Nach unserem letzten Gespräch habe ich mir Sorgen gemacht, Rosa, du hast einfach aufgelegt.«

»Tut mir leid«, sagte Rosa zerknirscht. Sie hatte nicht die Energie gehabt, das Gespräch zu Ende zu führen.

»Ich weiß, du wolltest das nicht hören, aber was soll ich denn machen, ich bin deine Freundin, ich will, dass es dir gut geht. Und ich finde, dass du wieder rausgehen solltest, unter Leute, wenigstens ein bisschen. Oder in dein Atelier für ein, zwei Stunden!«

Anna hatte recht. In Rosas Hals bildete sich ein Kloß, sie

wurde plötzlich unheimlich traurig, und noch dazu fühlte sie sich schuldig.

»Es geht noch nicht, Anna«, flüsterte sie, ohne ihrer Freundin in die Augen zu sehen.

Anna schob Rosa sanft in die Wohnung und setzte sie vorsichtig auf einen Küchenstuhl.

»Das verstehe ich. Aber ich kenne dich doch, Rosa. Ich weiß, dass du in schweren Zeiten deine Kreativität am meisten brauchst.«

»Ich weiß einfach nicht, wie ich gerade kreativ sein soll, ich habe so viele Ideen, aber allein bei dem Gedanken, in die Werkstatt zu gehen, zieht sich alles in mir zusammen. Schließlich war es auch Lennis Atelier. Alle seine Sachen sind noch da.« Rosa versuchte, den Kloß in ihrem Hals, der dort schon seit Monaten saß, herunterzuschlucken, aber es gelang ihr einfach nicht.

Anna nahm Rosa fest in den Arm, drückte sie so sehr an sich, dass Rosa nicht anders konnte, als in ein raues Schluchzen auszubrechen.

»Ist schon gut, wir schaffen das!«

»Ich weiß nicht, ob ich das schaffe, Anna. Aber du hast recht. Ich sollte etwas tun, sonst werde ich hier verrückt so ganz allein. Es ist nur so verdammt schwer!«

2

Es fühlte sich seltsam an, wieder im Atelier zu sein. Rosa schloss die Tür hinter sich und blieb für einen Moment wie angewurzelt stehen. Unsicher und ohne wirklich zu wissen, was sie hier wollte, blickte sie durch den Raum. Ihre Töpferscheibe stand inmitten von Tonresten, um den kleinen Hocker lagen dreckige Tücher, daneben stand ein Eimer mit dunkelbraunem Wasser. Ihr Werkzeug lag noch auf der kleinen hölzernen Ablage, die an der Scheibe angebracht war. Und auf der Scheibe befand sich noch immer die Schale, die sie zuletzt gedreht hatte, eingetrocknet und ein wenig schief. Sie war nie fertig geworden.

Ganz langsam bewegte Rosa sich zu ihrem Arbeitsplatz, blickte starr geradeaus. Sie setzte sich auf den kleinen Hocker, auf dem noch Tonreste klebten, strich mit ihren Fingern vorsichtig über das eingetrocknete, unfertige Gefäß. Der Ton war kalt und glatt. Ihr Herz schlug schneller, als das ihr bekannte, so geliebte Material ihre Haut berührte. Sie spürte eine Aufregung, ein warmes Gefühl, ein Lächeln legte sich ganz leicht auf ihre Lippen. Doch dann fiel ihr Blick in die gegenüberliegende Ecke, und sie zog ihre Finger zurück. Lennis Ecke: das große Laken, das er sich immer auf den Boden gelegt hatte, bevor er anfing zu arbeiten und am Abend zusammenlegte, um es draußen im Garten auszuschütteln. Der hohe Tisch, an dem er im Stehen gearbeitet hatte, weil er meinte, Sitzen schade seinem Rücken. Drei unberührte, in Plastik eingeschweißte Tonstücke. Ein angefangenes stand auf dem Tisch, die Plastiktüte verschlossen mit einer Holzklammer. Auf dem Regal neben seinem Arbeitsplatz standen mehrere kleine Skulpturen. Rosa erhob sich von ihrem Hocker und ging zu ihnen hinüber. Sie sahen aus wie kleine Gebirge, die durch eine Art Rutschensystem verbunden wurden. Dass seine Skulpturen kleine Meisterwerke der Keramikkunst waren, daran zweifelte sie keine Sekunde. Aber was hatte er gedacht, als er sie kreiert hatte? Sie musste sich eingestehen, dass sie seine Arbeit nie ganz verstanden hatte. Lenni hatte nicht viel über sein Schaffen geredet, was Rosa immer ein wenig gestört hatte. Sie glaubte, dass es ihm unangenehm gewesen war, denn selbst auf Ausstellungen hatte er wenig über seine Absichten gesprochen. Ihr Blick fiel auf die Tischplatte, auf der ein Blatt Papier lag und daneben ein Bleistift. Sie ging näher heran, ihr Herz begann wieder wie wild zu klopfen. Er hatte sich einen Termin notiert. 12. Oktober.

Rosa entfuhr ein Schluchzen. Lenni hatte gehofft, noch eine letzte Ausstellung schaffen zu können. Unter dem Datum stand in mehrmals nachgezogenen Buchstaben der Name der Galerie. Eine bekannte Adresse in Berlin Mitte, die er schon mehrmals versucht hatte, von seiner Kunst zu überzeugen. Rosa hatte nichts davon gewusst. Er hatte es ihr nicht erzählt, vielleicht weil er selbst nicht sicher war, ob er es schaffen würde. Zuletzt war Lenni so schwach gewesen, dass er nicht mehr ins Atelier gekonnt hatte. Monatelang hatte er nur im Bett gelegen. Rosa musste sich wegdrehen, sie ging ein Stück durch den Raum, atmete tief ein und aus. Mitten im Atelier sank sie in die Hocke, hielt sich die Hände vor ihr Gesicht und weinte.

»Reiß dich zusammen«, sagte sie leise zu sich selbst, nachdem sie eine ganze Weile auf dem Boden gesessen und schluchzend ins Leere gestarrt hatte.

»Mach dich an die Arbeit.«

Rosa stand auf und ging, ein wenig wankend, zur Töpferscheibe, setzte sich auf den Hocker, hob ihr Bein auf die andere Seite, sodass die Scheibe vor ihr zwischen ihren Schenkeln stand. So saß sie still für ein paar Minuten da, und nichts passierte. Keine Eingebung, keine Regung, nichts wollte ihr einfallen. Alle Ideen, die in den letzten Monaten in ihrem Kopf entstanden waren, verschwanden, als seien sie nie da gewesen. Nicht einmal ihre Arme konnte sie heben, ihre Hände auf die Scheibe führen oder an den Sack Ton, der auf dem kleinen Holztisch direkt danebenstand.

»Nichts«, murmelte sie müde vor sich hin. Dann durchzuckte sie ein anderes Gefühl wie ein Blitz: Verzweiflung.

»Rein! Gar! Nichts!«, schrie Rosa und schlug das trockne Gefäß mit voller Wucht von der Scheibe, sodass es an der Wand gegenüber in Scherben zersprang.

3

Seit fast einem Jahr legte Rosa die immer selben Wege zurück und entfernte sich nur selten weiter als ein paar Hundert Meter von ihrer Wohnung. Der Weg zum Supermarkt an der Ecke und wieder zurück gehörte dazu. Sie musste nur in zwei Gänge, holte sich immer das Gleiche: Spaghetti und Pesto. In fünf Minuten war sie wieder raus. Rosa ertrug keine Menschen mehr. Sie war auch vorher nie gesellig gewesen, hatte große Gruppen immer gemieden, aber jetzt spürte sie die Anwesenheit anderer um sich herum so stark, dass es wehtat. Fühlte ihre Blicke, ärgerte sich, ihnen so ausgesetzt zu sein. Früher war sie immer mit Lenni in den Supermarkt gegangen. Sie hatten frisches Gemüse, Kräuter und Zutaten aus den unterschiedlichsten Ländern der Welt gekauft und immer neue Rezepte ausprobiert. In ihrer Küche hatte es jeden Abend nach einer neuen Kreation, einer anderen Kultur, gerochen. Rosa liebte indisches Essen, Lenni war Meister im Zubereiten von italienischen Gerichten gewesen: Pasta, Pizza, Lasagne. Das waren seine Spezialitäten. Doch auch Rosa hatte ihn mit ihrem eigenen Dal- oder Curryrezept aus seinem Arbeitszimmer gelockt, wo er manchmal nächtelang an irgendwelchen neuen Ideen tüftelte. Ihre Art und Weise, mit Ton umzugehen, hätte unterschiedlicher nicht sein können. Lenni war ein Techniker und Perfektionist gewesen. Er hatte sich Platten aus Ton zurechtgerollt und geschnitten und sie millimetergenau aufeinandergesetzt. Mit dieser Technik hatte er außergewöhnliche Formen und Skulpturen geschaffen, die an futuristische Architektur erinnerten. Während Rosa ihre Werke auf Wochen- und Töpfermärkten verkaufte, stellte Lenni seine Arbeit in Galerien und auf Kunstmessen aus. Sie hatte Lenni dafür bewundert, wie sehr er seine Arbeit durchdachte und plante, für jedes neue Stück fertigte er sich Skizzen an, um dann, nach tagelanger theoretischer Vorarbeit, in ihr gemeinsames Atelier zu gehen und genau das Endprodukt zu erschaffen, das er vorher in seinem Kopf entworfen hatte.

Rosa war das genaue Gegenteil. Sie arbeitete intuitiv. Wenn sie sich an ihre Drehscheibe setzte, den feuchten, weichen Ton zwischen ihren Händen spürte, dann lief alles wie automatisch. Der Ton gab ihr die Richtung vor, manchmal schien es ihr, als formte er sich unter ihrer Berührung wie von selbst. Wie eine kleine Kreatur, die sie zähmen musste, die aber noch immer ihre ganz eigene Persönlichkeit behielt. Die sanfte Auf-und-ab-Bewegung beim Zentrieren, der leichte Druck ihrer Daumen und Handballen, das Öffnen des Tons, das Heraufziehen des Gefäßes, alles geschah unter ihrer Kontrolle. Mit der Spannung ihres ganzen Körpers hielt sie das Material in Zaum, doch nur eine falsche Bewegung oder eine Unkonzentriertheit ließ das Biest frei, und es sträubte sich in ihrem Griff. Wenn Rosa arbeitete, bedeutete das Chaos. Der weiche Ton und das dreckige Wasser spritzten umher, und alles, was im Abstand von zwei oder drei Metern um sie herumstand, bekam etwas ab. Lenni hatte sich in die hinterste Ecke, so weit weg von Rosa wie möglich, verzogen, um seiner akribischen Arbeit nachzugehen.

Auch beim Kochen drifteten ihre Arbeitsweisen auseinander. Wenn Rosa die Küche übernahm, sah es danach aus wie auf einem Schlachtfeld. Überall standen geöffnete Dosen, dreckige Schalen und Töpfe, im Spülbecken lagen Verpackungen von passierten Tomaten oder eingelegten Kichererbsen, Reste von klein geschnittenen Kräutern verstreuten sich über die gesamte Arbeitsfläche. »Du bist die beste und chaotischste Köchin, die ich kenne«, hatte Lenni gelacht, wenn sie ihn zum Essen in die Küche rief. Obwohl er wusste, dass er das Chaos nach dem Essen beseitigen musste, hatte er sie fest umarmt, während sie noch eine letzte Prise Kurkuma in den Topf rieseln ließ, und sie auf die Wange geküsst. Es war kein guter Deal, den die beiden da ausgehandelt hatten, jedenfalls nicht für Lenni. Kochte der eine, musste der andere aufräumen. Und Lenni war, wie auch im Atelier, ein organisierter und ordentlicher Koch. Sie hatte immer ein schlechtes Gewissen gehabt, wenn sie in der Küchentür stand und er den Abwasch machte, die gesamte Küchenzeile wischte und die Überreste ihrer Schlacht aus den Fugen der Wandfliesen kratzte. Aber jedes Mal drehte sich Lenni danach zu ihr um und lächelte. Er tat es gerne. Für Rosa.

Rosa schrak auf, als sie jemand unwirsch zur Seite drückte. »Entschuldigung«, murmelte sie verwirrt. Wie lange hatte sie hier schon gestanden? Vor dem Gemüseregal, zwei dicke Tomaten in den Händen?

»Schwere Entscheidung, wa? Rot oder rot.«

Der Typ neben ihr grinste sie an, in seinem Mund fehlten ein paar Zähne, und er stank ziemlich stark nach Bier.

»Rot, denke ich«, gab Rosa müde und etwas genervt zurück. Der Typ rollte mit den Augen und drehte ihr den Rücken zu.

Hatte sie tatsächlich entschieden, etwas anderes als Nudeln und Pesto zu kaufen? Frisches Gemüse? Manchmal erwachte Rosa aus ihren Tagträumen und wusste weder, wo sie war, noch, wie sie dort hingekommen war und was genau sie eigentlich dort wollte.

»Dann hatte ich wohl vor zu kochen«, sagte sie zu sich selbst, sah sich dann etwas unsicher um, aber niemand schien ihr Selbstgespräch mitbekommen zu haben. Oder vielleicht doch, nur gehörten Verrückte zu Neukölln wie der Fernsehturm zum Alexanderplatz.

Rosa lud vier große Tomaten, Kartoffeln, Möhren, ein paar Zwiebeln und Knoblauch, Belugalinsen und frische Kräuter in den Korb. Eine Dose Kokosmilch und Currypaste müsste sie noch zu Hause haben. Als sie am Weinregal vorbeikam, fiel ihr eine Flasche auf, die sie zuletzt mit Lenni gekauft hatte.

»Keine Ahnung, wie der schmeckt, aber das Etikett sieht doch vielversprechend aus«, hatte er gesagt und nach der Flasche gegriffen. Später befanden beide, dass der Wein scheußlich schmeckte, aber Rosa erinnerte sich daran, dass es einer ihrer letzten schönen Abende war, bevor Lenni die Diagnose bekam. Der Frühling war gerade erwacht, fast alle Blumenkästen waren von einem auf den anderen Tag mit kleinen Veilchen bepflanzt worden.

Lenni und sie hatten den ganzen Tag am Kanal verbracht, es war einer der ersten wirklich sonnigen Tage im Jahr. Sie ließen ihre Beine von der Steinmauer baumeln und warfen kleine Stöckchen ins Wasser. Ganze Horden von Schwänen kamen vorbei, und jedes Mal, wenn einer zu nah kam, warf sich Lenni theatralisch über Rosa, weil er wusste, wie sehr sie sich vor ihnen fürchtete. »Die Viecher können dir den Arm mit einem Flügelschlag brechen«, wehrte sie sich gegen sein liebevoll spöttisches Lachen. »Sicher«, gab er grinsend zurück. Rosa erinnerte sich so genau an diesen Tag, an jeden einzelnen Moment, an Lennis Stirnrunzeln, wenn sie ihm ihre unglaublichen Geschichten von angeblichen Schwan-Angriffen erzählte, seine Grübchen, wenn er lachte, seine ausladenden Gesten, wenn er von einem neuen Projekt berichtete, und daran, wie die Trauerweiden mit ihren langen grünen Zweigen die Wasseroberfläche streichelten. Stundenlang saßen sie dort in der Frühjahrssonne, sie hatten sich auf ihren Schal gesetzt, irgendwann hatte sie ihren Kopf in seinen Schoß gelegt und wäre am liebsten so eingeschlafen.

»Lass uns etwas einkaufen und kochen und den Balkon einweihen«, sagte Lenni, als sie sich gerade wegträumen wollte.

Sie gingen in den Supermarkt und kauften viel zu viel, aber Lenni war in einer dieser Stimmungen, die er öfter hatte. Er wurde aufgedreht und tat alles mit übertriebener Hingabe, sogar das Einkaufen wurde dann zum Ereignis. Und dann kauften sie den Wein. Später, es war längst dunkel und kühl geworden, saßen sie in dicke Decken eingepackt, ihre Gläser mit dem scheußlichen Wein in den Händen, auf dem Balkon und schauten in die hell erleuchteten Nachbarfenster.

»Würdest du nicht auch viel lieber weit blicken?«, fragte Lenni.

»Was meinst du damit?«, gab Rosa die Frage zurück.

»Na mit Aussicht, über Felder oder einen Fluss, das Meer, irgendeine Landschaft!«

»Wer würde das nicht?«, sagte Rosa.

»Ich meine es aber ernst. Ein Keramikatelier in Italien, das wär's doch!« Lenni legte seinen Arm um ihre Schultern und zog sie ganz nah an sich. »Und dann trinken wir keinen schlechten Wein mehr. Weißt du, in Italien trinken sowieso alle nur Aperol Spritz.«

»Du spinnst«, sagte Rosa. Sie wusste, dass Lenni in diesen Phasen gern herumspann und Pläne schmiedete, an die er sich eine Woche später nicht mehr erinnern würde. Aber in diesem Moment, als sie die kleinen Teelichter aufflimmern sah und die Schatten auf den Hauswänden gegenüber tanzten, dachte sie, dass Italien eigentlich eine sehr gute Idee war.

Die Diagnose bekam er am 14. März, das wusste Rosa noch genau. Lenni kam vom Arzt nach Hause und setzte sich schweigend an den Küchentisch. Sie blieben die ganze Nacht auf, und Rosa konnte nicht aufhören zu weinen. Nicht sie beruhigte Lenni, sondern er redete mit gefasster Stimme auf sie ein und streichelte ihr über die Haare. Er erzählte ihr wieder von Italien. Wenn er wieder gesund sei, sagte er, dann wolle er gemeinsam mit ihr dorthin, Pasta essen und Aperol Spritz trinken.

Rosa hatte den Supermarkt verlassen und lief nun entlang des Landwehrkanals nach Hause. Einen kurzen Stopp wollte sie aber noch einlegen.

Pettis Postkarten stand in großen dunkelblauen Druckbuchstaben an der Hauswand des gelb gestrichenen Altbaus direkt gegenüber des Landwehrkanals. Einer von Rosas absoluten Lieblingsplätzen in Berlin.

Einen Moment lang blieb Rosa am Ufer stehen und blickte auf das ruhige Wasser, einige Schwäne hatten sich mitten auf dem Kanal versammelt, am Rand ließen sich die kleineren Enten treiben. Es begann leicht zu regnen. Sie zog sich ihren Schal ein wenig über den Kopf und lief eilig zu Pettis Laden, vor dem die kleine, füllige Frau mit dem schwarzen Lockenkopf schon emsig am Einpacken war, denn die vielen Kisten mit den Postkarten, durften auf keinen Fall nass werden. Rosa griff sich sofort eine der Kisten und trug sie hinein.

»Herzchen, da bist du ja! Streng dich bloß nicht an, setz dich rein, wir trinken gleich einen schönen Tee!«, rief Petti im Vorbeieilen. Sie stapelte die schon etwas angefeuchteten Kisten übereinander, und während sie hin und her lief, klapperten die vielen Ketten und Armbänder, die sie um den Hals und an den Handgelenken trug.

Zwei gemütliche Sofas standen sich in der Mitte des Ladens gegenüber, zwischen ihnen eine große alte Holztruhe, die als Couchtisch diente. Auf der Truhe lagen einige Bücher, ein kleines Tablett, auf dem Zucker in einem Glasschälchen und Honig in einem Keramiktopf standen, und viele, viele Postkarten. Hier saß Petti den ganzen Tag und sortierte die Karten nach Alter, Herkunftsland und Sprache in die jeweiligen Kisten ein. Petti brachte sie kofferweise mit von ihren eigenen Urlauben. Doch jede Woche brachten ihr Menschen neue Postkarten, die sie auf Flohmärkten oder auf Reisen gefunden hatten. Daraus entstand ein spannender Mix. Wann würde Petti schon einmal nach Alaska oder Sibirien kommen? Nach Indien oder Guatemala? All diese Ziele hätte sie gar nicht in ihrem Sortiment, würden nicht Reisende aus aller Welt zu ihr in den Laden kommen und ihr die kleinen, manchmal ausgeblichenen, manchmal in perfektem Zustand gehaltenen Papierstücke mitbringen. Die meisten wollten nicht einmal Geld für ihre Funde, sie nahmen sich gern ein paar andere Postkarten zum Tausch oder tranken mit Petti einen Tee und redeten, manchmal stundenlang, von ihren Abenteuern, von den Ländern, aus denen sie gerade kamen, und den Orten, an denen sie die Postkarten gefunden hatten.

Rosa ließ sich auf einem der Sofas nieder und lehnte sich laut seufzend zurück. Sie schaffte es nicht einmal, Mantel und Schal abzulegen, so müde war sie. Die letzten Nächte hatte sie kaum geschlafen. Ihr waren die wildesten Gedanken durch den Kopf gegangen, dann hatte sie wieder verzweifelt an das Atelier und ihre fehlende Motivation denken müssen und schließlich immer an Lenni. Diese Dinge hielten sie wach und machten ihr das Leben schwer. Nichts schien mehr zu funktionieren, seit Lenni nicht mehr da war, sie konnte nicht arbeiten, nicht denken, geschweige denn irgendetwas planen. Wie sollte ihr Leben weitergehen, wie sollte die Zukunft aussehen, was würde sie machen, wenn sie es nicht schaffte, sich je wieder an die Töpferscheibe zu setzen? Etwas musste passieren, sie musste einen Weg aus dieser desaströsen Situation finden, und zwar schnell. Auch Lenni hätte nicht gewollt, dass sie ihr Leben nun wegwarf.

»Was ist denn mit dir los?«, fragte Petti erschrocken, als sie aus dem Hinterzimmer kam und Rosa auf dem Sofa hängen sah.

»Was?«

Rosa öffnete die Augen und sah Petti erstaunt an.

»Na dein schrecklich lautes Seufzen habe ich ja nicht überhören können, und jetzt liegst du hier auf meiner Couch wie ein gestrandeter Seebär!«, erklärte Petti beunruhigt.

»Ein Seebär?«, fragte Rosa beleidigt.

»Wie ein graziler Delfin siehst du jedenfalls nicht aus, Rosa. Und ich meine nicht deine Körperform, Herzchen, so was interessiert mich doch nicht! Ich meine deine Haltung, es geht immer um die Haltung, weißt du?«

Rosa richtete sich ein wenig auf, stützte sich mit den Ellbogen auf ihren Oberschenkeln ab und legte ihr Kinn in ihre Hände.

»Schon gut, schon gut. Ich bin einfach so unheimlich müde, Petti«, gab Rosa zu.

»Schläfst du denn nicht, Liebes? Hast du mal einen Nerventee probiert? Ich habe einen hinten, den setz ich dir gleich mal auf!«

Petti sprang energisch auf, lief eilig um die Couch in das Hinterzimmer, wo die kleine Küche und eine Art Abstell-

und Vorratskammer waren. Von dort aus sprach sie mit lauter Stimme weiter zu Rosa.

»Diese Jahreszeit ist aber auch grausig, alles grau, kalt und nass. Da wünsche ich mich immer weit weg zu meiner Oma nach Anatolien! Weißt du, dass es in ihrem Dorf eine Teppichweberei gibt, und manchmal legen die Frauen dann all ihre gewebten und gewaschenen Teppiche zum Trocknen auf den großen Platz vor ihrer Weberei, das sieht ganz wunderbar farbenfroh aus.«

Rosa spürte, wie sich der Stress der letzten Tage langsam löste und eine leichte Heiterkeit sie überkam. Petti konnte sie in den aussichtslosesten Situationen noch immer zum Träumen bringen, es war verrückt!

»So, jetzt erzähl mal, Herzchen, wieso schläfst du nicht?«, fragte Petti sie mütterlich, als sie den Tee auf einem kleinen Holztablett brachte und auf der Truhe vor Rosa abstellte.

»Nimm dir Zucker oder Honig, wenn du magst«, fügte sie hinzu und setzte sich neben Rosa auf das Sofa.

»Ach Petti, ich denke zu viel nach! Und alles ist wirr in meinem Kopf, es geht drunter und drüber hier drinnen«, sie tippte sich gegen ihre Stirn, »nichts findet mehr seinen Platz, und ich weiß einfach nicht, wie es weitergehen soll. Lennis Tod hat mir den Boden unter den Füßen weggerissen, und ich habe das Gefühl, dass ich immer noch im freien Fall bin«, erklärte Rosa deprimiert, und schon wieder traten ihr Tränen in die Augen.

»Ich verstehe«, sagte Petti nickend, blies in ihre Tasse, aus der der heiße Tee dampfte, und setzte ihre Lippen zu einem lauten Schlürfen an. »Das ist gar nicht so leicht, so etwas zu verkraften. Heutzutage gibt man einem trauernden Menschen einfach keine Zeit mehr, man erwartet, dass er schon nach wenigen Monaten wieder normal funktioniert. Aber wie soll das gehen, wenn man jemanden verliert, der ein so großer Teil des Lebens war, nicht? Scheußlich ist so was, ganz widerlich. Dieser Gott oder wie er heißt, der macht es uns verdammt schwer hier unten.« Petti wurde richtig wütend, und Rosa liebte sie in diesem Moment für ihre Hingabe und ihr großes Verständnis.

»Weißt du, wenn du es hier nicht aushältst, dann solltest du einfach abhauen«, schlug Petti vor und ließ ihren Blick über die Postkarten vor sich schweifen. »Hier zum Beispiel, eine Karte aus Griechenland, siehst du, wie wunderschön es da aussieht? Oder hier, Kanada … vielleicht ein bisschen zu weit, nicht? Und was hältst du von Frankreich?«

Petti legte eine Postkarte nach der anderen vor Rosa und warf mit Namen von fernen Ländern um sich, die sofort eine Sehnsucht in Rosa weckten. Sollte sie wirklich einfach abhauen?

»Nur so lange, bis du dich wiedergefunden hast, nicht? Nur, so lange du eben brauchst, um wieder normal und geordnet denken zu können. Ein bisschen Ferne tut da gut, ein bisschen weit blicken und Landluft schnuppern«, fuhr Petti aufgeregt fort.

Rosa musste über Pettis Eifer schmunzeln.

»Als mich meine erste Frau verlassen hatte, bin ich direkt auf Weltreise gegangen«, rief Petti aus und warf ihre Arme nach oben, als wollte sie ihrer Geschichte so noch ein wenig mehr Dramatik verleihen. »Drei Monate war ich unterwegs, bis ich wieder an andere Dinge denken konnte als immer nur an Luisa. Sie war meine große Liebe gewesen, damals, aber dann habe ich gelernt, dass es davon nicht nur eine gibt, weißt du. Es laufen da draußen so viele große Lieben herum, und wenn man Glück hat, findet man noch mal die eine oder andere. Glaubst du nicht?«, fragte Petti und musterte Rosa neugierig.

»Bestimmt, Petti, natürlich glaube ich dir das. Aber vielleicht will ich gar keine andere große Liebe finden. Vielleicht geht es darum gar nicht. Ich will einfach nur mein Leben weiterleben, ohne große, niederschmetternde Überraschungen."

Sie musste ihr Leben wieder in geregelte Bahnen bringen, musste endlich wieder frei atmen lernen, ohne dieses Stahlband zu spüren, das ihr die Brust zuschnürte. Würde das mit etwas Abstand tatsächlich zu schaffen sein? War das die Lösung für all ihre Probleme?

»Mit einer neuen Liebe würde dieses Risiko ja nur wieder steigen, weißt du?«, erklärte Rosa desillusioniert.

»Mag sein, mag sein. Aber wenn die Liebe mit Tempo 200 auf einen zurast, kann man auch nicht mehr zur Seite springen. Dann muss man sich seinem Schicksal ergeben und den Aufprall mit offenen Armen empfangen!«

Rosa verdrehte die Augen und lächelte. Petti meinte es ja nur gut, das wusste sie.

»Jetzt will ich aber deine Neuzugänge sehen, Petti, du hast mich lange genug auf die Folter gespannt«, sagte Rosa schließlich entschlossen und stellte ihre Tasse auf die Truhe.

»Nichts lieber als das, Herzchen, darauf warte ich doch schon so lange! Sie werden dir bestimmt gefallen, es sind ein paar wunderschöne vom Meer dabei«, rief Petti aufgeregt und erhob sich schwungvoll vom Sofa.

»Jemand hat eine ganze Kiste mitgebracht, ein Herr namens Valentin Mazurek. Er war schon oft hier im Laden, aber eine ganze Kiste hat er nie mitgebracht, schau dir diese Juwelen einmal an. Alle aus Europa.«

Petti kam mit einem Pappkarton zurück, der über und über mit Karten gefüllt war, alle fein säuberlich in Reih und Glied eingeordnet, jede Lage mit einem zarten, cremefarbenen Schöpfpapier geschützt.

»Wow, Petti, das müssen ja Hunderte sein, die hat er alle von der einen Reise mitgebracht?«, fragte Rosa verwundert und zog gleich ein paar Postkarten heraus.

»Ein wahrer Sammler eben, der geht in jeder Stadt auf Trödelmärkte oder in kleine Antiquariate und sucht sich die schönsten Karten zusammen.«

Pettis Augen leuchteten, als sie die kleinen, rechteckigen Papiere in die Hand nahm. Die alten Postkarten waren üblicherweise kleiner als die, die man sich heutzutage zuschickte. Viel fragiler und wertvoller wirkten sie, auch das Material, aus dem sie gefertigt worden waren, war dünner und zarter.

»Und dann bringt er alle zu dir?«, wollte Rosa überrascht wissen.

»Er weiß eben, wo seine Schätze gut aufgehoben sind, aber das sind ja nicht einmal alle. Und außerdem hat er sich ja direkt auch einen ganzen Packen Karten zum Tausch eingesteckt«, erklärte Petti grinsend.

In Gedanken versunken, betrachtete Rosa jede einzelne

Karte aus ihrem Stapel, die Bilder auf der Vorderseite und die kurzen, meist mit Füllfederhalter geschriebenen Texte auf der Rückseite. Es war die letzte Karte von ihrem Stapel, die sie sofort in ihren Bann zog. Zuerst das Bild: azurblaues Meer, steile, strahlend weiße Felsen und auf den Hügeln saftig grüne Wiesen. Im Hintergrund lag eine kleine Stadt auf einer Landzunge, die weit ins Meer hineinreichte. Die kleinen weißen Häuschen standen dicht an dicht, am Rande der Steilküste, und unten, in einer kleinen Bucht, war ein enger Sandstrand zu sehen. Sie drehte die Karte um. Puglia, Agosto 1999 stand oben in der Ecke. Darunter ein paar Zeilen auf Italienisch, ein wenig ausgeblichen. Rosa versuchte, das Geschriebene mit ihren rudimentären Italienischkenntnissen zu übersetzen:

Viele Grüße aus der Heimat! Diesen Sommer ist das Meer besonders blau, und ich habe mir fest vorgenommen, ein schönes Mädchen zu finden. Ciao, Küsse von Deinem Neffen.

PS. Über Apulien leuchtet die Liebe.

So ein süßer Text, dachte Rosa. Es hörte sich sehr nach einem Teenager an, der dort schrieb. Sie lächelte und starrte eine ganze Weile auf die verblassten Buchstaben, die kleine gestempelte Briefmarke in der Ecke, die italienischen Wörter. Was für eine bezaubernde Sprache. Immer wieder las sie sich die wenigen Sätze durch und sah sich das Foto an. Plötzlich sah sie Lenni vor sich, sah sich dort mit ihm zusammenstehen, in den kleinen Gässchen dieses malerischen Ortes direkt am Meer. Sie sah Lennis blaue Augen ganz nah und hörte ihn flüstern:

»*Über Apulien leuchtet die Liebe.*«

Ihr Bauch füllte sich mit einem Gefühl, es stieg bis in ihren Brustkorb, ließ sie schneller atmen. Die Fantasie, dort mit Lenni zu stehen, beflügelte sie. Der Gedanke, mit ihm auf das weite Türkis zu blicken oder in einem kleinen italienischen Café zu sitzen und einen Espresso zu trinken, umgeben von diesen glänzend weißen Steinhäuschen, den mit Blüten behängten Fensterläden, den bunten Tüchern und Laken an den Wäscheleinen, die über die engen Gassen gespannt waren. Und eine sanfte Brise in ihren Haaren, die Sonne im Gesicht, ein leichter salziger Wind, der herüberwehte und ihr Sommerkleid flattern ließ …

»Herzchen, wo bist du denn hin? Träumst du?«

Petti riss Rosa tatsächlich aus einem wunderschönen Tagtraum, beinahe hatte sie die warme italienische Luft riechen können.

»Ich …, ich weiß nicht. Petti, meinst du, ich kann diese Postkarte behalten? Wie viel möchtest du dafür haben?«, fragte Rosa aufgewühlt und noch immer halb in ihrer Fantasie.

»Nein, nein, Herz, nimm sie, du musst gar nichts bezahlen, das ist mein Geschenk für dein neues Leben. Siehst du, es ist ganz offensichtlich, dass es in Italien beginnen soll, nicht?«

Petti knuffte Rosa in die Seite und lächelte sie an.

»Was soll in Italien beginnen?«, fragte Rosa verwirrt.

»Na, dein neues Leben!«, rief Petti aufgeregt und zeigte

mit dem Finger auf das Bild von Apulien, das auf der Vorderseite von Rosas Postkarte abgebildet war.

»Ja, meinst du?«, fragte Rosa unsicher.

»Aber ja, ja!«

Petti sah Rosa mit einem breiten Lächeln an und nickte entschlossen.

»Apulien, also«, sagte Rosa leise und strich mit ihrer Hand sanft über die Postkarte. »Das hätte Lenni gefallen.«

Teil II

Io dalla vita ho imparato a rinascere,
dalle occasioni ho imparato a non perderle,
dalla gioia il senso delle lacrime,
io dal dolore ho imparato a non fingere.

(Aus dem Leben habe ich gelernt, wiedergeboren zu werden,
aus Gelegenheiten habe ich gelernt, sie nicht zu verpassen,
aus der Freude habe ich die Bedeutung von Tränen gelernt,
aus dem Schmerz habe ich gelernt, nichts vorzutäuschen.)

4

Rosa kurbelte das Fenster herunter und atmete tief ein. Sie war müde und brauchte dringend eine Dusche, aber sie war endlich angekommen. Apulien! Die warme Luft spielte mit ihren Haaren, einige Strähnen wehten ihr ins Gesicht, sie drehte das Radio lauter. Ein italienisches Lied, das sie nicht kannte. Nach den ersten Strophen sang sie laut mit, obwohl sie die Bedeutung nicht verstand. Sie trat aufs Gaspedal, weit und breit waren keine Autos zu sehen, und sauste die holprige Straße hinab ins Tal. Was für eine Landschaft, dachte Rosa. Grüne Wiesen, goldene und rotbraune Felder und seltsam geformte Olivenbäume, die wahrscheinlich schon viele Hundert Jahre alt waren. Die Straße war gesäumt von kleinen Steinmauern, locker aufeinandergestapelt lagen die großen Natursteine da. Am Horizont sah Rosa die Schatten von Hügeln, es schien ihr, als würde es ewig so weitergehen. So weit, so grün, wie ein riesiges Meer aus saftigen Wiesen. Ein besonderer Geruch lag in der Luft, nach trockenem Holz, Blüten und nach den Kräutern, die man in italienischen Gerichten fand, dachte Rosa. Und der Himmel war so hellblau mit nur wenigen weißen Zuckerwolken, dass Rosa sich anstrengen musste, auf die Straße zu achten. Immer wieder wurde ihr Blick von diesem wunderbaren leuchtenden Blau angezogen.

Rosa wollte unbedingt ans Meer. Natürlich, sie wollte die Farben sehen, das Azurblau, das Mintgrün, Türkis, die weißen Sandstrände. Aber sie hatte diesen Tick, das Beste immer ein wenig hinauszögern zu müssen. Also war sie erst einmal ins Landesinnere gefahren. Sie hielt in einer kleinen Straßenbucht, um sich kurz die Füße zu vertreten und etwas von ihrem Proviant zu essen. Beim Aussteigen bemerkte sie, dass sie für diese Temperaturen die komplett falsche Kleidung anhatte. In ihren Jeans und ihrer Strickjacke schwitzte sie, an den Füßen trug sie ihre gefütterten Winterschuhe. In Berlin waren es nicht einmal 10 Grad gewesen, und es hatte unentwegt geregnet, als sie losgefahren war. Anna hatte ihr beim Packen geholfen, und Rosa hatte sich nicht vorstellen können, dass sie ihre Sommerkleider brauchen würde.

»Es ist Süditalien, Rosa, da ist sicher längst Sommer«, hatte Anna aufgeregt gerufen.

Als Rosa ihr von ihrem Plan wegzufahren erzählt hatte, reagierte Anna im ersten Moment schwermütig, »was mache ich denn ohne dich?«, hatte sie gefragt und Rosa mit einem übertriebenen Hundeblick angesehen. Aber dann hatte sie natürlich verstanden, wieso Rosa wegmusste, dass es ihr guttun würde, sie die Ablenkung brauchte und mal aus diesem allzu vertrauten Umfeld rauswollte.

»Du hast ja recht, Rosa, ich glaube, es ist eine gute Idee. Und Italien! Ich bin so neidisch! Vergiss nicht, mir eine Postkarte zu schicken!«

Jetzt stand sie hier, am Rand dieser alten Schotterstraße, blickte in die weite Landschaft, und es überkam sie ein Gefühl der Zufriedenheit. Ein leichtes Kribbeln schlich sich von ihrem Bauch in ihre Brust, und ein Lächeln legte sich auf ihre Lippen. Etwas löste sich in ihr. Rosa spürte, dass sie in diesem Moment genau an diesem Ort sein wollte. Sie wusste, dass ihre Entscheidung die richtige gewesen war. Kurz dachte sie daran, wie es wäre, wenn Lenni nun neben ihr stünde, sein Blick über die gleichen Hügel und Täler schweifen würde. Als sie die Traurigkeit überkam, verdrängte sie den Gedanken schnell wieder, sie wollte sich nicht mehr weiter so fühlen wie in Berlin, wo Lenni jeden ihrer Schritte wie ein Schatten begleitet hatte. Sie schluckte und sog dann die warme, nach frischem Gras duftende Luft tief ein. Sie pflückte noch eine kleine gelbe Blume fürs Armaturenbrett und stieg wieder ins Auto.

Etwa eine Stunde brauchte Rosa jetzt noch bis zum Meer. Ihre nächste Station wollte sie in Bari machen. Das war die erste Stadt, die Google ihr anzeigte, nachdem sie »Apulien« eingegeben hatte. Sie war völlig planlos losgefahren, hatte nicht einmal viel eingepackt. Es sollte ein Abenteuer werden, das hatte sie sich überlegt, als sie vor drei Tagen von Pettis Postkartenladen nach Hause gelaufen war. Auch das war eine Entscheidung gewesen, um etwas anders zu machen und aus ihrem gewohnten Leben auszubrechen. Wäre sie mit Lenni nach Italien gefahren, hätte er schon Wochen vorher Reiseführer gewälzt und Artikel gelesen, alles ganz genau organisiert.

Aber jetzt wollte Rosa keine Zeit verschwenden, sie hatte

die Nächte und Tage in der immer gleichen Umgebung satt. Diese Umgebung, in der sie alles noch immer an Lenni erinnerte und ihr die Luft zum Atmen nahm. Jetzt, da sie zwischen diesen endlosen Feldern und Wiesen, den Olivenhainen und Natursteinmauern stand, fühlte sie sich zum ersten Mal seit Langem etwas freier und unbeschwerter. Nichts hier kam ihr bekannt vor. Alles wollte entdeckt werden, mit jedem Blick erfuhr Rosa etwas Neues über diese Landschaft. Wann sie wieder nach Berlin zurückkehren würde, wusste sie nicht. Ihr Erspartes gab ihr immerhin die Freiheit, sich darüber erst mal keine Gedanken machen zu müssen. Sie plante keinen Luxusurlaub, ganz bescheiden wollte sie diese Zeit verbringen und sich einfach treiben lassen. Nur einer Sache war sie sich sicher: So schnell würde sie dieses traumhafte Fleckchen Erde nicht mehr verlassen.

Ihre Schuhe hatte sie im Auto ausgezogen. Barfuß ging Rosa langsam den schmalen Sandweg entlang, der sich zwischen hellem Gestein entlangschlängelte. Vom Auto aus hatte sie es längst gesehen, ein kleiner türkiser Streifen am Horizont. Das Meer. Rosa hatte die Adria erreicht. Wie ein großes Ölgemälde, die vielen Blau- und Grüntöne noch feucht vom Auftrag, breitete sie sich jetzt vor ihr aus.

Sie schob ihren Fuß in den feinen warmen Sand, dann setzte sie den zweiten Schritt, schob den anderen Fuß hinterher – so ging sie immer weiter, die leichte Brise, die vom Meer kam, in ihren Haaren, ihre dunklen Locken kitzelten sie im Gesicht. Als sie dicht am Wasser stand, breitete sie ihre Arme aus und sog die salzige Meeresluft ein.

»Wow!«, dachte Rosa. Und mehr war da gerade nicht in ihrem Kopf. Nur dieses kleine Wort, das alles so groß machte. Rücklings ließ sie sich in den weichen Sand fallen und schloss die Augen. Eine ganze Weile blieb sie einfach so liegen und rührte sich nicht. Lauschte den sanften Wellen, wie sie plätschernd herangerollt kamen und sich leise flüsternd wieder entfernten. Plätschern und Flüstern. Plätschern und Flüstern. Rosa versank in diesem Geräusch, und bald schlief sie ein.

Sie erwachte von einem Knirschen neben sich, als liefe ein kleines Tier durch den Sand. Rosa brauchte ein wenig, um zu sich zu kommen, sich zu erinnern, dass sie in Italien war, an der Adria! Sie blinzelte in die Sonne, sah eine Weile in den Himmel. Dann hörte sie wieder dieses Knirschen, jedoch nicht mehr so deutlich. Langsam drehte sie den Kopf zur Seite und erkannte ein wenig entfernt eine menschliche Silhouette. Rosa richtete sich etwas auf, kniff die Augen zusammen, um sie vor dem grellen Licht der Sonne abzuschirmen und besser sehen zu können. Ein junger Mann stand mit hochgekrempelten Hosenbeinen im Wasser, ließ die Wellen um seine nackten Füße spielen und starrte über das weite Meer. In seiner Hand hielt er einen Stock, den er immer mal wieder neben sich in den Sand sinken ließ und damit wohl das knirschende Geräusch erzeugte, das Rosa aufgeweckt hatte. Er trug eine Jeans, ein leichtes Hemd flatterte an seinem Oberkörper, wahrscheinlich hellblau oder weiß, sie konnte es nicht genau erkennen. Seine Haare waren dunkel und fielen ihm recht wild in die Stirn. Rosa und dieser fremde

Mann waren die einzigen Personen an diesem einsamen Strand.

Rosa wandte ihren Blick wieder ab und sah nun auch aufs Meer. Noch immer konnte sie nicht glauben, dass sie hier war, dass sie tatsächlich den Mut gehabt hatte, allein herzukommen. Sie holte ihr Handy aus der Tasche, um ein Foto für Anna und Petti zu schießen. Ein Selfie vor dem türkisfarbenen Meer. Die beiden würden ausflippen, dachte Rosa und musste grinsen. Sie positionierte sich mit dem Rücken zum Wasser und hielt das Handy hoch vor ihr Gesicht. Lächelnd knipste sie ein paar Bilder, sah immer wieder nach, ob sie gelungen waren. Als sie gerade zu einem neuen Bild ansetzen wollte, bemerkte sie aus dem Augenwinkel, wie der junge Mann durch das Wasser in ihre Richtung geschlendert kam. Sie ließ ihren Arm sinken, richtete ihren Blick auf den Bildschirm und begann, eine Nachricht an Anna zu verfassen. Sie hatte keine große Lust, mit jemandem zu reden, jetzt, da sie zum ersten Mal das Gefühl hatte, wieder Zufriedenheit zu verspüren, sogar ganz allein. Sie wählte ein Foto aus, auf dem sie ganz ausgelassen und glücklich aussah und man das unendliche Blau im Hintergrund gut erkennen konnte.

Alles ist ganz wunderbar, endlich bin ich angekommen. Das Meer ist noch viel türkiser, als ich es mir erträumt habe. Küsse, Rosa, schrieb sie unter das Foto.

»Ciao!«, ertönte jetzt eine männliche Stimme über ihr. Rosa saß noch immer im warmen Sand, den Rücken zum Meer und starrte auf ihr Smartphone. Mist, jetzt musste sie wohl aufschauen, sie wollte ja nicht unhöflich sein.

»Ciao!«, erwiderte sie und sah lächelnd nach oben.

»Ho una domanda«, sagte der junge Mann, der Wind wehte ihm seine vollen dunklen Haare vor die Augen, er strich sie sich mit der Hand aus der Stirn.

»Ähm, non parlo italiano«, sagte Rosa etwas überrascht und formulierte ihr hilfloses Gestammel eher als Frage.

»Ah, di dove sei? Lascia che indovini … Germania?«

Germania, das verstand Rosa gerade noch. Konnte man es ihr so sehr ansehen, dass sie aus Deutschland kam? Der junge Italiener stand noch immer mit einer Hand vor den Augen vor Rosa und wartete auf eine Antwort. Sie nickte nur kurz.

»Ah ja? Deutsch?«, sagte er jetzt und schien sich auf einmal sehr zu freuen.

»Ja, deutsch«, sagte Rosa.

»Ein Teil von meiner Familie ist aus Deutschland. Meine Tante lebt in München. Ich heiße Mattia«, sagte er strahlend und streckte ihr seine Hand entgegen. Erstaunt reichte sie ihm ihre, woraufhin er sie ruckartig nach oben zog, sodass Rosa plötzlich vor ihm stand.

»Entschuldige, ich will mich nicht aufdrängen. Ich habe nur eine Frage.«

Nicht aufdrängen? Rosa war völlig überrumpelt und ging zwei Schritte zurück, wodurch sie nun mit beiden Füßen knöcheltief in den sanften Wellen stand.

»Alles o. k.?«, fragte Mattia und streifte sich die Haare aus der Stirn.

»Ja, klar. Was ist denn nun deine Frage?«

Rosa war ungeduldig, sie wollte wieder allein sein. Außerdem hatte sie auf ihrem Handy gesehen, dass es schon spät war, und sie musste noch eine Unterkunft finden.

»Lustig, dass du aus Deutschland kommst. Meine Frage war nämlich, ob du ein Foto von mir machen kannst. Ich will es gern meiner Tante schicken.«

»Ja, gut, aber ich muss gleich los«, sagte Rosa unruhig.

»Ich habe aber kein Telefonino dabei, weißt du. Es ist so schön heute, das Meer ist ganz türkis, und ich dachte, ich hätte gern ein Foto davon. Kannst du eins mit deinem Telefonino machen und es mir schicken? Du kannst es dann natürlich sofort löschen. Oder nicht, wie du willst!« Er grinste.

Telefonino? Was für ein süßes Wort! Rosa konnte sich ein kurzes Lächeln nicht verkneifen.

»Also ja?«, fragte er freudig.

»Also gut. Aber nur für das Foto, mehr nicht«, sagte Rosa streng. Und schon fühlte sie sich wieder so deutsch.

»Va bene, grazie mille!« Mattia machte einen Satz und brachte sich in Position. »Warte«, rief er Rosa zu, die sich ein paar Schritte entfernte, um das Meer im Hintergrund einzufangen.

»Was?«

»Ich muss mir eine Position ausdenken, etwas, das meine Tante zum Lachen bringt. Sie ist manchmal traurig, dass sie nicht hier ist.«

Rosa dachte, dass dieser fremde Typ ihr viel zu viel erzählte. Sie wollte gar nichts über seine Tante wissen, aber er plapperte einfach weiter. Als würde er nicht merken, dass sie eigentlich genervt von seiner aufdringlichen Art war. Oder war es ihm einfach egal?

»Vielleicht ein Sprung?«, rief er nun und hopste ungelenk in die Luft. Rosa musste lachen.

»Ein Kopfstand«, rief er und kniete sich auf den Boden, versuchte seine Füße über den Kopf zu bekommen, bis er schließlich auf den Rücken fiel.

»No, no, meglio di no«, sagte er wie zu sich selbst.

Rosa knipste einfach drauflos. So etwas hatte sie auch noch nicht erlebt. Ein Wildfremder, der vor ihr herumhopste, als wäre er im Zirkus. Wenn alle Menschen hier so waren wie er, würde es eine lustige Reise werden.

»O. k., basta, basta«, rief er völlig außer Atem, »es ist bestimmt eins dabei, ja?«

Rosa nickte lachend und hielt den Daumen nach oben.

»Fantastico!« Mattia sprang auf Rosa zu und umarmte sie. »Grazie, grazie! Du warst mir eine große Hilfe! Wie ist dein Name eigentlich?«

»Rosa«, sagte sie und befreite sich von seinen Händen, die noch immer ihre Schultern umfassten. Zu nah, dachte sie. So nah war ihr nach Lenni kein Mann gekommen, und es ließ sie mit einem merkwürdigen Ziehen im Magen zurück.

Er holte ein kleines Stück Papier und einen Stift aus seiner Tasche und notierte seine Nummer.

»Hier, für die Fotos. Grazie, Rosa!«

»Keine Ursache, ich schicke dir die Fotos später zu«, versprach sie und drehte sich weg.

Sie nahm ihre Tasche, packte das Handy ein und ging davon. Als sie sich umblickte, stand Mattia immer noch dort, vor diesem riesigen Meer, lächelte ihr zu und strich sich die lockigen Haare aus dem Gesicht.

5

Was für ein erster Tag, dachte Rosa, als sie wieder im Auto saß und eine schlecht asphaltierte Straße am Meer entlangfuhr. Jetzt wollte sie endlich nach Bari, duschen und sich etwas Leichtes anziehen und dann ein kleines Restaurant in der Altstadt finden. Bereits auf der Fahrt hatte sie große Lust auf Meeresfrüchte bekommen. Das machte sicher diese Luft, die nach Meer und Salz roch, und das Licht, das hier im Süden so anders, so weich und golden war. Sie konnte es gar nicht erwarten, die unwiderstehlichen Düfte italienischen Essens in ihrer Nase zu haben, die kühle Frische eines Aperol Spritz auf ihrer Zunge zu spüren. Ohne es zu merken, hatte Rosa das Gaspedal durchgedrückt und war schneller geworden. Wieder kurbelte sie das Fenster herunter, machte das Radio an und stimmte laut in eines dieser italienischen Lieder ein, auch wenn sie die Bedeutung der Worte nicht ganz verstand. Sie spürte etwas – und fast hätte sie es nicht erkannt, weil es schon zu lange her war, dass dieses Gefühl sich in ihr geregt hatte: Freude. Ja, es ging ihr eigentlich ganz gut in diesem Augenblick.

Bari. Diese leuchtende Stadt. Die kleinen Gässchen, die gelben und rosafarbenen Häuser, vor deren Fenstern Wäscheleinen gespannt waren, und überall hing frisch gewaschene Wäsche zum Trocknen. Sie schlenderte durch die engen Straßen Baris und wusste nicht, wohin sie zuerst blicken sollte. Sie mochte die runden gestreiften Markisen, die über einigen Balkonen angebracht waren, die schmalen Treppen, die zu den Haustüren hochführten, die bunten Girlanden, die von einer zur anderen Hauswand gespannt waren. Hier und da saßen ein paar alte, braun gebrannte Italiener und unterhielten sich mit ausladenden Handbewegungen. Sie hatten sich auf Plastikstühlen vor ihren ebenerdigen Wohnungen niedergelassen, die älteren Frauen trugen Schürzen, als wären sie gerade aus der Küche gekommen, wo sie den Teig für Pasta oder Pizza vorbereitet haben. Rosa lachte innerlich, weil sie wusste, dass sie viele Vorurteile mit sich herumtrug. Diese Ideen, die jeder von Italien hatte und die einem in allen Filmen über dieses Land gezeigt wurden. Ganz falsch waren sie bestimmt nicht, irgendwo mussten Klischees ja herkommen, und einige davon bestätigten sich ja tatsächlich schon an ihrem ersten Tag.

Eines war ganz sicher nicht nur ein Klischee: Überall standen und fuhren sie hier herum, die Vespas. Rosa liebte diese kleinen Motorroller, die durch die Gassen knatterten und meist ein paar klappernde Kisten voll mit Einkäufen auf den Gepäckträger gespannt hatten. Die Fahrer waren junge, schöne Frauen mit langen schwarzen Haaren oder kleine ältere Herren in kurzen Hosen und gestreiften T-Shirts oder Männer, die laut »Ciao!« durch die Gegend riefen und ihren

Bekannten zuwinkten. Sie schauten in alle Richtungen, um ihre Freunde zu grüßen, nur nicht nach vorne auf die Straße. Schon zweimal hatte Rosa aus dem Weg hüpfen müssen, wenn hinter ihr plötzlich ein Knattern und ein lautes »Eh!« ertönte. Wenn sie dann vorübergefahren waren, drehten sich die jungen wie die alten Männer zu Rosa um, grinsten sie an und riefen ihr etwas auf Italienisch zu. Temperament, wie es im Buche stand, dachte sie sich und lächelte.

So langsam wurde sie hungrig. Ihre Unterkunft würde sie eben erst später suchen, jetzt musste sie unbedingt etwas essen. Sie bog in eine kleine Gasse ein, an deren Ende Tische und Stühle auf dem Kopfsteinpflaster aufgestellt waren. Als Rosa näher kam, erkannte sie, dass die Gasse zu einem kleinen Hof führte, der anscheinend die Terrasse eines Restaurants war. Ein paar Menschen saßen schon an den Tischen und lasen in Speisekarten, auf dem ganzen Platz roch es verführerisch nach gebratenem Fisch und Kräutern, und aus dem Inneren des Lokals erklang ein italienisches Lied, das jemand auf der Gitarre zum Besten gab. Genau richtig, dachte Rosa und suchte sich einen Tisch an der Hauswand aus, an der sich ein kleiner Balkon befand, über und über behängt mit Pflanzenkübeln, die gefüllt waren mit farbenfrohen Blumen und Kräutern.

»Buonasera, Signora!«, begrüßte der Kellner sie mit weit geöffneten Armen, als er an ihren Tisch kam. Es war ein älterer Herr, nicht sehr groß gewachsen, mit schütterem dunklem Haar und einem Schnurrbart. Er trug ein elegantes schwarzes Hemd und Jeans und um die Hüfte eine weiße Schürze, die schon etwas mitgenommen aussah. Rosa lächelte ihn an, wünschte ihm auch »Buonasera« und bestellte direkt einen Aperol Spritz, auf den sie sich schon die ganze Zeit gefreut hatte. Der Kellner nahm den Bleistift, der hinter seinem Ohr klemmte, und einen kleinen Papierblock aus der Tasche seiner Schürze und kritzelte drauflos. Rosa versuchte seinem Italienisch so gut wie möglich zu folgen und ihm mit ihren mickrigen Sprachkenntnissen zu antworten.

»Darf's noch etwas sein?«, fragte er auf Italienisch und grinste Rosa breit an.

»Könnte ich die Karte bekommen?«, stammelte Rosa, ebenfalls auf Italienisch.

»Va bene, die Karte und ein leckerer Aperol Spritz kommen sofort!«

»Grazie«, antwortete Rosa und sah dem Kellner etwas beschämt hinterher, als er beschwingt über die Terrasse zurück ins Restaurant lief. Sie musste sich unbedingt noch einmal ihr Wörterbuch anschauen. Trotzdem fühlte sie sich sofort wohl, wenn sie diese Sprache hörte. Ihr Klang war magisch, für Rosa war es die romantischste Sprache der Welt, sogar noch vor Französisch. Diese Melodie, diese Offenheit, und in jedem Wort spürte man eine gewisse Leidenschaft, als würden die Italiener jedes kleinste Detail sehr wichtig nehmen und es in tiefster Überzeugung zum Ausdruck bringen. Rosa mochte das. In diesem Moment hatte sie kein bisschen Sehnsucht nach Berlin. Die Coolness der Menschen dort, diese unmelodische Sprache ohne jegliche Hingabe und überhaupt das graue, regnerische Wetter. Das konnte Rosa getrost hinter sich lassen.

Der Kellner kam mit einem kleinen Tablett zurück, auf

dem er ein Glas voll mit dem strahlend roten Getränk balancierte. Eine große Orangenscheibe lag darin, und Eiswürfel klimperten und knisterten in dem kühlen Drink. Der Kellner grinste sie unentwegt an.

»Ein Spritz für die Signora und die Karte mit vielen Köstlichkeiten!«

Als sie sich bedankt hatte, blieb er noch stehen, und als sie die Karte nahm, griff er diese kurzerhand und schlug sie in der Mitte auf.

»Das hier ist die beste Pasta in ganz Apulien!«

Er legte die Karte vor Rosa und klopfte mehrmals mit dem Zeigefinger auf ein Gericht. Es hieß »Orecchiette con le cime di rapa«. Rosa hatte keine Ahnung, was das war, aber der Kellner schien darauf zu bestehen, dass sie es probierte. Immer wieder nahm er seine rechte Hand an die Lippen, küsste die Fingerspitzen und rief »Eccellente!«.

Er hatte nicht zu viel versprochen! Der erste Bissen überzeugte Rosa sofort. Die Pasta hatte eher langweilig ausgesehen, als der Kellner ihr den Teller auf den Tisch gestellt hatte. Kleine runde Teigplättchen, die ein bisschen wie winzige Öhrchen aussahen in Butter und Grünzeug. Das Grünzeug schien eine Art Kohl zu sein, und es war köstlich. Rosa wusste nicht genau, was es war, was diese Speise so lecker machte, es war das Zusammenspiel aller Zutaten. Die Pasta war mit Sicherheit frisch zubereitet worden, die Butter war wunderbar mit italienischen Kräutern abgeschmeckt, und die etwas bittere, scharfe Note des Kohls rundete alles ab.

Rosa wusste nicht viel von der italienischen Küche, es war immer Lenni gewesen, der sich damit beschäftigt hatte.

Sie beteuerte dem Kellner, der sich nicht von der Stelle rührte, um ihre Reaktion abzuwarten, dass es ausgezeichnet schmeckte. Natürlich nur mit viel Mimik und Gestik und zur Belustigung der Gäste am Nebentisch. Aber auch Rosa musste jetzt lachen, als sie sah, wie sehr sich der Kellner freute und zufrieden in die Hände klatschte.

Als er den Tisch verlassen hatte, nahm Rosa einen Schluck Aperol Spritz und dachte an Lenni. Die ganze Zeit war es ihr irgendwie gelungen, den Gedanken an ihn, so gut es ging, zu verdrängen, doch das italienische Essen und natürlich der Aperol Spritz warfen sie wieder zurück, zurück in Lennis Arme, ihre Gespräche und Träume von Italien. Nie hätte sie gedacht, einmal allein in dieses Land zu reisen, ohne ihn an ihrer Seite. Kurz spürte sie, wie ihr die Tränen kamen, sie schluckte krampfhaft. Schluss damit, dachte sie, und zwang sich, an etwas anderes zu denken – Lenni hätte es so gewollt. Zum Beispiel daran, welches Dessert sie gleich auswählen würde. Sie liebte Tiramisu, und wo sonst sollte man ein besseres bekommen als in Italien?

In diesem Moment kam ein junger Mann in weißen Leinenhosen und schwarzem Hemd aus dem Restaurant, eine Gitarre in seinen Armen. Er begann, eine zauberhafte Melodie zu spielen, erst ganz leise, dann etwas leidenschaftlicher. Im Spiel setzte er sich in die Mitte des Platzes an einen freien Tisch und begann zu singen. Alle Gäste hörten sofort auf, sich zu unterhalten, legten ihr Besteck beiseite und stellten die Gläser ab. Ein jeder blickte gebannt auf diesen jungen Italiener, der mit seiner warmen, tiefen Stimme ein Lied aus seiner Heimat so hingebungsvoll sang, dass Rosa Gänsehaut bekam. Die späte Abendsonne legte ihr sanftes goldenes Licht auf die kleine Terrasse, ein paar Laken flatterten ganz oben über dem Platz an einer Wäscheleine. Es war perfekt, dachte Rosa. Ein makelloser Moment, ein Moment, wie er im Film nicht hätte schöner sein können. Sie wollte, dass dieser junge Musiker niemals aufhörte zu singen. Rosa spürte die Wärme der Sonne auf ihren Schultern, sie sah, wie das Licht in den Gläsern der Nachbartische reflektierte und kleine, tanzende Muster auf die Tischdecken warf, als würde das Licht tatsächlich der Musik folgen. Sie konnte nicht glauben, dass das erste Restaurant, das sie ganz zufällig gefunden hatte, solch ein Schatz war.

Als der Musiker das Lied beendet hatte, gab es lauten Beifall, ein paar Bravorufe und Pfiffe der Begeisterung. Er verbeugte sich, lächelte in die Runde und setzte zu einem weiteren Lied an. Rosa nahm ein wenig verzaubert ihr Glas und nippte daran. Ja, ein Tiramisu würde der perfekte Abschluss dieses wunderbaren ersten Abends in Apulien sein.

6

Das kleine weiße Häuschen mit den Fensterläden und der geschwungenen Tür, beides in einem kräftigen Blau gestrichen, war Rosa sofort aufgefallen. Nachdem sie das Restaurant schweren Herzens verlassen hatte, um noch vor der Dämmerung eine Unterkunft zu finden, war sie etwas ziellos durch die Stadt gewandert. Sie war müde, und die Füße taten ihr weh, sie hatte keine Ahnung, wo sie unterkommen sollte. Doch dann blitzten ihr diese Farben entgegen. Dieses Blau und die Blumenkästen voller rosafarbener und pinker Blumen, die nicht nur auf dem Fensterbrett standen, sondern an der ganzen Hauswand verteilt hingen. Sogar auf den Stufen der kleinen Treppe, die hinauf zur Tür führte, standen sie. Rosa dachte im ersten Moment gar nicht daran, dass dieses Häuschen, das mitten zwischen den höheren Wohnhäusern stand, eine Pension sein könnte. Als sie näher kam, um ein Foto zu machen, sah sie das kleine Messingschild mit der Aufschrift *Appartamento vacanze,* das neben der Tür hing. Ferienwohnung. Rosa konnte es nicht glauben, alles schien viel zu perfekt an diesem ersten Tag. Sie klopfte an die blaue Holztür und wartete. Niemand öffnete. Es wäre auch zu schön gewesen, dachte sie und war schon auf der Treppe, als sich die Tür einen Spalt aufschob.

»Chi è?«, sagte eine ruhige Stimme.

»Oh, ähm, buonasera, Signora«, rief Rosa und eilte zurück die Stufen hinauf. Die Tür öffnete sich etwas weiter, und eine kleine, ältere Dame in einem dunkelblauen Kleid stand vor ihr. Die braun gebrannten Füße steckten in Ledersandalen, das grauschwarze Haar hatte sie zu einem Dutt hochgesteckt. Ihr faltiges, gebräuntes Gesicht sah freundlich aus.

»Suchen Sie eine Unterkunft, Signorina?«, fragte die alte Dame lächelnd auf Italienisch.

»Sì, sì, haben Sie ein Zimmer frei?« Rosa packte ihr bestes Italienisch aus, die Dame lachte und bat sie herein.

»Wie viel kostet das Zimmer?«

»Es ist nicht teuer, Signorina. Eine Nacht kostet 35 Euro, bene?«

»Sì, benissimo!«, rief Rosa glücklich. Das war wirklich nicht teuer, und sie war froh, etwas so Hübsches gefunden zu haben.

Noch glücklicher war sie, als sie das Zimmer zu sehen bekam.

»Wow, sehr schön!«, sagte sie, und die Dame lächelte. Erst jetzt bemerkte Rosa, dass ihr ein paar Zähne fehlten, was ihr Lächeln sofort noch sympathischer machte. Das Zimmer lag unter dem Dach, die Möbel waren wunderschöne alte Holzmöbel. Rosa fielen sofort die Wände auf, die aus weißem Stein waren und in die kleine Vertiefungen als Bücherregale eingelassen waren. Ein bunter Flickenteppich lag auf dem dunklen Holzboden. An einer Wand stand ein kleiner

Schminktisch, daneben gab es ein kleines Waschbecken und einen Spiegel, der eingerahmt war von wunderschönen alten weiß-blauen Kacheln. Vor dem geöffneten Fenster hingen altrosafarbene Vorhänge, die sich sanft im Abendwind bewegten, ein betörender Duft kam von draußen herein. Er musste von den vielen Blumen an der Hauswand stammen.

»Grazie mille«, sagte sie, »es ist traumhaft!«

»Sind Sie aus England?«, fragte die Dame nun.

»Nein, aus Deutschland«, sagte Rosa, und das Gesicht der Dame hellte sich auf.

»Ah, Germania, ich spreche ein wenig Deutsch!«

Rosa war überrascht. »Wo haben Sie denn Deutsch gelernt?«, wollte sie von der Dame wissen, während sie ihren Koffer neben einen kleinen Sessel in der Ecke des Zimmers stellte.

»Meine Familie hat lange in Deutschland gelebt, meine Tochter wohnt immer noch da.«

»Was für ein Zufall! Gibt es viele Menschen hier in Apulien, die Familie in Deutschland haben?«, fragte Rosa. Es war wirklich seltsam, dass sie an einem Tag gleich zwei deutsch sprechende Italiener traf.

»No, nicht viele. Ich kenne nur wenige, meine Familie und vielleicht noch eine andere Familie. Ich kenne viele, viele Menschen hier, ich habe viele Freunde und eine große Familie! Keiner spricht sehr gut Deutsch, aber es ist eine schöne Sprache!«

Rosa verzog den Mund. Eine schöne Sprache war Deutsch nicht wirklich, dachte sie. Und das kam von einer Italienerin!

»Aber Italienisch ist doch die schönste Sprache«, sagte Rosa, und die Dame musste lachen.

»Sì, sì, Italienisch ist die beste Sprache! La lingua più bella del mondo!« Die Dame streckte ihre Arme aus, und Rosa musste lachen.

»Genau!«

Ihre Vermieterin hieß Francesca und wohnte im Erdgeschoss des kleinen weißen Häuschens. Nachdem Rosa ihre wenigen Sachen aus dem Auto geholt hatte, lud Francesca sie ein, mit ihr zusammen einen Rotwein zu trinken und etwas Käse zu essen. So mache sie das jeden Abend, erzählte sie, und es sei das Geheimrezept für ein langes, gesundes Leben. Das glaubte Rosa sofort. Vor allem bei dem Wein – er schmeckte vorzüglich! Francesca verpasste es nicht, ihr immer wieder nachzuschenken, kaum dass Rosa ihr Glas geleert hatte. Die Dame konnte ihr einiges aus Apulien und von den Menschen in Bari berichten, und Rosa hörte ihr gerne zu. Manchmal verfiel sie ins Italienische, und Rosa verstand nicht alles. Das lag sehr wahrscheinlich auch am Wein. Aber sobald sie Deutsch mit ihrem unglaublich sympathischen italienischen Akzent sprach, war Rosa hingerissen und erstaunt über ihre Sprachkenntnisse. Dabei erzählte Francesca ihr, dass sie lange nicht mehr in Deutschland gewesen sei, nur noch selten besuchte sie ihre Tochter, meistens kam diese nach Bari, um Urlaub zu machen und Francesca und ihren Neffen, Francescas Enkel, zu besuchen. Von diesem erzählte sie sehr ausführlich, er lebte, wie sie, in Apulien. Aber anstatt sich eine vernünftige Arbeit in Bari zu suchen, hockte er irgendwo in der Pampa und versuchte, ein kleines Restaurant zu betreiben, wohin sich nur selten Gäste verirrten.

»Dio mio«, rief Francesca mehrmals, als sie davon berichtete. »Mein Gott!«

»Er hat keine Ahnung, non ha la minima idea, vom Leben, von Arbeit, er hat nur seine Träume, mehr nicht.«

Rosa fand die Idee, ein Restaurant in Apulien, irgendwo auf dem italienischen Land, zu haben, ziemlich romantisch, aber das sagte sie Francesca nicht. Diese war gar nicht zu bremsen in ihrer großmütterlichen Wut über ihren Enkel, den großen Träumer, der nichts zustande brachte.

»Nicht falsch verstehen, Rosa, er ist lieb, molto gentile und sehr gut aussehend, molto bello! Er braucht nur eine gute Frau, una donna, un grande amore, eine große Liebe. Das regelt alles, non è vero?«

Rosa lächelte traurig und wusste nicht, was sie sagen sollte. Sie dachte an Lenni, und es schmerzte. Aber diese Geschichte wollte sie Francesca heute nicht erzählen. Es hörte sich für sie nicht so an, als bräuchte Francescas Enkel eine Frau. Er schien genau zu wissen, was er wollte, wenn er es in Kauf nahm, ohne Geld und recht einsam auf dem Land zu leben, um sich seinen Traum vom eigenen Restaurant zu erfüllen. Aber Francesca schien ziemlich überzeugt davon, dass eine Frau an seiner Seite schon alles richten würde. Irgendwie auch eine schöne Vorstellung. Es brauchte nur die richtige Frau und den richtigen Mann, Seite an Seite, und das Leben hätte eine Richtung, einen Sinn, eine Erfüllung. Für mich ist dieser Zug abgefahren, dachte sie. Der richtige Mann hatte sie für ein paar Jahre begleitet, jetzt war er weg. Es war vielleicht ihr Schicksal, nun allein durchs Leben zu gehen und ihre eigenen Träume zu verwirklichen. Vielleicht brauchte sie dafür niemanden an ihrer Seite.

Um kurz nach Mitternacht verabschiedete sich Rosa und bedankte sich bei Francesca für den ausgezeichneten Wein, den guten Käse und ihre Geschichten.

»Grazie mille, Francesca, es hat mich sehr gefreut!«

»È stato un vero piacere«, sagte Francesca und drückte ihr ein Küsschen auf die eine und eines auf die andere Wange.

Rosa fiel müde in ihr kleines gemütliches Bett, das direkt neben dem Fenster stand. Sie ließ es offen und lauschte noch ein wenig den Nachtgeräuschen, die von den Gassen kamen. Kurz bevor sie in den Schlaf sank, dachte sie plötzlich an den Fremden vom Meer und dass sie ihm noch gar nicht seine Fotos geschickt hatte. Aber sie war viel zu müde und verschob das lieber auf morgen. Dann schlief Rosa, vom Rotwein und den Klängen der nächtlichen Straße eingelullt, zufrieden ein.

7

»Mist!«, sagte Rosa laut und kramte in ihrer Tasche, die sie neben dem Bett abgestellt hatte. Sie konnte den Zettel mit Mattias Handynummer einfach nicht finden. Dabei war es doch das Erste, das sie nach dem Aufwachen erledigen wollte – ihm die Fotos zuschicken.

»Verdammt, wo habe ich ihn nur hingesteckt?«

Rosa wühlte eine ganze Weile in ihrer Tasche, aber der Zettel mit der Nummer hatte sich offenbar in Luft aufgelöst. Es tat ihr plötzlich sehr leid, dass sie ihr Versprechen nicht halten konnte. Er würde sicher denken, sie hätte seine Nummer direkt entsorgt und die Fotos gleich mit. Das Handy in der Hand, lag sie noch immer im Bett, drehte sich auf den Rücken und öffnete den Ordner mit den Fotos. Sie hatte mindestens 20 Bilder von ihm geschossen. Rosa klickte eins nach dem anderen an. Sie musste laut auflachen, diese Bilder waren einfach zu komisch. Er war gehüpft, hatte Räder geschlagen und Fratzen gezogen, nur um seine Tante fröhlich zu stimmen. Irgendwie süß. Das letzte Foto hatte Rosa gemacht, als er schon fertig mit seiner Show gewesen war und nicht mehr posierte. Auf dem Bild schien er auf sie zuzugehen, lächelnd, die dunklen, verwuschelten Haare in der Stirn, große, klare Augen. Rosa ertappte sich dabei, etwas länger an seinem Gesicht hängen zu bleiben. Er sah gar nicht schlecht aus, das musste sie zugeben.

Sie schloss den Ordner und legte das Handy weg. Viel länger wollte sie nicht mehr an ihn denken, sie fühlte sich schon schuldig genug, dass sie seine Nummer verbummelt hatte und er nun keines der Fotos seiner armen Tante zukommen lassen konnte. Und außerdem war das Letzte, worüber sie sich gerade Gedanken machen wollte, ein Mann.

»Für schlechte Gefühle ist jetzt kein Platz«, beschwichtigte sie sich selbst und schlug die Bettdecke zurück.

»Buongiorno!«, rief Francesca, als Rosa die schmale Treppe hinunterkam. Rosa hatte sich ein sommerliches Kleid übergeworfen und fühlte sich endlich passend angezogen.

»Buongiorno, Francesca, come stai?«, sagte Rosa ganz stolz, dass sie einen Satz auf Italienisch herausbekommen hatte, auch wenn er noch so kurz war.

»Sto bene, grazie Rosa! E tu? Hai dormito bene?«

Dass Francesca sie fragte, ob sie gut geschlafen hatte, verstand Rosa auch. »Sì, bene!«, antwortete sie freudig und fühlte sich sofort wieder in diesen wunderschönen italienischen Film zurückversetzt, der gestern in dem kleinen Restaurant seinen Anfang genommen hatte. Alles, was Francesca als Nächstes auf sie einplapperte, hörte sich für Rosa allerdings nur noch wie wunderschönes Kauderwelsch an, und als Francesca sie mit großen Augen ansah und auf eine Antwort wartete, konnte Rosa nur mit den Schultern zucken.

Francesca brach in ein lautes Lachen aus, »Dio mio, wir müssen dir Italienisch beibringen, Rosa!«

Auch Rosa lachte und nickte heftig.

»Ja, bitte!«, rief sie, während Francesca sie in einen kleinen Raum führte, in dem auf einem runden Holztisch schon das Frühstück bereitstand.

»*Mamma mia*, Francesca, das sieht ja toll aus!«

»È tutto per te, Rosa, nimm dir alles, was du willst! Caffè?«

Rosa setzte sich. Auf dem Tisch standen Brot, Käse, Kuchen, Früchte, Schinken, Eier, frisch gepresster Orangensaft und einige Aufstriche.

»Ich weiß gar nicht, was ich zuerst essen soll! Und ja, gerne einen Kaffee, vielen Dank!«

Erst jetzt fiel Rosa auch das Geschirr auf. Wunderschönes Keramikgeschirr, dunkler Ton und türkisblaue Glasur. Dieser Anblick ließ ihr Herz kurz höherschlagen. Das passierte immer, wenn Rosa besondere Keramikstücke ansah, aber diesmal gesellte sich auch eine unschöne Unruhe dazu. So lange hatte sie nun nicht mehr getöpfert, beinahe hatte sie Angst, dass sie es womöglich längst verlernt hatte.

»Woher hast du dieses schöne Geschirr?«, fragte sie, als Francesca mit einer Tasse Kaffee an den Tisch kam.

»Das ist sehr alt, meine Mutter hat es gemacht«, sagte Francesca.

»War sie Keramikerin?«, fragte Rosa überrascht.

»Nein, keine echte Keramikerin, nur ein, wie sagt man, Hobby?«

»Ja, Hobby! Aber wie schön das aussieht. Weißt du, ich arbeite als Keramikerin in Berlin.«

»Davvero?«, fragte Francesca verblüfft und lächelte Rosa an.

»Ja, wirklich! Aber zurzeit bin ich in einer Art Krise, verstehst du?« Rosa schüttelte etwas verlegen den Kopf.

»Krise?«, hakte Francesca besorgt nach.

»Ja, ich kann nicht arbeiten, an der Scheibe finde ich einfach keine Inspiration.«

Rosa machte eine Bewegung mit den Armen, als würde sie etwas auf der Drehscheibe töpfern.

Francesca nickte.

»Ah, sì, il tornio!«, sagte sie.

»Ich vermisse es schon, aber ich bin auch hierhergekommen, um auf andere Gedanken zu kommen«, erklärte Rosa weiter. Mehr wollte sie dazu nicht sagen, aber Francesca schien sie zu verstehen.

»Es ist immer gut, wegzugehen für einen Moment und dann zurückzukehren. Hier kannst du entspannen und wieder zu dir finden«, sagte Francesca sanft und lächelte erneut, wobei ihre Zahnlücke zum Vorschein kam.

»Danke, Francesca, ja, das werde ich. Und ich fange gleich mal damit an!«

Rosa nahm sich etwas Brot und griff sich den ersten Aufstrich, der wunderbar nach Tomaten und Oliven roch. Hungrig nahm sie einen Bissen und seufzte genüsslich.

Francesca sah ihr zufrieden zu. Dann runzelte sie plötzlich die Stirn, als würde sie über etwas nachdenken.

»Weißt du, Rosa. Es gab einmal einen Keramiker, zu dem meine Mutter ging, um an il tornio, wie sagst du, der Scheibe zu arbeiten. Er ist lange gestorben, aber ich glaube, da ist in seiner alten Werkstatt noch viel Keramik. Das Haus gehört noch der Witwe, aber es ist alt, und niemand kümmert sich mehr darum.«

»Wirklich? Und wo ist diese Werkstatt?«, fragte Rosa mit großen Augen.

»Etwas weiter weg, auf dem Land, vielleicht eine Stunde mit dem Auto. Niemand ist mehr da, das weiß ich, das weiß jeder hier, die Witwe ist in Bari, und sie kann sich nicht mehr um das Haus und die alte Keramik kümmern. Willst du da vielleicht mal hinfahren?«

»Das klingt sehr spannend, ja, warum nicht? Kannst du mir erklären, wo es genau ist?«

Während Francesca die Karte auf dem Tisch ausbreitete, erzählte sie Rosa, dass der Keramiker immer gewollt hatte, dass sein Sohn das Töpfern lernte und die Töpferei übernahm. Aber der hatte sich mehr für den Weinanbau interessiert, und nun gebe es niemanden mehr, der die Werkstatt übernehmen würde, und das Haus zerfiele langsam, empörte sich Francesca.

Rosa hatte große Lust, sich diese alte Töpferei anzusehen! Sie dachte sofort an Lenni und seinen Traum, eine Keramikwerkstatt in Italien zu führen. Was für ein schöner Zufall, dass sie nun die Gelegenheit hatte, eine solche anzuschauen. Sie würde sich vorstellen, diesen Ort gemeinsam mit Lenni zu erkunden, es hätte ihm bestimmt große Freude bereitet.

In ihrem zitronengelben Sommerkleid und den türkisfarbenen Sandalen fühlte sich Rosa endlich wie im Urlaub. Ihre langen Haare hatte sie sich zu einem Zopf gebunden, einige lockige Strähnen hingen ihr ins Gesicht, auf der Nase trug sie eine kleine Sonnenbrille mit runden Gläsern, die sie im letzten Jahr auf einem Berliner Flohmarkt gefunden hatte.

Sie hatte das Haus von Francesca verlassen, um ihren kleinen Landausflug zu starten. Francesca hatte ihr die Karte mitgegeben, ihr eingezeichnet, wo sie die alte Keramikwerkstatt finden würde, und noch einige andere Dinge gezeigt, die sie sich unbedingt ansehen sollte.

Am schönsten sei es tagsüber am Meer oder ein wenig weiter hinein ins Landesinnere in den kleineren Orten.

»Polignano und Alberobello musst du anschauen«, riet Francesca ihr.

Und wenn sie schon einen Tipp von einer Einheimischen bekam, wollte sich Rosa das natürlich nicht zweimal sagen lassen.

Außerdem hatte Francesca ihr gezeigt, wo sie einen Bus nehmen konnte, der in beide Orte fuhr. Ihr Auto wollte sie heute stehen lassen. Aber als Rosa durch die Gassen von Bari schlenderte, kam ihr eine noch bessere Idee. Es musste doch irgendwo in dieser Stadt eine Vespa-Vermietung geben! Sie wollte unbedingt das echte italienische Gefühl von Freiheit spüren, den warmen Wind in ihren Haaren, dieses typische Knattern hören, wenn sie über die steinigen Landstraßen Apuliens sauste. Rosa sah auf die Karte und fand eine Touristeninformation. Nicht gerade der beste Anfang, um sich in das ungekünstelte Vita Pugliese zu stürzen, aber eine bessere Idee hatte Rosa nicht.

Tatsächlich hatte die nette Dame in der Touristeninformation ihr direkt eine Adresse nennen können. Und so stand Rosa wenig später vor bestimmt zwanzig Vespas in verschiedenen Farben. Sie hatte sich sofort in einen hellblauen Motorroller verliebt. Der Inhaber des Verleihs sprach zum Glück Englisch und erklärte ihr alles. Es gab sogar die Möglichkeit, einen Gepäckträger anzubauen, um einen kleinen Picknickkorb zu transportieren. Rosa war begeistert und willigte ein. Ein Mitarbeiter in kurzen Jeansshorts und schwarzem T-Shirt, das schon ziemlich durchgeschwitzt war, brachte das Metallgestell hinter dem Sitz der Vespa an und befestigte den kleinen, geflochtenen Picknickkorb mit ein paar Gummihalterungen. Als er fertig war, grinste er Rosa schelmisch an. Während er ihr einen Helm reichte, sagte er noch etwas auf Italienisch, das sie nicht verstand, aber dem Klang und seinem breiten Lächeln nach zu urteilen konnte Rosa sich gut vorstellen, in welche Richtung es ging.

»O. k., ähm, grazie mille«, sagte sie nur, setzte den Helm auf und schwang sich auf den Ledersitz. Sie war es nicht mehr gewohnt zu flirten. Zum Glück brachte sie die Vespa ohne Probleme zum Laufen, so wie es ihr gezeigt wurde, und konnte sofort abdampfen. Sie versuchte, so locker wie möglich zu wirken, doch ihr Herz überschlug sich bei dem Gedanken, dass sie gerade zum ersten Mal auf einem solchen Gefährt saß und dann gleich in einer italienischen Stadt, die sie nicht kannte. Noch dazu hatte sie keine Ahnung, welche Verkehrsregeln hier galten, und sie war sich sicher, dass sie den meisten hier sowieso egal waren. Langsam tuckerte Rosa also durch die engen Gassen Baris und hoffte, schnell einen Ausweg auf breitere Straßen zu entdecken.

Vorbei an den bunt gestrichenen Häusern mit ihren Wäscheleinen, den flatternden Unterhosen und Laken, über Plätze, auf denen die Tische und Stühle der vielen kleinen Cafés in der Sonne standen und Menschen sich auf Treppen niedergelassen hatten, um Eis zu essen oder Espresso zu trinken, fuhr Rosa mal schneller, mal vorsichtig und langsam und vergaß bald, dass sie eigentlich recht nervös auf dieser wackeligen Vespa war. So viel passierte in dieser Stadt! An jeder Ecke gab es etwas zu sehen. Eine kleine Steinbrücke, die zwischen zwei Häusern direkt über der Straße verlief, dann eine Gruppe Straßenmusiker, die Lieder in ihrer Landessprache zum Besten gaben, alte Frauen und Männer, die auf ihren Plastikstühlen am Straßenrand saßen und dem Treiben zusahen, ein mit Blumen über und über geschmücktes Fahrrad, auf dem eine junge Frau mit ihrem Kind saß, das ihr laut und fröhlich etwas auf Italienisch erzählte. Kein Wunder, dass man hier aufpassen musste, nicht irgendjemanden umzufahren, so sehr lenkte das bunte Leben auf jedem Platz, in jeder kleinen Gasse den Blick von der Straße ab.

Bald hatte Rosa es aber geschafft und bog auf eine breitere Landstraße ab. Nach einer Weile war die Fahrbahn nur noch von grünen Wiesen und zahlreichen Olivenbäumen gesäumt, deren kleine silbergrüne Blätter in der Sonne glänzten. Es war ein berauschendes Gefühl, mitten auf dem Land in Apulien mit einer kleinen, knatternden Vespa herumzufahren, die warme Sonne auf der Haut zu spüren und die frische, salzige Luft, die vom Meer kam, einzuatmen. Noch spürte sie die kühle Brise der Küste, obwohl es schon sehr heiß war. Die Sonne hatte den gesamten Himmel für sich, keine einzige Wolke machte ihr Konkurrenz.

Rosa kam immer weiter ins Landesinnere, nur wenige Autos waren hier unterwegs, einige Transporter hatten Fässer geladen, vielleicht für Olivenöl oder Wein. Manchmal tuckerte eine Ape vorbei, noch so ein typisch italienisches Gefährt, das Rosa liebte. Irgendwie war alles in diesem Land ein bisschen niedlicher als anderswo, dachte sie. Wo sonst würde so ein kleines Mobil mit nur drei Rädern und ohne große Motorleistung so sehr an Beliebtheit gewinnen?

Irgendwann kam Rosa in ein kleines, abgelegenes Dorf. Es gab hier vielleicht fünf oder sechs Grundstücke, kleine Steinhäuser, die von riesigen Gärten umgeben waren, in denen Obstbäume, Gemüsebeete, Olivenbäume oder Weinreben standen. Die Idylle lag vollkommen verlassen vor ihr. Es war gerade die Zeit der Siesta, dachte Rosa, und bestimmt hielten alle ihren Mittagsschlaf. Sie hatte große Lust, sich ein wenig umzusehen, das Dorf war von wunderschönen Wiesen umgeben. Rosa parkte die Vespa neben einem Baum. Vielleicht würde sie hier einen schönen Platz für ihr Picknick finden. Den Korb hatte sie in Bari noch mit einigen Leckereien aus einem kleinen Lebensmittelgeschäft aufgefüllt. Sie nahm ihn vom Gepäckträger und schlenderte los. Wie gern sie in eines der Häuser schauen würde, dachte sie, als sie an den Gärten vorbeilief. Die Stille hier wurde nur von dem lauten Zirpen der Zikaden unterbrochen.

Auf einem kleinen Stück Wiese, unter einem alten, knorrigen Baum, ließ sie sich nieder und packte den Inhalt des

Korbes aus. Es gab natürlich Oliven, Brot und eine Tomaten-Basilikum-Paste, ein bisschen Käse und hausgemachte Zitronenlimonade, das hatte ihr die Verkäuferin jedenfalls versichert. So konnte es weitergehen, dachte Rosa, als sie sich ein wenig gestärkt hatte und sich nun zufrieden rücklings ins Gras fallen ließ. Eine Weile wollte sie noch den Zikaden lauschen und einfach nur in den hellblauen Himmel schauen. Wie es jetzt wohl in Berlin war? Ob Anna sie schon vermisste?

Sie war zwar gerade einmal drei Tage unterwegs, aber sie kannte ihre beste Freundin, die ihr bei ihrem Abschied versprechen musste, sie nicht direkt anzurufen, sondern sie ganz in Ruhe ankommen zu lassen. Schließlich wollte Rosa sich voll und ganz auf ihren Neuanfang konzentrieren. Ein paar Nachrichten hatte Anna ihr trotzdem geschickt, aber Rosa wäre auch ziemlich geknickt, würde so gar nichts von ihr kommen. Petti hatte sie versprochen, viele Postkarten zu schicken und alles, was es an gutem Essen gab, zu probieren und ihr später davon zu erzählen. Vielleicht sollte sie beginnen, ein Tagebuch nur für italienisches Essen zu verfassen. Rosa lächelte bei dem Gedanken, sie war davon überzeugt, dass Petti begeistert von derartigen Aufzeichnungen wäre.

Auch Lenni wäre hier in seinem Element gewesen, dachte Rosa. Er hatte italienisches Essen so geliebt und hätte sich sicher so einige Rezepte verraten lassen und versucht, sie zu Hause für sie nachzukochen. Ihm würde es sicher gefallen, wenn er Rosa jetzt so sehen könnte. Er hatte sich immer gewünscht, mit ihr zusammen nach Italien zu reisen, vielleicht sogar für immer zu bleiben und eine Keramikwerkstatt zu eröffnen. Und das war gar kein so schlechter Gedanke, nach allem, was sie bisher hier gesehen und erlebt hatte. Die Menschen waren gastfreundlich, das Essen war wunderbar, die Luft, die Wärme, das Meer, die weiten grünen Wiesen und Felder und die Olivenhaine! Sie könnte die Fantasie, der Lenni und sie so oft gemeinsam nachgehangen hatten, wahr werden lassen.

Aber so einfach war das Ganze ja doch nicht. Jetzt schaltete sich wieder ihre Vernunft ein. Wovon sollte sie hier leben? Wo sollte sie wohnen? Sie verstand fast kein Wort von dem, was die Menschen ihr hier sagten. Sie liebte die Sprache und wollte sie unbedingt lernen, aber es würde noch Monate bis Jahre dauern, bis sie sich ohne Probleme verständigen könnte. Das Wichtigste aber war: Was sollte sie in Italien ohne ihre Freunde machen? Sie kannte doch niemanden, und so ganz allein zu sein bekäme ihr dann doch wieder nicht so gut. Wenigstens bemerkte sie aber, dass sich ihre Gedanken ganz gut mit all dem Neuen, das sie hier sah und erlebte, ablenken ließen. Ablenken von der Einsamkeit und ihrer Trauer, die manchmal so sehr auf ihr Herz drückte.

Das alte Steinhaus stand mitten im Nirgendwo. Es war umgeben von einem verwilderten Garten, den ein verrotteter und teils zerfallener Holzzaun abgrenzte. Ein paar kleine Zitronen- und Mandelbäume standen um das Haus verteilt, das Gras wuchs ihnen fast bis zur Krone. Das Geräusch der Zikaden war hier noch viel lauter, als Rosa es auf den Feldern und am Rand der Straßen gehört hatte. Sie mussten zu Tausenden in den Bäumen und Wiesen sitzen. Als Rosa hier ankam und die Vespa abstellte, fiel ihr erster Blick direkt auf die Zitronen. Die kleinen knallgelben Früchte hingen zahlreich zwischen den grünen Blättern, und das war so ein Bild, wie sie es sich immer vorstellte, wenn sie ans italienische Hinterland dachte.

Das Haus war gar nicht so zerfallen, wie es sich in den Erzählungen von Francesca angehört hatte. Klar, es war nicht mehr besonders gut in Schuss, aber auch nicht so heruntergekommen, dass man nichts mehr damit hätte anfangen können. Verkaufen könnte man es bestimmt, dachte Rosa. Aber vielleicht wollte niemand so weit draußen wohnen. Allerdings war Rosa nur etwa zehn Minuten, bevor sie das Haus erreicht hatte, durch ein kleines Dörfchen gekommen, wo es ein wenig Zivilisation zu geben schien: Eine Bäckerei, ein paar Höfe und sogar ein gemütliches Restaurant mit Terrasse hatte sie gesehen. Sie fand die Vorstellung, hier zu leben, gar nicht so schlecht.

Rosa ging zum Gartenzaun und schob ein altes Tor auf, das nur noch lose in den Angeln hing. Es sah so aus, als hätte es hier früher ein paar Beete gegeben, nun waren sie natürlich völlig zugewachsen. Aber kleine Natursteine deuteten eine Abgrenzung an, und Rosa fand sogar noch ein paar kleine Kräuterschilder aus Keramik.

Sie lief einmal um das Haus. Ein einziges zerbrochenes Fenster entdeckte sie, ansonsten schien alles intakt. Unmengen an alten Keramiktöpfen standen an der Hauswand neben der Eingangstür. Sie waren ineinandergestapelt, einige davon zerbrochen oder gerissen. Rosa nahm sich einen kleinen Topf und betrachtete ihn. Der Ton hatte die Farbe, die so typisch für den Süden war: Terrakotta, was so viel hieß wie gekochte Erde. Ein rotbrauner Scherben, auf dem Grün- und Blautöne besonders schön aussahen. Dieser Topf war in einem satten Dunkelblau glasiert, er gefiel Rosa, und sie entschied, ihn mitzunehmen.

Francesca hatte erzählt, dass das Haus wahrscheinlich nicht verschlossen war, da sowieso nie jemand vorbeikam und es nichts zu holen gab. Also drückte Rosa die Klinke hinunter, und tatsächlich, die Tür ließ sich öffnen.

Drinnen stand der Staub im Raum, das Sonnenlicht fiel durch die dreckigen Fenster. Die zartgoldenen Strahlen warfen kleine Lichtflecken auf den Boden und die Möbel. Es schien nichts verändert worden zu sein, seit der alte Keramiker gestorben war. Die Möbel, die Dekoration, die Einrichtung, alles wirkte, als wäre das Haus gerade verlassen und dann eine Menge Staub draufgekippt worden.

Man kam direkt in einen großen Wohnbereich mit Steinboden, links gab es eine alte Küchenzeile, und davor standen ein runder Holztisch und vier Holzstühle. Auf dem Tisch lagen einige Blätter Papier verteilt, ein paar Bleistifte und Gläser. Rosa trat näher und erkannte Skizzen von Keramiktöpfen, Teekannen und Vasen. Vielleicht hatte der alte Keramiker hier seine Ideen zu Papier gebracht. In der Mitte des Tisches stand eine Keramikvase, in der vertrocknete Wiesenblumen ihre Köpfe hängen ließen. Die Vase hatte einen schönen, rund geformten Körper und einen schmalen Hals. Auch sie war terrakottafarben und nur zur Hälfte weiß glasiert.

Rosa blickte wieder in den Raum. An der rechten hinteren Wand führte eine schmale Steintreppe hinauf ins nächste

Stockwerk. Daneben standen noch ein kleines Sofa und ein Bücherregal. Rosa tastete sich vorsichtig Schritt für Schritt die Stufen hinauf, die Treppe schien aber noch völlig intakt zu sein. Oben angekommen, staunte sie nicht schlecht. Hier auf dem Dachboden war also die Werkstatt gewesen. Bis unters Dach vollgestellt mit Holzregalen, auf denen zahlreiche keramische Stücke standen. In einer Ecke gab es sogar ein Regal mit ungebrannten Arbeiten, die alle längst staubtrocken waren. Ein wenig melancholisch wurde es Rosa jetzt doch zumute, wenn sie das sah. Hier hatte jemand mit voller Leidenschaft gearbeitet, sich allein und abgeschieden ausschließlich seiner Kunst gewidmet. Und dann war er gestorben, plötzlich war er weg, und alles andere war einfach so geblieben wie vorher. Als wäre in dem Haus die Zeit stehen geblieben, und keiner hatte es bemerkt. Sie musste an ihre und Lennis Werkstatt denken, die sie so lange nicht betreten hatte, nicht hatte betreten können.

Rosa verstand sehr gut, weshalb die Witwe dieses Haus nicht abgeben wollte. Sie konnte es nicht. Vielleicht war ihre Trauer zu groß. Es musste schon eine ganze Weile leer stehen, Jahre, dachte Rosa.

Es machte ihr ein wenig Angst, wie lange eine so große Trauer anhalten konnte. Sie musste sich zusammenreißen, um in Gedanken nicht zu sehr zurück nach Berlin zu schweifen. Sie stand mitten in einer wunderschönen alten Werkstatt, und für Rosa war das ein wahrer Abenteuerspielplatz.

Eine Drehscheibe stand in der Mitte des Raumes, an einer Wand lagen Tonnen an Ton in Plastiktüten. Die meisten Klumpen waren ausgetrocknet, weil die Tüten eingerissen waren und Luft an das Material gekommen war. In einem Regal fand sie in einer fast schon peniblen Ordnung Werkzeuge, Schwämme, Glasuren und Proben. Alle Fächer und Töpfe waren genau beschriftet. An beiden Seiten des Raumes gab es dreieckige bodentiefe Fenster unter dem Dachgiebel, die sicherlich später erst so eingebaut worden waren und für optimale Lichtverhältnisse sorgten. Auch im Dach bemerkte Rosa nun kleine Fensterluken, durch die ein wenig Oberlicht fiel. Was für ein herrlicher Arbeitsraum, dachte sie, während sie sich immer wieder umsah. Das Haus sollte man doch nicht einfach so verkommen lassen, es wäre so schade! In Rosa wuchs das Verlangen, dieses kleine Steinhaus wieder aufzubauen, alles aufzuräumen, zu putzen, zu ordnen, zu reparieren. All den Ton in Wassereimer zu legen, ihn aufzuweichen, zurechtzukneten.

Plötzlich spürte sie eine überbordende Energie in sich, am liebsten hätte sie sofort damit begonnen. Aber sie hielt sich zurück. Sie wusste ja, dass sie nicht so einfach in ein fremdes Haus einsteigen und es zu ihrer eigenen kleinen Mission machen konnte. Und überhaupt, was würde denn passieren, wenn sie fertig wäre? Eine reizvolle Vorstellung, hier zu sitzen und den ganzen Tag mit Ton zu arbeiten, aber was dann? Wohin mit der Keramik, wie sollte sie leben, Geld verdienen? All diese Fragen schwirrten Rosa im Kopf herum, als sie die kleine Treppe wieder hinunterstieg, sich noch einmal im Haus umsah und schließlich wieder nach draußen in den Garten trat. Mit einem Mal schüttelte sie heftig den Kopf und sagte laut zu sich:

»Was für blödsinnige Gedanken, Rosa, jetzt werd nicht

übermütig. Du bist doch im Urlaub!« Sie war nicht nach Italien gekommen, um ein Haus zu renovieren. Sie war hier, um zu reisen, zu entdecken, das Land kennenzulernen und vor allem, um zu heilen.

Rosa musste lachen. Es war so typisch. Immer fand sie eine Aufgabe, eine Arbeit, die sie erledigen musste, nie konnte sie abschalten und einfach mal für einen Moment loslassen, sich treiben lassen und ihren inneren Frieden finden. »Bekomm erst mal den Kopf frei«, sagte sie wieder laut vor sich hin und machte sich auf den Weg zu ihrer Vespa.

Aber irgendwie ließ sie der Gedanke nicht los, wie sie in dieser Werkstatt sitzen würde, die großen Fenster geöffnet, das warme Sonnenlicht auf ihren Tonwerken und die Zikadenkonzerte im Ohr. Immer wieder flüsterte eine innere Stimme ihr zu: Was hält dich denn zurück? Was hast du zu verlieren?

Die Sonne stand schon wieder etwas tiefer, es musste längst später Nachmittag sein. Rosa hatte überhaupt kein Zeitgefühl mehr, dachte sie, als sie auf der Vespa über die steinigen Straßen zurück in Richtung Dorf tuckerte, durch das sie auch schon auf dem Hinweg gekommen war. Aus reiner Gewohnheit griff sie sofort in ihre Handtasche, um nach ihrem Handy zu kramen, das ihr die Uhrzeit anzeigen würde. Als sie es herauszog, noch immer in Fahrt, flatterte plötzlich ein kleiner Zettel heraus. Reflexartig griff sie danach. Sie war so abgelenkt, dass sie den Fahrradfahrer nicht hatte kommen sehen, der plötzlich wie aus dem Nichts vor ihr auftauchte. In letzter Sekunde riss sie den Lenker herum und fuhr kreischend von der Straße in die Wiese. Sie hielt sich mit aller Kraft am Lenker fest, der von rechts nach links ausschlug, und kam schließlich an einem kleinen Feigenbaum zum Stehen, der beim Aufprall ihrer Vespa so aufgerüttelt wurde, dass er ein paar Blätter verlor. Der Roller mitsamt Rosa fiel ins Gras, und dort blieben beide liegen. Stöhnend fasste Rosa sich an die Stirn, die höllisch wehtat. Den Zettel, der diesen ganzen Unfall ausgelöst hatte, hielt sie immer noch in der Hand. Sie öffnete die Augen, blickte auf das Blatt Papier und versuchte die Schrift zu entziffern. Eine Handynummer und dahinter ein Name: Mattia.

Rosa konnte es nicht fassen. Sie hatte den Zettel mit der Telefonnummer von diesem verrückten Italiener gefunden! Langsam setzte sie sich auf. Jetzt erinnerte sie sich an den Fahrradfahrer, den sie beinahe umgefahren hätte. Oh Gott, hoffentlich war ihm nichts passiert. Rosa wollte nicht schon an ihrem ersten Tag auf einer Vespa einen Unfall mit Verletzten verursacht haben. Dass sie selbst nicht in bester Verfassung war, war schlimm genug. Sie stand auf und humpelte auf wackeligen Beinen zurück zur Straße. Ein wenig entfernt sah sie das Fahrrad mitten auf der Fahrbahn liegen.

Oh nein, bitte nicht, dachte sie.

Doch dann fiel ihr Blick auf eine Gestalt, die ein paar Meter weiter am Straßenrand saß. Der Fahrradfahrer lebte noch.

»Gott sei Dank«, sagte Rosa laut. Sie humpelte auf die Gestalt zu und erkannte einen jungen Mann. Als er sie erblickte, stand auch er auf und kam langsam auf sie zu.

»Sta bene, Signora?«, fragte er.

»Sì, sì! And you, are you okay?«, rief Rosa ihm besorgt zu.

«Yes, I'm okay, a little bit confuso, but okay.«

Die Stimme kam Rosa bekannt vor. Konnte das sein? Nein, das war unmöglich … und doch, er war es tatsächlich. Vor ihr stand Mattia. Mattia, der ihr den Zettel gegeben hatte, den sie noch immer in der Hand hielt.

»Rosa! Was für eine Überraschung!«, rief er. Unglücklicherweise hatte er durch den Sturz eine Schürfwunde an der Wange abbekommen und lächelte sie nun etwas demoliert an.

»Mattia, richtig?«, fragte Rosa.

»Ja, das ist mein Name. Du hast mich fast umgefahren, Rosa«, sagte er und grinste.

»Es tut mir schrecklich leid, ich konnte nichts sehen … Ich hatte das hier im Gesicht!«

Sie zeigte ihm den Zettel, und Mattia brach in schallendes Lachen aus.

»Stai scherzando!«

»Nee, kein Scherz.«

Rosa musste auch lachen und machte dabei ein gequältes Gesicht.

»Geht es dir wirklich gut?«, erkundigte sich Mattia besorgt und legte ihr eine Hand auf die Schulter.

»Mein Kopf tut verdammt weh«, antwortete Rosa etwas zerknirscht und musterte ihn dann. »Aber du siehst auch ganz schön ramponiert aus!«

»Rampo…?«, fragte Mattia mit rätselndem Blick.

»Ähm, na ja, nicht gut. Ein bisschen … kaputt«, versuchte Rosa zu erklären.

»Ich hab mich ganz schön hingelegt …« Mattia hielt sich

mit der Hand die aufgeschürfte Wange, »und mein Gesicht tut weh, als wäre jemand drübergefahren.«

Rosa sah ihn mitleidig an.

»Es tut mir wirklich leid, Mattia. Was machen wir denn jetzt?«

Er lächelte. »Ich weiß, wo wir gut versorgt werden, ist nur die Straße runter.«

8

»Dio mio, Mattia, was machst du nur immer!«, rief die ältere Dame auf Italienisch. Die letzten zehn Minuten hatte sie diesen Satz ständig wiederholt. Sie saß neben ihm und betupfte seine blutigen Wunden und Kratzer mit Desinfektionsmittel. Vorher hatte sie sich Rosa vorgenommen, die Schrammen an Armen und Beinen hatte, aber zum Glück nicht im Gesicht. Sie hatte ihr außerdem ein Glas Wasser und ein kühles Tuch für ihren Kopf gebracht.

Rosa und Mattia waren zusammen die Straße hinunter ins Dorf gelaufen. Neben sich her hatten sie ihre demolierten Gefährte geschoben. Mattia hatte sie zielsicher zu dem kleinen Restaurant geführt, an dem Rosa auf dem Hinweg vorbeigefahren war. Sie wurden von der älteren Dame in Empfang genommen, die völlig außer sich war, als sie die beiden sah.

»Ist schon gut, nichts Schlimmes passiert!«, sagte Mattia, um sie zu beruhigen. Aber sie konnte einfach nicht aufhören, den Kopf zu schütteln.

»Wer ist denn deine Freundin?«, fragte sie neugierig, als

sie mit dem Verarzten fertig war, und beäugte Rosa nun von oben bis unten.

»Das ist Rosa. Rosa, das ist Giulia, sie hat einen kleinen Hof ganz in der Nähe und versorgt das Restaurant mit Obst und Gemüse.«

Mattia kannte sich hier gut aus, dachte Rosa interessiert. Womöglich hat er Freunde hier oder lebt nicht weit entfernt. Denn dass ein junger Mann wie er in einem so abgelegenen Dorf leben würde, konnte sie sich nicht vorstellen.

»Und woher kennt ihr euch?«, fragte Rosa.

»Wir arbeiten zusammen!«, rief Mattia und stand plötzlich auf.

Aha, jetzt wurde Rosa alles klar: Wahrscheinlich arbeitete er nebenbei auf ihrem Hof und kümmerte sich um das Gemüse. Vielleicht kam er also doch aus der Stadt und half hier ab und zu aus. Doch bevor Rosa ihn fragen konnte, war er auch schon fast im Inneren des Restaurants verschwunden.

»Ich hole uns mal was zum Essen, du bist bestimmt hungrig, Rosa?«, fragte Mattia lächelnd.

»Und wie!«

»Und du Giulia?«

»Oh, Mattia, du willst mich wohl mästen, nein, nein, ich habe schon genug gegessen!«

Mattia verschwand im Restaurant, und Rosa blieb allein mit Giulia sitzen.

»Und woher kennt ihr euch?«, fragte Giulia jetzt in gebrochenem Englisch.

»Ach, wir kennen uns eigentlich gar nicht richtig. Wir haben uns gestern am Strand getroffen, und ich habe Fotos von Mattia gemacht.«

Das hörte sich etwas seltsam an, dachte Rosa direkt. Und Giulia schaute sie auch tatsächlich etwas irritiert an.

»Fotos?«

»Ja, er wollte seiner Tante in Deutschland Fotos von sich und dem Meer schicken, weil sie Apulien so vermisst«, erklärte Rosa.

»Ah, Tante Viola! Die vermisst er sehr«, bestätigte Giulia lächelnd und fügte hinzu: »Die vermissen wir alle sehr!«

»Hast du sie auch schon kennengelernt?«, fragte Rosa.

»Sie kommt im Winter oft hierher, und wir verbringen fast jeden Abend im Restaurant! Das sind die schönsten Abende, sie ist eine wunderbare Frau. Sie reist um die Welt und erzählt die tollsten Geschichten.«

Giulia hatte einen schwärmerischen Gesichtsausdruck aufgesetzt, und Rosa dachte plötzlich, wie gern sie diese Tante Viola kennenlernen würde. Anscheinend war sie eine genauso gute Erzählerin wie Francesca.

»Bestimmt triffst du sie auch mal«, fügte Giulia jetzt wissend hinzu.

»Das wäre schön, aber ich weiß gar nicht, wie lange ich bleiben werde.« Rosa zuckte mit den Schultern.

»Aber vielleicht kommst du ja wieder. Wer Mattia einmal kennengelernt hat, wird ihn so schnell nicht mehr loswerden wollen, das kann ich dir sagen!« Giulia grinste und zwinkerte ihr zu. Das Gespräch lief mit einem Mal in eine Richtung, die Rosa etwas unangenehm war. Sie kannte Mattia nicht, und offenbar glaubte Giulia, dass sie nun öfter hier vorbeikommen würde. Aber Rosa hatte keine Lust, sich festzulegen. Das war das Letzte, was sie jetzt gebrauchen konnte. Es war nett, dass Giulia glaubte, sie gehöre schon dazu, überhaupt war Rosa erstaunt über die reizende Gastfreundschaft, die sie hier bisher erfahren hatte. Andererseits engte es sie ein, sie wollte alle Freiheit haben, die sie brauchte. Das war doch der Grund gewesen, weshalb sie allein aus Berlin weggegangen war. Frei von den schlechten Gefühlen und unabhängig von ihrem bisherigen Leben wollte sie sein!

»Nun, ich werde mich wieder auf den Weg machen«, sagte Giulia, nachdem Rosa eine Weile geschwiegen hatte und in ihren Gedanken abgedriftet war, »es gibt noch einiges zu tun! Sag Mattia einen lieben Gruß von mir.«

Sie stand auf und ging.

»Das mache ich, es war schön, dich kennenzulernen«, sagte Rosa eilig und winkte Giulia hinterher. Wie unhöflich von ihr, aber Rosa hatte einfach nicht gewusst, was sie auf Giulias Kommentar über Mattia hätte antworten sollen. Hoffentlich nahm sie es Rosa nicht übel.

Sie lehnte sich auf ihrem Stuhl zurück und sah sich etwas um. Ihre Kopfschmerzen waren schon viel besser geworden. Die Terrasse war richtig gemütlich und so idyllisch mit all den Pflanzen und Blumenkübeln, die auf dem Steinboden verteilt standen. Die Tische waren aus Holz, einige rund, andere länglich, und auf den Stühlen und Bänken lagen bunte Sitzkissen. Auf jedem Tisch standen zwei Töpfe mit verschiedenen Kräutern. Auf dem Tisch, an dem Rosa saß, waren es Basilikum und Thymian. Daneben das Menü und eine kleine Kerze in einem alten Einwegglas. Über der Terrasse hingen einige dicke und vollblättrige Äste eines großen Baumes, an denen eine Lichterkette aus kleinen Lampions befestigt war. In einer Ecke der Wiese, wo ein paar Lavendelsträucher gepflanzt waren, entdeckte Rosa eine graue Katze, die entspannt in der Sonne lag und sich ihr Fell wärmen ließ. Alles an diesem Ort strahlte eine Ruhe aus, die Rosa aus Berlin nicht gewohnt war. Sie atmete tief ein und seufzte, als die Anspannung sie verließ.

»Geht es dir nicht gut?«, fragte Mattia, der plötzlich wieder neben ihr stand, zwei große Teller, prall gefüllt mit Spaghetti, in den Händen.

»Doch, doch, es geht mir sehr gut. Es ist wunderschön hier«, antwortete Rosa ein wenig verträumt.

»Und das Essen erst!«, sagte Mattia und stellte die Teller auf den Tisch. Die Spaghetti rochen verführerisch nach frischen Tomaten, Olivenöl und Kräutern. Als hätte der Koch gerade frisch gepflückte Zutaten verwendet.

»Wow, das sieht toll aus! Und das sind Giulias Tomaten?«, fragte Rosa begeistert.

»Ja, die hat sie heute Vormittag geerntet und hergebracht. Willst du etwas Parmigiano?«

Mattia reichte ihr das harte Stück Käse und eine Reibe.

Als Rosa den ersten Bissen tat, entfuhr ihr ein genießerisches »Mmmmh!«, und als sie heruntergeschluckt hatte, schaute sie Mattia mit großen Augen an.

»Das schmeckt ja fantastisch, einen tollen Koch haben die hier!«

»Werde ich ihm ausrichten«, sagte Mattia lächelnd und sah auf seinen Teller.

»Also«, begann sie, als sie mit dem Essen fertig waren, und sah Mattia an, der sich mit einer Serviette den Mund abwischte, »arbeitest du auf Giulias Hof?«

»Wie kommst du denn darauf?«, fragte er und tat ein wenig zu verwundert, als wolle er sie veräppeln.

»Na, ihr kennt euch so gut, und ich dachte, na ja, du bist bestimmt nicht einfach so in diesem Dorf, so weit weg von der Stadt«, erklärte Rosa.

»Stimmt, einfach so bin ich hier nicht. Aber ich arbeite nicht für Giulia. Eher andersherum!« Er lachte.

»Wie meinst du das?«, fragte Rosa überrascht.

»Sie ist meine Gemüse- und Obstlieferantin, habe ich das nicht erwähnt?«

»Deine? Dann arbeitest du hier im Restaurant?«

»Kann man so sagen.«

Mattia legte seine Hand auf Rosas Arm und fragte:

»Dir hat es geschmeckt, ja?«

»Wirklich köstlich!«, lobte Rosa und zog ihren Arm unter seiner Berührung weg. Ganz kurz sah sie seine Verwunderung, aber dann lächelte er wieder.

»Das Kompliment nehme ich gern an!«, lachte Mattia.

»Du hast das gekocht?«, rief Rosa perplex.

»Darf ich vorstellen«, witzelte Mattia und deutete auf sich, »der Koch des Hauses. Und der Inhaber.«

»Das ist dein Restaurant? Das hätte ich nun wirklich nicht gedacht«, sagte Rosa verblüfft. »Nicht falsch verstehen, es ist nur, ein junger Mann wie du, so weit ab von der Stadt!«

Mattia schmunzelte. »Ich weiß! Es ist Wahnsinn! Und

wenn ich nicht bald einen guten Plan habe, wird es nicht lange mein Restaurant bleiben.«

Rosa meinte, einen Anflug von Sorge in seinem Blick zu erkennen. Sie stellte es sich tatsächlich schwierig vor, wenn nicht unmöglich, hier draußen genug Gäste zu finden. Was hatte er sich dabei gedacht?

»Das tut mir leid, Mattia. Es ist ein wunderschöner Ort, wirklich, ich könnte ewig hier auf deiner Terrasse sitzen und auf diese Wiese blicken.«

»Leider bist du eine der wenigen, die hierherfinden. Mir war das von Anfang an klar, aber ich hatte mich eben Hals über Kopf in das Haus und das ganze Grundstück verliebt. Und was für ein schönes Dorf, oder? Noch dazu habe ich die Menschen hier kennengelernt und will gar nicht mehr weg. Giulia mit ihrem Hof, dann gibt es noch Edoardo mit seinem Weingut, Alessia und Filippo, die mir mit den Besorgungen helfen. Ich habe einige Freunde in der Stadt, die am Wochenende öfter herkommen und essen und trinken, was das Zeug hält, aber das reicht natürlich nicht.«

Rosa wusste nicht, was sie sagen sollte. Das hörte sich alles so schön an, und sicher musste es ziemlich wehtun, zu fürchten, dass man es verlieren würde.

»Weißt du«, sagte er, »alle haben es gewusst. Alle haben es mir gesagt. Dass ich verrückt bin. Meine Nonna hat am lautesten protestiert, als ich ihr von meinem Plan erzählt habe, aufs Dorf zu ziehen. Die denkt sowieso, ich wäre ein Träumer, der für nichts gut ist.« Er zuckte mit den Schultern.

Rosa runzelte die Stirn. Das kam ihr doch bekannt vor. »Sag mal, deine Oma heißt nicht zufällig Francesca?«

»Ja, wieso?«

»Francesca, die eine kleine Pension in Bari hat? Mit den blauen Fensterläden?«, fragte Rosa ungläubig.

»Woher weißt du das? Ja, genau die!«, rief Mattia und sah Rosa verwundert an.

»Kann es noch mehr Zufälle geben? Wahnsinn, ich wohne gerade bei deiner Nonna! Gestern habe ich mir dort mein Zimmer gemietet«, erklärte Rosa fassungslos.

»Non è possibile!« Mattia schüttelte den Kopf. »Unsere Wege kreuzen sich auffällig oft, oder?« Er lachte.

»Das kann man wohl sagen«, erwiderte Rosa belustigt.

Als wäre Apulien ein Dorf, dachte sie. Wie konnte es denn sein, dass sie nicht nur Mattia zweimal zufällig über den Weg lief, sondern auch noch ein Zimmer bei seiner Nonna mietete! So viele Zufälle konnte es doch gar nicht geben.

»Jetzt brauchen wir aber Wein!«, verkündete Mattia, stand auf, drehte sich dann aber noch mal zu Rosa um.

»Wie geht es deinem Kopf? Schmerzen, Schwindel?«

»Nein, gar nicht, alles bestens. Wein wäre jetzt genau das Richtige«, sagte sie, lächelte und hielt sich dann kopfschüttelnd die Hände vors Gesicht.

»Kommt sofort!«

»Unglaublich wie gut hier alles schmeckt! Liegt das daran, dass ich im Urlaub bin oder dass die Sonne ständig scheint und alles in so wunderbares Licht taucht?«

Rosa fühlte sich schon etwas beschwipst. Mattia schenkte ihr gerade zum dritten Mal nach.

»Alles ist gut in Apulien«, sagte er laut und machte eine ausladende Geste.

Rosa lachte. Sie war schon nach ihrem ersten Glas in heiterer Stimmung gewesen. Wann hatte sie sich das letzte Mal so unbeschwert gefühlt? Sie versuchte es auszukosten.

»Dieser Wein! Sag Edoardo, das hat er gut gemacht«, merkte sie etwas lallend an.

»Das wird ihn freuen, aber vielleicht kannst du es ihm ja selbst sagen. Du musst unbedingt mal zu einem meiner großen Essen hierherkommen«, schlug Mattia vor.

Rosa nickte und fühlte sich mit einem Mal sehr müde. Rotwein hatte das so an sich. Wenn sie mehr als ein Glas davon trank, konnte sie auf der Stelle einschlafen.

Doch dann schrak sie auf. Mit einem Mal wurde ihr bewusst, dass sie die Vespa noch zurückbringen musste! Wie sollte sie denn nun zurück in die Stadt kommen? Und was sollte sie den Leuten bei der Vermietung sagen? Ganz in Ordnung sah das Gefährt jedenfalls nicht mehr aus.

»Mist!«, murmelte sie und kramte in ihrer Tasche nach dem Handy.

»Was hast du?«, fragte Mattia.

»Wie spät ist es? Ich muss die Vespa wieder zurückgeben!«

»Heute noch?«, fragte er skeptisch.

»Ja, heute noch! Ich hab's völlig vergessen, ich Idiotin!«

»Ganz ruhig, das kriegen wir hin. Warte hier, ich hab eine Idee!«

Mattia sprang auf und rannte ins Haus. Was hatte er nur

vor? Sie hörte, wie er drinnen laut Italienisch sprach, anscheinend war er am Telefon.

Eine halbe Stunde später tuckerte eine kleine Ape auf den Hof. Alessia und Filippo wohnten ein paar Dörfer weiter. Beide arbeiteten in Bari, hatten aber das Stadtleben irgendwann sattgehabt und waren zum Wohnen aufs Land gezogen. Mattia erzählte, dass sie die ersten Besucher in seinem Restaurant gewesen waren und seitdem zu seinen Stammgästen gehörten. Aber vor allem waren sie Freunde, die ihm sehr geholfen hatten. Filippo hatte gemeinsam mit Mattia das ganze Haus renoviert, Wände abgerissen, das Dach repariert, die Terrasse gebaut. Alessia war oft in die Stadt gefahren, um Baumaterial zu besorgen, hatte den Garten auf Vordermann gebracht und bei der Inneneinrichtung geholfen. Wenn er in eine Notlage geriet, fand Mattia bei ihnen Unterstützung, und im Gegenzug versorgte er sie mit Wein und Pasta.

Auch jetzt konnte er auf seine Freunde zählen. Mattia besaß kein Auto, alle Wege legte er mit seinem Fahrrad zurück. Besorgungen erledigte er mit der Ape von Filippo und Alessia, dieses typisch italienische, dreirädrige Fahrzeug. Vorne gab es ein Fahrerhäuschen, in dem zwei Personen Platz hatten, hinten eine kleine Ladefläche. Genug Stauraum, um damit eine beschädigte Vespa und eine betrunkene Deutsche zurück in die Stadt zu transportieren. Da Mattia auch schon ein bisschen getrunken hatte, und obwohl er behauptete, völlig Herr all seiner Sinne zu sein, bestand Filippo darauf, Rosa nach Bari zu fahren. Im Gegenzug bestand Mattia darauf, auf der Ladefläche mitzukommen. Er wollte Rosa dabei unterstützen, den Vespa-Vermietern zu erklären, was geschehen war.

»Er hat recht, Filippo. Du weißt, Mattia ist ein Meister darin, Menschen um den Finger zu wickeln«, sagte Alessia augenzwinkernd. Filippo lenkte ein und gab zu, selbst kein guter Erklärungskünstler zu sein. Rosa lauschte müde der Diskussion, die die drei größtenteils auf Italienisch führten, konnte kaum folgen und spürte, wie ihre Lider schwerer und schwerer wurden.

»Los geht's!«, rief Mattia irgendwann, »sonst kommen wir noch zu spät.«

Er hüpfte auf die Ladefläche und schlug gegen das Metall, um Filippo, der schon eingestiegen war, das Zeichen zum Losfahren zu geben. Rosa hatte es sich längst auf dem Beifahrersitz gemütlich gemacht.

Auf dem Weg zurück in die Stadt beobachtete sie die Landschaft, die an ihnen vorüberzog. Alles wurde vom Knattern der Ape untermalt: die Felder mit den Mandelbäumen, die Olivenhaine, der orangefarbene Himmel und die knallrote Sonne, die langsam hinter den grünen Hügeln verschwand. Ein paar zerfallene Steinhäuser waren ab und zu inmitten von wilden Wiesen zu sehen. Sie fuhren größtenteils kleine Landstraßen entlang, deren winzige Kieselsteine gegen die Autotür prasselten. Eine ganze Weile sagte niemand etwas.

Rosa hatte das Gefühl, dass selbst Filippo und Mattia noch immer wie gebannt von dieser Schönheit waren, obwohl sie schon so lange, Tag für Tag, von ihr umgeben waren. Die Fenster waren auf beiden Seiten heruntergekurbelt, und eine frische Abendbrise spielte um Rosas Nase und in ihren Haaren. Ihr Blick fiel auf den Rückspiegel, in dem Mattia auftauchte, der hinter ihr auf der Ladefläche saß, seine Unterarme auf die Brüstung gelegt und seinen Kopf darauf abgestützt hatte. Er sah in die Landschaft, das warme orangefarbene Abendlicht lag auf seiner Haut und ließ sie strahlen, der Fahrtwind fuhr ihm durch das dunkle, wilde Haar. Jetzt drehte Mattia seinen Kopf in Richtung Rückspiegel, und ihre Blicke trafen sich durch das Glas. Er lächelte, Rosa lächelte verschlafen zurück, wandte dann aber etwas verlegen den Blick ab.

So schön es auf dem ruhigen Land war, so sehr mochte sie auch die lebendige Geräuschkulisse in den engen Gassen Baris, auf den glänzenden Plätzen, wo Menschen in Grüppchen um die Springbrunnen standen, tanzten, musizierten oder sich einfach sehr laut und leidenschaftlich unterhielten. Dazwischen sah Rosa immer wieder einen Kopf, der sich aus einem Fenster reckte, oder ein Paar Hände, die über ein Balkongeländer griffen, um die Wäsche von der Leine einzusammeln. Erst als die Ape vor der Vespa-Vermietung haltmachte, schlug Rosas Herz schneller, blitzartig veränderte sich ihre Stimmung. Wie sollten sie nur alles erklären, was würden sie sagen und was würde das Ganze kosten? Es gab kein Zurück, sie musste sich der Situation stellen. Mattia öffnete ihr die Tür, und als sie ausstieg, hielt er sie am Arm, um sie vorm Umkippen zu bewahren. Noch immer spürte sie den Wein.

»Ich mach das schon, keine Angst«, versprach Mattia, als er Rosas besorgtes Gesicht sah.

Filippo und Mattia hievten gerade gemeinsam die Vespa von der Ladefläche, als einer der Vermieter herauskam. Rosa erkannte sofort, dass er außer sich war. Und er hatte ja recht: Die Vespa hatte einiges mitgemacht. Der Lack war zerkratzt, der Lenker verbogen, einige Dellen schmückten die hellblaue Verkleidung.

Rosa nahm sich fest vor, nicht mehr so oft auf ihr blödes Smartphone zu starren, vor allem nicht, wenn sie auf einer Vespa saß!

Der Vermieter beschleunigte seinen Schritt und begann, laut und schnell etwas auf Italienisch zu rufen, das sich ganz und gar nicht erfreut anhörte. Vor lauter Schreck verschlug es Rosa völlig die Sprache, sie konnte sich nicht rühren und starrte dem wütenden Mann in sein hochrotes Gesicht. Doch kurz bevor er bei ihr angekommen war, hörte sie hinter sich Mattias freundliche Stimme auf ihn einreden. Er stellte sich neben Rosa und redete und redete, machte ausladende Gesten, es sah beinahe wie ein Theaterstück aus, das er mit allen dramatischen Wende- und Höhepunkten vor diesem Mann aufführte. Das Gesicht des Vermieters fand langsam wieder zu seiner normalen Farbe zurück, und nach ein paar Minuten meinte Rosa sogar so etwas wie ein Lächeln auf seinen Lippen zu erkennen. Und ja, tatsächlich, ganz plötzlich begann er sogar zu lachen! Was um Himmels willen hatte Mattia ihm erzählt?

Rosa sah zur Seite, studierte Mattias Mimik und Gestik genau, war fasziniert davon, wie schnell er sein Gegenüber völlig umgestimmt zu haben schien. Dann drehte Rosa sich um und schaute in das zufriedene Gesicht Filippos, der an die Ape gelehnt dastand, die Arme vor der Brust verschränkt. Als er Rosas erstaunten Blick bemerkte, zuckte er mit den Schultern und lächelte sie an, als wolle er sagen: Ich weiß auch nicht, wie er das macht!

»Rosa, komm«, sagte Mattia jetzt. Rosa wandte sich um und sah, dass der Vermieter wieder in Richtung Laden lief.

»Was hast du ihm denn erzählt? Was passiert jetzt?«, fragte Rosa aufgeregt.

»Wir bringen die Vespa auf den Hof, dann gehen wir rein, und du bekommst deine Kaution zurück. Er behält zwanzig Euro für den verloren gegangenen Picknickkorb. Das habe ich ihm leider nicht ausreden können.«

»Wie bitte?«, fragte Rosa völlig verdattert. »Das ist alles? Zwanzig Euro? Was ist mit dem Schaden an der Vespa, das muss doch Hunderte Euro kosten?«

»Das habe ich geklärt, darum musst du dir keine Sorgen machen. Ist so ein Ding unter Apuliern, weißt du.«

Mattia lächelte sie mit einem Augenzwinkern an. Rosa war baff. Und plötzlich überkam sie eine riesige Freude, sie stieß einen Jauchzer aus und fiel Mattia in die Arme.

»Das ist der Wahnsinn, tausend Dank! Ohne dich hätte ich sicher ein Vermögen für die Vespa ausgegeben und wüsste nicht, wie ich jemals wieder zurück nach Berlin kommen sollte«, sagte sie.

»Schon gut, gern geschehen. Versprich mir nur, dass du mich noch mal in meinem Restaurant besuchst, bevor du wieder fährst.«

»Klar mach ich das, das ist das Mindeste! Wirklich, ich danke dir!«

Einen Moment lang sah Mattia sie mit warmen Augen an und schien noch etwas sagen zu wollen.

Doch Rosa kam ihm zuvor:

»Ich muss dir noch deine Fotos schicken! Das mache ich gleich heute Abend, versprochen!«

Mattia nickte lächelnd und stieg zu Filippo in die Ape. Er hob eine Hand, als sie davonfuhren. Rosa sah ihm nach, bis die Ape um die Ecke verschwunden war.

9

Ihr dritter Tag in Bari. Rosa konnte sich nicht an dieser Stadt sattsehen. Den ganzen Vormittag war sie durch die Gassen geschlendert. Das Wetter war perfekt für einen kleinen Stadtrundgang, eine leichte Brise wehte, wenige weiße Wölkchen hatten sich am sonst hellblauen Himmel verteilt. Es war nicht so heiß wie einen Tag zuvor, aber immer noch sommerlich warm. Ein wenig müde war sie, obwohl sie nicht allzu spät ins Bett gegangen war. Der Wein und alle Erlebnisse des Vortags lagen ihr noch in den Knochen. Francesca hatte sie an diesem Vormittag nicht angetroffen, nur einen Zettel hatte sie auf dem Frühstückstisch gefunden, auf dem sie ihr eine Nachricht hinterlassen hatte: *Bin auf dem Markt. Buona giornata!* Schade, hatte Rosa gedacht, sie hätte ihr so gern von ihrem gestrigen Tag erzählt. Aber so musste sie eben bis zum Abend warten.

Die Stadt füllte sich langsam mit Touristen, es wurde wuseliger, und Rosa entschied, an den Strand zu gehen. Sie hatte gelesen, dass Bari mehrere Stadtstrände besaß, zum Beispiel den Spiaggia Pane e Pomodoro. Was für ein lustiger Name, Brot-und-Tomaten-Strand. Rosa wollte nun unbedingt wissen, was es damit auf sich hatte. Eine lange Promenade mit hohen Palmen führte zwischen Stadt und Meer entlang. Einige kleine Stände, an denen Sonnenbrillen, Snacks oder seltsame Spielzeuge angeboten wurden, säumten den Weg, ein paar Jogger und Fahrradfahrer kamen keuchend an Rosa vorbei. Der Strand war zum Glück noch recht leer, wahrscheinlich war es den meisten um die Mittagszeit noch zu heiß.

Am Strand angekommen, zog sie sofort ihre Sandalen aus und lief barfuß weiter. Es war ein schöner weißer Sandstrand, einige bunte Sonnenschirme und Liegen waren aufgestellt worden, das Wasser rollte sanft heran, plätscherte kurz und verzog sich dann wieder. Von hier aus war gut zu erkennen, wie die Stadt sich auf einer Landzunge ins Meer erstreckte. Rosa setzte sich nah ans Wasser in den warmen Sand und sah eine Weile auf das türkise Blau. Aus der Ferne drangen das Knattern der Vespas, die Rufe der Laden- und Standbesitzer und der typische Trubel Baris zu ihr. Irgendwoher kam auch Musik. Sie konnte verstehen, dass man mit der Zeit genug von dieser Geräuschkulisse hatte und aufs Land ziehen wollte. Trotzdem konnte sie sich noch nicht recht entscheiden, wo es sie mehr hinzog – in das enge, bunte und fröhliche Bari oder auf das weite, ruhige und traditionelle Hinterland. Beides hatte auf jeden Fall seinen Reiz. Vielleicht könnte sie es ausprobieren, dachte sie jetzt. Etwas länger bleiben und sehen, wie es sich anfühlt, hier zu leben.

Rosa fiel ein, dass sie nachlesen wollte, was dieser Strand mit Brot und Tomaten zu tun hatte. Sie holte ihr Smartphone aus der Tasche, was ihr kurz ein mulmiges Gefühl gab, eine kurze Erinnerung an ihren Vespa-Unfall. Sie sah, dass Anna versucht hatte, sie anzurufen. Obwohl Rosa erst vor vier Tagen Berlin verlassen hatte, kam es ihr wie eine Ewigkeit vor. Und somit schien es ihr auch so, als hätte sie schon lange nicht mehr mit Anna gesprochen. Sie vermisste die Stimme ihrer besten Freundin, und außerdem musste sie endlich jemandem von den Ereignissen hier in Apulien berichten. Also wählte sie Annas Nummer.

»Rosa, Rosa? Bist du's wirklich?«, rief Anna mit einer übertriebenen Überraschung ins Telefon.

»Ja, Anna, meine Liebe, ich bin's, erkennst du meine Stimme noch?«, gab Rosa lachend zurück.

»Wie schön, dich zu hören, es kommt mir vor wie eine Ewigkeit! Wie geht's dir, erzähl!«, sagte Anna aufgekratzt.

»Mir auch, mir auch! Ich vermisse dich schon, Anna! Es geht mir gut, alles ist so wunderschön hier. Ich wünschte, ich könnte das mit dir teilen«, antwortete Rosa euphorisch.

»Du klingst auch wirklich gut, Rosa, ich freu mich so, dass es dir gefällt. Sag schon, was erlebst du so in Apulien?«

Anna wollte alles immer sofort wissen, und Rosa liebte es, wie sehr sie sich in die Geschichten anderer hineinsteigern konnte.

»Also, du wirst es nicht glauben, aber alle Italiener, die ich hier bisher getroffen habe, sprechen ganz gut Deutsch! Na ja, fast alle und einige auch mehr gebrochen, aber wir können uns super verständigen. Gleich am ersten Tag habe ich Mattia getroffen, am Strand …«

»Mattia?«, unterbrach Anna direkt. »Wer ist denn dieser

Mattia? Sieht er gut aus? Wie habt ihr euch denn kennengelernt?«

»Immer mit der Ruhe, Anna!«, lachte Rosa in den Hörer und begann, ihr von ihrem ersten Tag am Strand zu erzählen und wie Mattia sie dazu überredete, Fotos von ihm zu schießen.

»Ich hatte gar nicht vor, ihn wiederzusehen, aber dann kam dieser Unfall …«

»Unfall?«, rief Anna besorgt, nachdem sie Rosa eine Weile gespannt gelauscht hatte.

Und dann erzählte Rosa ihr die Geschichte von Anfang an. Sie wurde immer aufgeregter, reihte Satz für Satz aneinander, ohne Luft zu holen.

Als Rosa fertig war, herrschte am anderen Ende der Leitung Stille.

»Anna? Bist du noch da?«, fragte Rosa verwirrt.

»Ja, ja, ich bin noch da. Wow, Rosa, was für eine Story! Tut mir leid, ich bin nicht sicher, ob ich dir das alles glauben soll«, kicherte Anna.

Wieder herrschte kurzes Schweigen, dann sagte Anna etwas überfordert:

»Entschuldige, Liebes, ich muss erst mal all die Fragen ordnen, die ich an dich habe.«

Rosa musste schmunzeln.

»Tut mir leid, Anna, ich habe bisher niemandem davon erzählen können, es sprudelte einfach so aus mir raus«, erklärte sie.

»Also, zuerst mal: Was bitte ist eine Ape?«

Jetzt musste Rosa noch mehr lachen, und auch Anna stimmte in ihr Gelächter ein.

»Was? Ich weiß es nicht, Rosa, was ist denn eine Ape?«, gluckste sie nur noch.

»Eine Ape ist so ein kleiner italienischer Transporter mit drei Rädern, hast du das noch nie gesehen?«, fragte Rosa.

»Hm, kann sein. Ihr seid also zurückgefahren zu diesem Verleiher, und du musstest nichts für diese völlig demolierte Vespa bezahlen? Kommt dir das nicht auch etwas komisch vor?«, fragte Anna jetzt wieder etwas ernster.

»Was meinst du damit?«, gab Rosa die Frage erstaunt zurück.

»Na ja, er redet auf Italienisch mit diesem Typen, und auf einmal ist alles wieder gut? Da frage ich mich doch, welchen Deal er mit ihm ausgehandelt hat.«

Anna klang jetzt ein wenig besorgt. Und auch Rosa kam die ganze Sache plötzlich fragwürdig vor. Wieso hatte sie darüber noch gar nicht nachgedacht? Was hatte Mattia diesem Mann angeboten, damit er ihr die Rechnung erlässt? Schließlich wird diese nicht gerade niedrig gewesen sein.

»Entschuldige, Rosa, ich wollte jetzt nicht die besorgte Mutti raushängen lassen. Du warst dabei und wirst es ja im Gefühl haben, ob mit diesem Mattia etwas nicht stimmt, nicht wahr?«, beschwichtigte Anna.

»Du musst dich nicht entschuldigen, und irgendwie hast du ja recht. Das habe ich noch gar nicht so gesehen. Meinst du, er könnte jemand sein, der Dreck am Stecken hat?«, fragte Rosa nun ein wenig skeptisch.

»Ich weiß es nicht, aber vorsichtig solltest du auf jeden Fall sein. Du kennst ihn ja kaum.«

»Ja, vielleicht sollte ich das. Er wirkt aber gar nicht so, eher sehr sympathisch und witzig«, erklärte Rosa ein wenig unsicher.

»Und … ich meine … wie sieht er so aus?«

Rosa hörte ganz deutlich, dass Anna grinste.

»Anna, gerade dachtest du noch, er sei ein Krimineller, und jetzt willst du wissen, ob er heiß ist?«, zog Rosa sie auf.

»Ist er?«, fragte Anna ungeduldig.

»Er ist schon nicht unattraktiv, aber darum geht es jetzt doch gar nicht. Und überhaupt spielt es keine Rolle, ich bin nicht hier, um einen Mann aufzureißen«, gab Rosa fast beleidigt zurück.

»Ich weiß, ich weiß. Entschuldige, Liebes, ich wollte nicht unsensibel sein«, beschwichtigte Anna.

»Schon gut. Du, ich muss mir jetzt mal was Essbares suchen, mein Magen knurrt wie verrückt!«

»Mach das, und halt mich bitte auf dem Laufenden über deine Abenteuer, ja?«

»Klar, du bist die Erste, die es erfährt, sollte ich in irgendwelche mafiösen Machenschaften geraten«, witzelte Rosa.

»Sehr komisch! Ich meine es ernst, pass auf dich auf!«

»Das mache ich, Anna, bis bald!«

Es war schon früher Nachmittag und die Restaurants und Cafés waren nicht mehr ganz so voll wie um die Mittagszeit. Zuerst dachte Rosa daran, sich wieder auf eine kleine Terrasse zu setzen, um etwas zu essen, doch dann sah sie immer mehr Menschen mit prall gefüllten Papiertüten voller Obst und Gemüse und reichlich belegten Panini in den Händen. Die mussten vom Markt kommen, dachte sie, und weil alles so lecker aussah, ging sie einfach weiter in die Richtung, aus der die Tütenträger und Sandwichesser kamen. Und tatsächlich, auf einem kleinen Platz, zwischen bunten Häusern, fand Rosa einen hübschen Wochenmarkt. Ein wahres Postkartenmotiv: dicht aufgestellte Stände mit weiß-rot gestreiften Stoffdächern, Imbisswagen und natürlich die kleinen dreirädrigen Apen, von deren Ladeflächen aus Obst und Gemüse verkauft wurde. Gesäumt war der Platz von kleinen Cafés, die große Blumenkübel, Tische und Stühle rausgestellt hatten und vor allem Kaffee, Espresso und kleine Snacks servierten. Sofort nahm Rosa einen fantastischen Geruch wahr, ein Gemisch aus frisch gebackenem Brot, saftigen Früchten, frischen Kräutern und betörenden Blumen. Letzterer kam von einem Stand, der über und über bestückt war mit Schnittblumen, die in großen, mit Wasser befüllten Eimern standen. Der Markt war recht trubelig, aber Rosa mochte das. Überall verhandelten Apulier ihre Einkäufe, Händler priesen ihre Waren lauthals an, und Bekannte umarmten und küssten sich auf die Wangen. Inmitten dieses Spektakels vernahm Rosa plötzlich eine Stimme, die ihren Namen rief. Zuerst beachtete sie es nicht weiter, doch als die Stimme hinter ihr näher kam und ein weiteres Mal »Rosa, warte!« rief, drehte sie sich um. Es war Francesca, die ihr etwas außer Atem gefolgt war.

»Ciao, Francesca, wie schön, dich hier zu treffen! Ich wusste nicht, dass du auf *diesem* Markt bist«, sagte Rosa. Francesca gab ihr ein Küsschen links und rechts und atmete tief durch.

»Rosa, gut, dass du hier bist!«, sagte sie, »ich habe mich so geärgert, dass ich dir den Markt nicht aufgeschrieben habe. Es ist einer der schönsten in Bari!«

»Es war schon auffällig, wie viele Menschen mit frischen Waren durch die Stadt gelaufen sind, dem musste ich auf den Grund gehen.«

»Das hast du sehr gut gemacht! Komm, setz dich doch zu uns, ich will dir jetzt unbedingt jemanden vorstellen«, rief Francesca, die sich schon wieder umgedreht hatte und in die Richtung zurücklief, aus der sie gekommen war.

Jemanden vorstellen, dachte Rosa. Eigentlich war sie unheimlich hungrig und wollte diesem verführerischen Geruch folgen. Aber als sie Francesca hinterherging, hatte sie das Gefühl, dass sie dem Duft näher kam, und sie hatte recht: Das Café, zu dem Francesca sie führte, war eine Panetteria, und Rosa sah mehrere Leute mit diesen köstlich aussehenden Panini an den Tischen sitzen. Kurz hatte sie Francesca aus den Augen verloren, aber dann sah sie sie von einem kleinen Tisch in der Ecke winken. Rosa traute ihren Augen nicht. Das musste doch ein Scherz sein! Neben ihr saß niemand Geringeres als Mattia! Wie war das möglich, dass seit ihrer Ankunft in Apulien kein Tag verging, an dem sie diesem Kerl nicht begegnete? Aber irgendwie freute sie sich auch ein wenig, ihn so unverhofft wiederzusehen. Immerhin hatten sie schon einiges zusammen erlebt – in so kurzer Zeit!

»Das ist mein Enkel, Mattia«, sagte Francesca mit einem breiten Lächeln.

»Ich glaube, wir kennen uns schon.« Mattia grinste.

»Was, wie, ihr kennt euch?« Francesca war verwirrt und sah zwischen Rosa und Mattia hin und her.

»Ja, Francesca, das wollte ich dir heute früh erzählen, aber da warst du ja schon weg«, erklärte Rosa. Mattia stand auf und umarmte Rosa, wieder lang und herzlich, setzte kurz zwei Küsschen in die Luft neben ihre Wangen, wie es hier so üblich war. Rosa setzte sich etwas überrumpelt von dem unverhofften Wiedersehen an den Tisch.

»Na, dann erzählt mal, woher ihr euch kennt«, forderte Francesca sie auf, doch Mattia machte eine beschwichtigende Geste.

»Immer mit der Ruhe, Nonna, bestimmt hat Rosa Hunger, oder?«

Machte sie einen so verzweifelten Gesichtsausdruck, dass er es ihr ansah?

»Und wie, bei dem Geruch muss man ja schwach werden«, sagte Rosa und Mattia stand sofort auf.

»Warte hier, ich weiß genau, was dich jetzt glücklich machen wird«, versprach er und ging, ehe sie protestieren konnte, davon.

»Mattia weiß immer ganz genau, wo es das beste Essen gibt. Er ist ein wunderbarer Koch«, sagte Francesca, und Rosa tat es beinahe leid, dass sie auch das schon wusste.

»Du wirst es nicht glauben, aber ich durfte schon in den Genuss seiner Pasta kommen«, verriet Rosa ihr.

»Na dann muss ich dir ja nichts mehr erzählen«, grinste Francesca. »Und jetzt verstehe ich auch endlich, wieso Mattia so plötzlich nach Bari kommt. Du musst wissen, dass er nicht gerade gern in der Stadt ist. Er hat mich seit Ewigkeiten nicht besucht, und heute rief er wie aus heiterem Himmel an. Und vor lauter Überraschung habe ich glatt vergessen, dir den Markt aufzuschreiben«, erklärte Francesca und musterte Rosa die ganze Zeit mit einem neckischen Lächeln auf den Lippen.

Rosa schüttelte verlegen den Kopf.

»Ach, er hatte sicher nur Sehnsucht nach seiner lieben Nonna«, versuchte Rosa sie von ihrem Gedanken abzubringen.

Da kam Mattia auch schon zurück, drei Teller in den Händen, wie ein Kellner sah er aus. Auf jedem lag ein Sandwich aus dickem, knackigem Weißbrot, gefüllt mit Rucola, Tomaten, Mozzarella.

»Es ist noch warm«, sagte Rosa begeistert, als sie das Panino in die Hände nahm.

»Das beste Panino, das du in Bari bekommen kannst«, schwor Mattia. Alle drei bissen gleichzeitig genüsslich in das Brot. Die Tomaten waren so fruchtig und süß, dass Rosa sofort wissen wollte, wo sie solche kaufen konnte. Der Mozzarella war weich und saftig und zerging ihr auf der Zunge, der Rucola war knackig und scharf, noch nie hatte sie so einen geschmacksintensiven Salat gegessen. Dann war da noch etwas, ein Dressing vielleicht, das etwas nach Himbeere schmeckte, nach Zitrone und Olivenöl. Wie in Trance saß Rosa nun da und verschlang ihr Panino. Als sie kurz aufsah und aus diesem vorzüglichen Tagtraum erwachte, blickte sie in zwei breit grinsende Gesichter. Ein wenig erschrocken räusperte sie sich und sagte mit noch vollem Mund: »Unglaublich lecker!«

Francesca und Mattia prusteten los und kriegten sich gar nicht mehr ein vor Lachen. Zuerst war es Rosa etwas unangenehm, sie musste ziemlich blöde ausgesehen haben, wie sie so völlig hingerissen ihr Sandwich verspeist hatte und aus dieser Welt gefallen schien. Aber dann musste auch sie angesichts ihrer Überwältigung, ausgelöst von einem belegten Brot, laut loslachen.

»Entschuldige, Rosa, du warst so versunken in dein Brot«, gackerte Mattia und schlug sich auf den Oberschenkel.

»Mamma mia, du hast ausgesehen, als hättest du in deinem Leben noch nie ein Panino gegessen«, rief Francesca hinterher.

»Jaja, macht euch nur lustig über die kleine Deutsche, die anscheinend ihr Leben lang nur zweitklassiges Essen zu sich nehmen durfte«, witzelte Rosa mit ihnen.

Sie unterhielten sich noch lange angeregt über Mattias Restaurant und Rosas Keramik, waren gut gelaunt und tranken Espresso. Irgendwann erhob sich Francesca plötzlich und streckte beide Arme über den Kopf.

»So, meine Lieben, eine alte Frau wie ich braucht auch irgendwann mal ein wenig Ruhe«, sagte sie.

»Ach Nonna, du gehst schon?«

»Du weißt doch, dass ich mein kleines Nickerchen am Nachmittag brauche, Mattia.«

»Schade, Francesca, es war wirklich sehr unterhaltsam mit euch beiden«, sagte Rosa und umarmte sie.

Als Francesca sich von Mattia verabschiedete, sah sie ihm

in die Augen und lächelte. »Schön, dass du hier warst, Mattia, du musst mich wirklich öfter besuchen. Auch wenn ich jetzt weiß, dass dieser Besuch wohl nicht nur mir galt.« Sie zwinkerte ihm zu, und er verdrehte die Augen.

Nachdem Francesca gegangen war, blieben Mattia und Rosa für einen Moment schweigend vor ihren leeren Espressotassen sitzen, Rosa starrte auf ihren Kaffeesatz.

»Willst du mir die Zukunft vorhersagen?«, durchbrach Mattia die unangenehme Stille.

Rosa lächelte und sah ihn an, wobei ihr seine großen braunen Augen auffielen, die von langen, dunklen Wimpern gerahmt waren. Sie konnte sich kaum von ihnen lösen. Sie versuchte, sich wieder zu fassen, und setzte eine ernste Miene auf, nahm die kleine Tasse in ihre Hand und blickte konzentriert auf den Tassenboden.

»Ich sehe eine rosige Zukunft vor dir liegen«, begann sie mit ihrer Prophezeiung, »große Teller, gefüllt mit Spaghetti, zahlreiche Auszeichnungen zum besten Panino-Guide Baris warten auf dich! Frauen werden dir und deinen Geheimtipps und natürlich deinen Spaghetti zu Füßen liegen!«

»Ach ja? Du auch?«, fragte er schelmisch, und erst da merkte Rosa, was sie gerade gesagt hatte, und wurde rot.

»Ich war bereits von deinem Fotoshooting schwer beeindruckt. Ich wusste nicht, dass man sich so für ein Foto verrenken kann«, sagte sie ausweichend.

Mattia schnaufte verächtlich, verschränkte seine Arme vor der Brust und tat beleidigt.

Rosa begann zu kichern.

»Du machst dich über mich lustig? Na warte, du wirst

dich noch wundern, wenn ich dich ab jetzt nur noch in die zweitbesten Restaurants Baris ausführe!«

»Oh bitte, das zweitbeste Tiramisu Baris ist bestimmt immer noch tausendmal besser als jedes Dessert, das ich jemals in Berlin gegessen habe«, sagte Rosa ausgelassen.

»Merda, ja, du hast recht!«, erwiderte Mattia und schlug aus Scherz mit der flachen Hand auf den Tisch.

»Und jetzt du!«, forderte sie ihn auf.

»Was?«, fragte Mattia.

»Lies mir die Zukunft!«

Mattia verstand und setzte direkt einen mysteriösen Blick auf. Er nahm seine Espressotasse in die Hand und sah hinein.

»Du wirst einen jungen Italiener treffen. Oh, warte, nein, du hast ihn schon getroffen. Dreimal, jeden verdammten Tag deines Urlaubs!«

Er grinste.

»Wahrscheinlich wolltest du die ganze Zeit einfach nur deine Ruhe, oder? Warum sonst solltest du allein den weiten Weg nach Apulien fahren …«, erörterte Mattia nun.

Rosa wurde mit einem Mal still. Sie wollte auf keinen Fall über den Grund reden, weshalb sie allein hierhergekommen war. Sie senkte ihren Blick und sah auf den Tisch. Kurz verharrte sie so, strich vorsichtig mit ihrer Hand ein paar Krümel zusammen. Dann blickte sie wieder zu Mattia, der sie erwartungsvoll und etwas fragend ansah. Sie lächelte ihn an, versuchte die Leichtigkeit zurückzugewinnen, die ihr Gespräch bekommen hatte, und fragte: »Gibt es jetzt noch eine Stadtführung?«

»Ich weiß was viel Besseres«, entgegnete Mattia, stand auf und streckte ihr die Hand hin.

Sie hatten wieder die Ape genommen, mit der Mattia an diesem Tag zum Markt gefahren war. Die Ladefläche war vollgepackt mit Obst- und Gemüsekisten. Aber zurück ins Restaurant wollte er nicht. Als Rosa ihn fragte, wohin sie denn jetzt fahren würden, machte er ein geheimnisvolles Gesicht und zuckte mit den Schultern. Kurz musste Rosa an das Telefonat mit Anna denken, aber sie konnte in seinem Gesicht nichts lesen, was ihr Sorgen gemacht hätte. Sie sah einfach nur einen sehr sympathischen und ja, auch gut aussehenden Mann, und in diesem Moment war sie sich sicher, dass sie ihm vertrauen konnte.

Sie fuhren aus der Stadt, immer am Meer entlang, und Rosa schaute die ganze Zeit nur auf die unter der frühen Abendsonne golden glänzenden Wellen, die sanft in Richtung Hügel rollten und an den steinigen Klippen zu weißem Schaum wurden. Irgendwann hielt Mattia auf einem kleinen, sandigen Parkplatz an. Er lief einmal um die Ape und öffnete Rosa die Tür. Sie stieg aus und blickte über das türkisfarbene Wasser und die weißen Felsen.

»Wenn die Sonne am Abend tief steht, ist hier alles aus Gold«, sagte er.

Rosa verschlug es den Atem. Sie konnte sich nicht rühren, so überwältigt war sie. Was für ein Anblick! Sie standen auf einem Felsen an der Küste und blickten auf eine kleine, weiße Stadt, nein, eine goldene Stadt, wie Mattia sagte. Die Häuser sahen aus, als wüchsen sie aus dem hellen Stein der

Klippen, eng aneinandergedrängt standen sie da, fast schwebten sie über dem türkisblauen Meer.

»Das ist Polignano«, sagte Mattia, »mein Lieblingsort.«

Sehr verständlich, dachte Rosa. Vielleicht war es auch schon ihr Lieblingsort geworden, in dem Moment, in dem sie aus der Ape gestiegen, den steinigen Weg in Richtung Meer gegangen waren und diese traumhafte Kulisse vor ihr aufgetaucht war. Das war das Motiv, das sie auf der kleinen Postkarte bei Petti gesehen hatte. Die Postkarte, die der Grund für ihren Aufbruch gewesen war. Rosa konnte es kaum glauben. Kurz stiegen Tränen der Rührung in ihr hoch, die sie aber schnell wieder wegblinzelte.

»Du sagst gar nichts, ist alles o. k., Rosa?«, fragte Mattia jetzt unsicher.

Rosa nickte.

»Das ist einfach so … atemberaubend.« Mehr brachte sie gerade nicht über die Lippen.

»Das ist es.«

Plötzlich rannte Mattia los, in Richtung Klippe, seine Arme in den Himmel gestreckt, und stieß einen kurzen Ruf der Freude aus, in das große Blau hinein, das sich vor ihnen ausbreitete. Rosa folgte ihm, und mit einem Mal konnte sie nicht mehr anders, als alles von sich zu schütteln und ebenfalls laut zu schreien. Mattia sah sie an und jubelte.

»Spürst du die Magie dieses Ortes?«, fragte er euphorisch.

»Ja«, antwortete Rosa und atmete tief ein, schloss ihre Augen und ließ die frische Meeresluft durch ihren Körper strömen. »Ja, ich spüre es«, sagte sie noch einmal, öffnete die Augen und lächelte Mattia an. Mattia stand still da. Doch schaute er diesmal nicht auf den vor ihnen liegenden Ort, sondern blickte wie gebannt auf Rosa. Und sie ließ es zu und erwiderte seinen Blick.

»Komm, ich zeige dir noch was«, sagte er, ging schnellen Schrittes zurück in Richtung Polignano, und als sie nicht direkt hinterherkam, winkte er ihr zu und rief: »Kommst du?«

Schon von Weitem war die Musik zu hören, laute, ausgelassene Gespräche, Lachen und Kindergeschrei. Mattia hatte sie durch die kleinen, glänzenden Gassen von Polignano geführt, vorbei an weißen Steinhäusern, deren Fassaden in der warmen Abendsonne leuchteten. Sie hatte diese wunderschöne Bucht, in der der Ort lag, von oben gesehen, das Wasser, die sanften Wellen, die in ein kräftiges orangefarbenes Licht getaucht waren. Von überall hörte man das Rauschen, in den Gassen ein paar vereinzelte Stimmen und Geschirrklimpern. Es war eine mit Sommernachtswärme aufgeladene Atmosphäre, eine Stimmung, die man so nur im Süden, am Meer, an mediterranen Abenden erleben konnte.

Nach einem kurzen Spaziergang durch den Ort sah Rosa endlich, wo diese fröhliche Musik herkam: Sie erreichten einen kleinen Kirchplatz, in dessen Mitte zahlreiche Paare tanzten, sich ausgelassen drehten, und um sie herum sprangen hübsch angezogene Kinder. Die Mädchen hatten Schleifen und Blumen im Haar und trugen Kleider, deren Röcke sich wölbten, wenn sie ihre kleinen Pirouetten drehten. Die Jungen hüpften umher, schubsten sich im Spiel, riefen sich etwas zu und rannten um die tanzenden Erwachsenen. An einer Seite des Platzes stand eine Band, die in scheinbar traditioneller Kleidung und mit Blasinstrumenten und Akkordeons die lebhafte Tanzmusik spielte, die sich ein wenig wie italienische Polka anhörte, dachte Rosa.

Mattia sah sie an, Rosa spürte seinen Blick von der Seite. Sie waren am Rande des Platzes stehen geblieben und hatten das Spektakel für einen Moment beobachtet.

»Wie findest du es?«, fragte er.

»Es ist toll!« Rosa klatschte in die Hände und starrte weiter ungläubig auf die vielen tanzenden, fröhlichen Menschen zwischen diesen wunderschönen alten Steinfassaden. Über der Tanzfläche, von einer Seite des Platzes zur anderen gespannt, hingen bunte Lichterketten, kreuz und quer über den herumwirbelnden Köpfen. An einer Seite standen lange Tafeln, über und über gedeckt mit Schalen, Tellern, Töpfen, die mit Speisen gefüllt waren. In einem Holzregal neben den Tischen lagen Weinflaschen gestapelt, es mussten mindestens 50 Stück sein. Rosa war überwältigt von all der Freude, mit der hier gefeiert wurde. Sie sah alte und junge Erwachsene, Kinder und Babys. Sogar einige Hunde dösten unter den Tischen und auf den Stufen der Kirche.

»Man nennt das Sagra. Ein Kirchfest, zu dem der ganze Ort kommt, alle tanzen, essen und trinken«, erklärte Mattia.

Er ging ein Stück weiter, auf einen der gedeckten Tische zu.

»Warte, wir können uns doch nicht einfach dazusetzen!«, rief Rosa ihm hinterher.

Mattia drehte sich um und lachte.

»Das Fest ist für alle, komm, du musst das kosten!«

Rosa ließ sich nicht lange bitten, die aufgetischten Speisen sahen so verführerisch aus. Pasta, Brot, Oliven, Käse, Früchte, Salate, Fisch. Es war ein kleines Paradies.

Mit ihren vollgepackten Tellern setzten sich Mattia und Rosa an einen langen Holztisch, an dem schon andere Gäste Platz genommen hatten, jeder natürlich ein volles Weinglas vor sich. Sie führten ein angeregtes Gespräch und machten dazu die typischen Handbewegungen, die sie so sehr liebte. Das Leben und die Menschen hier fühlten sich so viel freier, lebhafter an, dachte Rosa. Bevor Rosa sich versah, war Mattia schon mitten in das Gespräch ihrer Sitznachbarn verwickelt. Es war ein schneller Wortwechsel auf Italienisch, sie lachten und warfen ihre Köpfe nach hinten, gestikulierten wild mit den Händen. Rosa hätte ihnen stundenlang dabei zusehen können. Doch dann drehte sich Mattia zu ihr.

»Du hast mir doch von dieser Töpferwerkstatt erzählt, die du besucht hast«, sagte er.

»Ja, stimmt, wieso?«, fragte Rosa.

»Marco«, er deutete auf einen kräftigen, dunkelhaarigen Mann mit Vollbart, der ihm gegenüber am Tisch saß, »erzählt, dass er den Inhaber kannte, er hieß Lorenzo de Luca. Marco sagt, dass der ganze Wein für dieses Fest vom Weinberg seines Sohnes stammt, der nicht weit von der Werkstatt entfernt liegt. Und er sagt, dass viel mehr junge Leute wie ich dort rausziehen sollten, um die Gegend wieder zu beleben. Früher, meinte er, war da noch viel mehr los.«

Die ganze Zeit sah Marco zwischen Mattia und Rosa hin und her und nickte immer kräftig, wenn Mattia einen Namen oder Ort erwähnte. Rosa war überrascht.

»Echt? Also war es da nicht immer so ruhig wie heute?«, fragte sie.

Mattia wandte sich noch einmal an Marco, der sofort wieder in sein schnelles, aufgeregtes Plappern verfiel. Es war schon erstaunlich, wie viel die Menschen hier redeten, wenn man nur eine kurze Frage stellte. Das war Rosa ganz und gar nicht gewohnt. In Berlin konnte man froh sein, wenn man überhaupt eine Antwort bekam!

»Er sagt, bevor all die jungen Leute und Familien nach Bari gezogen sind, gab es in dem Dorf jedes Wochenende irgendwo ein Fest, ein Konzert oder Weinproben. Zweimal im Monat wurde sogar ein kleiner Markt mit regionalen Produkten veranstaltet. Signor de Luca hatte einiges zu tun, weil seine Keramik so beliebt war. Er stellte Geschirr für verschiedene Restaurants in der Umgebung her. Selbst Touristen kamen damals noch ins Dorf, um den beliebten Markt zu besuchen. Der stand in jedem Reiseführer«, erzählte Mattia.

»Aber was ist denn dann passiert?«, wollte Rosa wissen.

Marco begann wieder zu erzählen, und Mattia übersetzte.

»Vor etwa zehn Jahren gab es die heftigsten Unwetter, die Marco hier je erlebt hat, sie verwüsteten ziemlich viel in der ganzen Region. Eine Folge davon war, dass die ohnehin schon schlechten Landstraßen unbefahrbar wurden. Es dauerte ewig, sie wieder einigermaßen zu reparieren, und danach wollte einfach niemand mehr dort draußen leben. Zu riskant. Noch einmal erleben, dass es keinen Weg ins oder aus dem Dorf heraus gab, wollte niemand. Viele hatten dadurch auch ihre Einkünfte verloren und mussten ihre Betriebe schließen. Dann sind sie in die Stadt und haben sich dort Jobs gesucht.«

»Wie traurig«, sagte Rosa.

»Heute würde das so nicht mehr passieren, glaube ich. Die Straßen wurden befestigt und sind viel stabiler als damals«, fuhr Mattia etwas nachdenklich fort.

»Weißt du, ich bin Keramikerin«, sagte Rosa jetzt völlig unvermittelt zu Mattia, der sich seinem Teller gewidmet hatte.

Mattia sah sie mit großen Augen an.

»Ist das wahr? Hast du eine Werkstatt in Berlin?«, fragte er begeistert.

»Ein kleines Atelier, ja, aber ich habe schon lange nichts mehr dort gemacht«, antwortete Rosa und blickte nun in ihr Glas, weil sie bemerkte, welche Richtung das Gespräch nahm.

»Und warum nicht? Bist du deshalb hier? Um neue Inspirationen zu sammeln?« Mattia lächelte sie an, und Rosa war erleichtert, so konnte sie ein wenig vom wahren Grund ihrer Reise ablenken. Obwohl es im Grunde auch keine Lüge war, sie hatte keine Motivation oder Inspiration mehr in Berlin gehabt und war auch deswegen aufgebrochen.

»Ich dachte, ein bisschen Sonne und türkises Meer würden mir ein paar neue Ideen und Bilder in den Kopf setzen, weißt du«, sagte sie.

»Und, funktioniert es schon?«, hakte Mattia interessiert nach und grinste sie an.

»Ich glaube ja! Ich hatte jetzt schon öfter das Kribbeln in

den Fingern, das Verlangen, etwas zu entwerfen, mich an die Scheibe zu setzen und einfach loszutöpfern.«

Rosa spürte mit einem Mal eine Aufregung in sich aufsteigen. Jetzt, wo sie Mattia davon erzählte, wurde es ihr noch viel deutlicher: Immer wieder hatte sie es in den letzten Tagen gefühlt. Sie wollte kreativ werden, all die Erlebnisse in Formen und Farben übersetzen und in Tongefäße verwandeln.

Die Band setzte zu einem neuen, lebhaften Lied an, und mit den ersten Takten sprang Marco auf und rief etwas, das alle bejubelten, und dann taten es ihm die anderen nach. Er winkte Rosa und Mattia zu, und Mattia lachte:

»Er will tanzen, komm!«

Rosa zögerte, doch dann wurde sie schon von Marco auf die Tanzfläche gezogen. Es machte ihr nichts aus, denn sofort sprang die Stimmung, die sie schon den ganzen Abend um sich herum wahrgenommen hatte, auf sie über, und sie fing an, sich ausgelassen im Kreis zu drehen. Marco drehte jede Frau auf der Tanzfläche einmal zwischen seinen Armen, bewegte sich so zwischen den Tanzenden umher. Mattia gesellte sich zu Rosa, hielt aber ein wenig Abstand und begann wie alle anderen zu tanzen und das Lied, das die Band nun anstimmte, laut mitzusingen. Es schien irgendein Volkslied zu sein, denn selbst die Kleinsten sangen lauthals mit und warfen fröhlich ihre Arme über die Köpfe. Während Rosa tanzte, blickte sie um sich. Einige ältere Damen und Herren tanzten in Paaren, und sie sahen aus, als hätten sie ihr Leben lang nichts anderes getan.

Rosa beugte sich zu Mattia und rief ihm zu:

»Wie gut sie tanzen können!« Sie deutete auf die älteren Paare.

Mattia kam etwas näher, um nicht zu sehr schreien zu müssen, und sagte ihr ins Ohr:

»Das ist das Highlight des Jahres. Dafür üben sie schon Monate im Voraus. Die Leute tanzen hier gerne und viel!«

Ihre Blicke blieben wieder für einen kurzen Moment aneinander hängen, Mattia lächelte auf seine unglaublich charmante Art, die Rosa jetzt schon öfter aufgefallen war. Er sah ihr tief in die Augen, seine dunklen Haare fielen ihm vom wilden Tanzen in die Stirn. Dann nahm er Rosas Hände und zog sie etwas näher an sich heran, umfasste ihre Taille mit einem Arm und schob sie ausgelassen im Rhythmus der Musik über die Tanzfläche. Es machte Rosa Spaß, mit ihm zu tanzen, er bewegte sich ziemlich gut, und für einen kurzen Moment wollte sie sich in seinen Armen und Bewegungen fallen lassen. Dann vollführte sie doch lieber eine schnelle Drehung und merkte die leichte Brise, die jetzt über den Platz wehte. Der Wind roch nach Sommernacht und Wärme und einer Reise, die gerade erst begonnen hatte.

Als Rosa und Mattia das Fest verließen, war es weit nach Mitternacht. Einige Paare tanzten noch immer, und es sah aus, als würden sie auch nicht so bald damit aufhören. Die meisten hatten schon ihren Heimweg angetreten, es war ruhiger geworden, die Band spielte langsamere Stücke, und die Kinder hingen müde in den Armen und auf den Schößen ihrer Eltern. In den Gassen waren jetzt nur noch das Rauschen des

Meeres und die sanften Töne der Bläser zu hören. Und Mattias und Rosas Schritte auf dem Kopfsteinpflaster.

»Das war wundervoll!«, sagte Rosa und blickte auf ihre Füße, die sie ein wenig wund getanzt hatte in ihren Riemchensandalen.

»Ich liebe diese Feste. Ich will unbedingt einmal eines im Restaurant veranstalten, weißt du«, sagte Mattia.

»Das hört sich gut an! Damit würdest du doch sicher einige Menschen aus der Stadt anlocken«, entgegnete Rosa zuversichtlich.

»Ja, bestimmt«, gab Mattia etwas vage zurück. »Es ist viel Organisation, und ich brauche viele Helfer. Wer weiß, vielleicht nächstes Jahr.«

»Es sollte ein Fest sein, das im ganzen Dorf stattfindet«, sagte Rosa plötzlich aufgeregt, »man könnte die Höfe öffnen, und Handwerker könnten ihre Arbeiten präsentieren, so wie früher. Vielleicht würden sich sogar ein paar Händler für einen Markt finden!«

Mattia sah sie überrascht an: »Und du, du würdest die alte Töpferwerkstatt wiedereröffnen und deine Keramik verkaufen!«, stieg er begeistert ein.

»Genau, und dann würden alle kommen, um ihre Bestellungen bei mir abzugeben, und jedes Restaurant im Umkreis hätte mein Geschirr.«

»Ich wäre der Erste, der eine große Tellerbestellung bei dir aufgeben würde.«

Rosa lächelte, was für eine schöne Vorstellung.

Sie kamen an einer kleinen Gasse vorbei, aus der leise Musik und Stimmen tönten. Rosa sah neugierig die enge

Straße hinunter und erkannte einige Tische, die im Licht eines Geschäfts nach draußen gestellt wurden.

»Oh, komm, du musst unbedingt den Aperol Spritz da probieren, den darfst du nicht verpassen«, sagte Mattia und ging voran in Richtung des Lichts.

Rosa war noch kein bisschen müde, was sie verwunderte. So lange Tage hatte sie schon ewig nicht mehr gehabt, und es wirkte fast so, als hätte ihr Körper die ganze Energie, die sie in Berlin mit Nichtstun gesammelt hatte, jetzt als Reserve, um sie durch diese wundervollen Nächte zu bringen. Sie lief Mattia hinterher. Als sie ankam, hatte er schon zwei Gläser des knallroten Getränks bestellt. Die Kellnerin reichte sie ihm gerade über die Theke.

»Du wirst es nicht bereuen. Es ist das letzte Erlebnis für heute, versprochen!«, beteuerte Mattia und nahm den Strohhalm zwischen seine Lippen. Rosa sah ihn kurz an. Als er das Glas wieder absetzte und sie anschaute, fiel ihr sein schöner, voller Mund auf.

Schnell nahm auch Rosa einen Schluck von ihrem Drink.

»Oh, wie erfrischend!« Sie seufzte. »Das habe ich gebraucht nach dem vielen Tanzen!«

Beide lachten und stießen mit ihren Gläsern an, die einmal kurz und hell klirrten.

Mattia lächelte und senkte die Augen, er sah aus, als denke er über etwas nach. Dann blickte er Rosa an.

»Erinnerst du dich, was Francesca vorhin gesagt hat?«, fragte er und wirkte plötzlich ein wenig unsicher.

Rosa schüttelte den Kopf und sah ihn erwartungsvoll an.

»Dass sie nicht der eigentliche Grund war, weshalb ich

heute nach Bari gekommen bin. Sie hatte irgendwie recht. Ich war schon lange nicht mehr in der Stadt, und seit ich dich getroffen habe, schon zweimal kurz nacheinander! Eigentlich habe ich kein gutes Verhältnis zu Bari …« Er stockte kurz, und sein Gesicht wurde etwas ernster. Dann fasste er sich schnell wieder und fuhr fort: »Aber ich wollte dich gern sehen, und ich dachte, es wäre ein guter Plan, ausnahmsweise mal selbst zum Markt zu fahren und meine Nonna zu treffen, und na ja … vielleicht würde sie dich mitbringen.«

Sein Geständnis verwirrte Rosa und machte sie mit einem Mal sehr nervös. Irgendwie fühlte es sich schön an, das von ihm zu hören, sie mochte es ja auch, Zeit mit ihm zu verbringen. Trotzdem hatte sie keine Ahnung, was sie ihm antworten sollte. Mattia musste ihre Unsicherheit bemerkt haben und fügte hinzu:

»Nur hat sie vergessen, dir den Markt aufzuschreiben, und ich dachte, der Plan wäre in die Hose gegangen!«

»Sie ist eben nicht mehr die Jüngste, du darfst ihr nicht böse sein«, sagte Rosa.

Ein paar Tische weiter saß ein junges Pärchen, das sich tief in die Augen sah. Sie schienen nichts um sich herum wahrzunehmen. Nicht einmal die kleine Katze, die auf ihren Tisch gesprungen war und sich jetzt an ihrer Schinken- und Käseplatte zu schaffen machte.

Rosa kicherte.

»Weißt du, was die Menschen hier sagen, Rosa?«, fragte Mattia. Rosa schüttelte den Kopf und sah ihn erwartungsvoll an.

»Über Apulien leuchtet die Liebe!«

Teil III

Come si cambia per amore
Come si cambia per non soffrire
Come si cambia per ricominciare

(Wie man sich ändert, um zu lieben
Wie man sich ändert, um nicht zu leiden
Wie man sich ändert, um von vorne zu beginnen)

10

Ich habe eine Überraschung für Dich, stand auf dem Display ihres Smartphones, als Rosa an diesem Morgen erwachte. Sie musste sich erst einmal sammeln, drehte sich zur Seite und blickte sich in dem kleinen Zimmer um. Sie schaute auf den alten Holzschrank, auf dessen Türen kleine weiße und blaue Blümchen gemalt waren, in der Mitte jeder Blüte ein winziger gelber Tupfen. Dann der hübsche, rosa lackierte Stuhl, der neben ihrem Bett stand, und die altrosa Vorhänge, die sich in einer leichten Brise vor dem offenen Fenster wölbten. Von draußen drang das emsige Treiben aus der kleinen Gasse zu ihr herein, in der sich Francescas Pension befand. Lebhafte Gespräche und Rufe auf Italienisch und das Knattern der Vespas auf dem Kopfsteinpflaster weckten Rosa hier jeden Morgen. Sie mochte das sehr, für sie war es die perfekte Urlaubsatmosphäre.

Jedes Mal, wenn sie aufwachte, musste sie sich aufs Neue bewusst machen, dass sie in Italien war, in Apulien, dem traumhaftesten Ort, den sie bisher bereist hatte. Allein und völlig ungebunden, ohne Verpflichtungen oder Druck. Und seit Kurzem auch wieder mit vielen neuen Ideen im Kopf, Inspirationen und wunderschönen Bildern. In ihr regte sich ein Verlangen, sich endlich wieder an die Töpferscheibe zu setzen, ihre Hände schmutzig zu machen und dem Formen mit Ton freien Lauf zu lassen. Sie vermisste das Gefühl sehr, sich völlig in ihrer Arbeit zu verlieren, dieses feuchte, matschige Material in ihren Händen zu halten, es mit viel Gefühl und wenig Zwang in die Richtung zu lenken, in der sie es haben wollte, und immer neue Formen zu erschaffen. Es faszinierte sie noch immer, wie aus einem kleinen Klumpen Erde ein festes, wohlgeformtes Gefäß werden konnte, das, wenn man es im Keramikofen brannte, zu einem Jahrhunderte überdauernden Gebrauchsgegenstand wurde. Nichts anderes war es doch, was sie tat, wenn sie an der Töpferscheibe saß: Sie erschuf etwas Neues, etwas Langanhaltendes, das selbst in tausend Jahren noch in irgendeiner Erdschicht gefunden werden konnte. Es war ihr immer wieder ein wenig unbegreiflich, dass sie etwas Derartiges mit ihren eigenen Händen schaffen konnte.

Etwas, das ewig hält, dachte Rosa. Das ich für immer bei mir habe.

Sie blickte wieder auf ihr Smartphone, auf dem noch immer Mattias Nachricht aufleuchtete. Als sie das Datum sah, versetzte es ihr einen kurzen, aber heftigen Stich ins Herz. Es war Lennis Geburtstag. Wie hatte sie das vergessen können? Nicht ein Mal hatte sie in den letzten Tagen daran gedacht. Als Lenni noch gelebt hatte, war sie schon Wochen vorher damit beschäftigt gewesen, sich die schönsten Überraschungen für ihn auszudenken. Rosa stiegen die Tränen in die Augen. Mit einem Mal wurde sie schwermütig, in ihrem Bauch ziepte es, und etwas setzte sich schwer auf ihre Brust. Seit einigen Tagen hatte sie dieses Gefühl schon nicht mehr gehabt, doch jetzt war der dicke, schwere Kloß in ihrem Hals zurück, und es gelang ihr nicht, ihn herunterzuschlucken. Alles, was sie hier in Apulien erlebt hatte, war wie ein farbenfroher, berauschender Traum, aus dem sie am liebsten gar nicht mehr aufwachen wollte. Doch es war eben auch Lennis Traum gewesen. Eine gemeinsame Reise nach Italien – das wäre das perfekte Geburtstagsgeschenk gewesen!

Ein Lächeln legte sich auf ihre Lippen, als sie daran dachte; an seine leuchtend blauen Augen, sein breites Grinsen mit den kleinen Grübchen, seine blonden Locken, die ihm vor den Augen herumwippen würden, weil er beim Bestaunen dieser Stadt seinen Kopf ständig hin und her bewegen musste. Gleichzeitig kam dieses schwere Gefühl zurück, das sie in den letzten Tagen hatte wegschieben können, und zwar noch viel heftiger als zuvor. Es war nicht nur Trauer, die sich in ihr ausbreitete, auch ein drückendes Schuldgefühl, das ihr fast den Atem nahm. Nein, so einfach war es nicht, so einfach wollte sie es auch gar nicht haben, es kam ihr so falsch vor, ihren gemeinsamen Traum zu leben, so ausgelassen, und dann auch noch mit einem anderen Mann. Sosehr sie Mattia mochte, so schuldig fühlte sie sich, wenn sie an ihn und ihre gemeinsamen Erlebnisse dachte. Sie konnte nicht leugnen, dass etwas an diesem lustigen und lebensfrohen Italiener sie anzog, dass er sie auf andere Gedanken brachte und sie sich in seiner Gegenwart wohlfühlte. Aber wieso sollte sie es besser haben als Lenni, wieso sollte es ihr vergönnt sein, dieses Leben so zu leben, und warum durfte er nicht mehr

Teil dieser Reise sein? Es kam ihr verdammt unfair vor, und fast schämte sie sich ein bisschen dafür, hier in dieser hübschen Pension in Italien zu sitzen und sich diese Auszeit zu gönnen.

Rosa setzte sich in ihrem Bett auf und sah zum Fenster. Das blaue Holz rahmte einen hellblauen Himmel, an dem keine einzige Wolke zu sehen war. Langsam erhob sie sich vom Bett und stellte sich ans Fenster, um hinauszusehen. Unten auf dem Kopfsteinpflaster sah sie einen Mann, der eine dunkelgrüne Ape mit Kisten belud, daneben saß ein kleiner Junge auf den Stufen einer Bar und streichelte eine rote Katze, die sich dicht an seine dünnen Beine schmiegte. Er kicherte vergnügt. Besonders schien es ihm zu gefallen, als die Katze ihren Kopf an seine Wange drückte. Der Mann an der Ape rief ihm etwas zu, woraufhin der Junge laut zu gackern begann. Eine ältere Dame kam an dieser Szene vorbei und grüßte beide mit einem herzlichen »Ciao raggazzi!«. Der kleine Junge rief mit voller Inbrunst »Ciao, Maria!« und winkte ihr mit beiden Armen zu.

Rosa wandte sich von dieser herzallerliebsten Szene ab und begab sich in ihr kleines Badezimmer. Noch immer fiel es ihr schwer, einen Schritt vor den anderen zu setzen, als würde eine unsichtbare Last auf ihr liegen. Doch den ganzen Tag hier in der Pension bleiben, das wollte sie auch nicht.

Als Rosa die Treppe herunterkam, hörte sie Francesca in der Küche wirbeln. Sie schlich sich an der angelehnten Tür vorbei ins Esszimmer und setzte sich an den wieder üppig gedeckten Frühstückstisch. Großen Appetit hatte sie allerdings nicht. Sie stützte ihre Ellbogen auf den Tisch, legte ihr Kinn in ihre Handflächen und seufzte leise. Dann erblickte sie, unter ihren Teller geschoben, einen kleinen Briefumschlag, auf dem die Adresse der Pension und Rosas Name geschrieben stand. Sie zog ihn hervor und begutachtete ihn.

»Buongiorno, Rosa, ich habe dich gar nicht gehört!«

Francesca war aus der Küche gekommen, ein Tablett, auf dem viele kleine dampfende Küchlein lagen, in den Händen.

»Ich habe die Pasticciotti gerade frisch aus dem Ofen geholt, willst du probieren?«

Rosa steckte den Umschlag ungeöffnet in ihre Tasche. Sie würde den Brief später lesen. Die kleinen Küchlein rochen verführerisch, aber Rosas Magen war gerade viel zu sehr damit beschäftigt, ihre schlechten Gefühle zu verarbeiten. Sie würde sicher nicht viel runterbekommen. Unhöflich wollte sie aber auch nicht sein, und so griff sie sich eines der noch warmen Teilchen vom Tablett und lächelte Francesca an.

»Grazie, die riechen wunderbar! Ich wollte gleich los, aber ich nehme mir eins mit auf den Weg.«

Langsam schritt Rosa die Treppe zur Straße hinunter. Unten blieb sie stehen und sah unentschlossen nach links und rechts. Die Sonne legte sich warm auf ihre Schultern, die nur von den dünnen Trägern ihres Tops bedeckt waren. Sie wusste nicht recht, wohin sie gehen sollte. Ihre Zweifel überschatteten ihre Entscheidungsfähigkeit, und so blieb sie einfach eine ganze Weile stehen. Sie fühlte sich wie ein Eisblock inmitten dieser wunderschönen sommerlichen Umgebung. Sollte sie hier einfach weitermachen wie bisher? Das unbeschwerte italienische Leben genießen auf der Suche nach Inspiration? Oder war sie hier in einen Traum geflohen, der ihr auch nicht helfen würde, Lennis Tod zu überwinden?

Nach einer Weile blickte sie auf.

Hier herumzustehen half ja auch nichts, dachte sie. Sie wollte die Gegend noch weiter erkunden, ein wenig allein herumfahren. Vielleicht würde es ihr so leichter fallen zu entscheiden, ob sie bleiben oder zurückfahren sollte.

Und obwohl Rosa sich nicht vorstellen konnte, mit diesen schweren Gedanken im Kopf einen schönen Tag verbringen zu können, machte sie sich auf den Weg. Sie wusste längst, dass es nie half, stehen zu bleiben. Solange sie in Bewegung blieb, würde sie sich wenigstens nicht von dieser Schwere erdrücken lassen.

II

Alberobello lag eine knappe Stunde mit dem Auto von Bari entfernt. Diesen Ort hatte sie schon von Anfang an sehen wollen, seit Francesca ihr davon erzählt hatte. Die Bilder, die sie auf Google gesehen hatte, waren sehr vielversprechend. Der ideale Ort, um noch einmal in die Schönheit Apuliens einzutauchen, Ideen zu sammeln und zu entscheiden, was sie als Nächstes tun würde. Ihre Gedanken drifteten immer wieder zu Lenni, nach Berlin, in ihr altes Leben.

Gleichzeitig dachte Rosa auch immer wieder an Mattia. Sie war hin- und hergerissen, ihm zu antworten, ihn wissen zu lassen, dass alles okay war, sie nur ein wenig allein sein wollte. Doch sie hatte keine Ahnung, wie sie ihm die Situation erklären sollte. Was sollte sie ihm sagen, weshalb sie ihn gerade lieber nicht treffen wollte? Vielleicht war es besser, erst einmal nicht auf seine Nachricht zu reagieren.

Noch einmal hatte Rosa sich nicht mit der Vespa auf die Straßen des Hinterlands gewagt, also hatte sie sich diesmal entschieden, mit ihrem Auto zu fahren. Auf der Karte hatte sie zwei mögliche Routen gefunden und die Küstenautobahn gewählt, die später auch noch ein Stück über Land führte. Rosa spürte, wie das Türkis des Meeres sie zur Ruhe brachte. Sobald sie in der Stadt, ihrer Pension oder auf dem Land war, vermisste sie das Rauschen, die glänzenden blauen Wellen und den weiten, freien Blick. Dieser Blick gab ihr ein Gefühl grenzenloser Möglichkeiten. Wenn sie das Meer sah, konnte Rosa sich vorstellen, neu zu beginnen, etwas hinter dem dunklen Vorhang zu finden, der ihr manchmal die Sicht in die Welt versperrte.

Rosa hatte die Seitenfester wieder weit heruntergekurbelt und genoss die frische Meeresluft in ihrem Gesicht. Nachdem sie eine Weile an der Küste entlanggefahren war, nahm die Straße eine Biegung und führte ins Landesinnere. Kurz vor Alberobello veränderte sich die Landschaft, gelbe Felder streckten sich auf beiden Seiten der Fahrbahn aus, auf ihnen verteilt knorrige Olivenbäume mit ihren ausladenden, grünsilbrigen Kronen. Es wurde etwas hügliger, und ab und zu säumten hohe Natursteinmauern die Straßen. Rosa mochte diese einfachen, ländlichen Gegenden, die sanften Hügel, die trockenen ockerfarbenen Wiesen, darauf die Olivenbäume und hinter allem der hellblaue, wolkenlose Himmel. Immer wieder sah sie schon die typischen kegelförmigen Steindächer aufblitzen, für die Alberobello so bekannt war. Rosa meinte gelesen zu haben, dass diese Steinhäuser mit ihren charakteristischen Dächern »Trulli« hießen, was sie sehr amüsiert hatte. Ein seltsamer Name, aber irgendwie auch passend, denn sie sahen einfach sehr niedlich aus.

Mit einem Mal veränderte sich die Landschaft abermals. Die Erde, auf der die Olivenbäume standen, färbte sich hier rötlich, die Felder waren von flachen Steinmauern umgeben, und im Hintergrund erkannte Rosa einige Zypressen auf den Hügeln. Eine italienische Landschaft, wie sie im Buche stand.

Sie wollte dieses Bild, das sich jetzt vor ihr auftat, festhalten und entschied, einen kurzen Stopp einzulegen. Diese atemberaubende Landschaft wollte sie fotografieren, sicher würden sich Anna und Petti auch über ein paar Bilder von ihrer Reise freuen. Als sie ihr Smartphone aus der Tasche zog, fiel ihr Blick auf den Brief, der heute Morgen für sie auf dem Frühstückstisch gelegen hatte. Sie zog ihn heraus und öffnete ihn. Darin befand sich eine kleine Postkarte. Verwundert zog sie die Karte hervor. Eine Schwarz-Weiß-Fotografie war darauf abgebildet, zu sehen waren die oberen Hälften einiger Wohnhäuser und ihre Dächer, sie erinnerten Rosa an Berlin; an einem Fenster stand ein Kind und sah hinab, sein Blick voller Sehnsucht und ein wenig Langeweile. Rosa drehte die Karte um und fand einen Text, geschrieben in recht kleiner, verschnörkelter Schrift:

Schau Dich um, Liebes, dann entdeckst Du den Sinn schon. Er ist nämlich das Leben selbst, und das Leben endet nicht mit dem Tod, es wird immer weitergetragen, immer, immer weiter. In Deinem Herzen. Wie eine wunderschöne Blume, die stirbt und ihren Samen weiterfliegen lässt. Lebe, Liebes, lebe!

Mehr stand dort nicht. Kein Gruß, kein Name. Aber natürlich wusste Rosa sofort, woher diese Postkarte kommen musste. Die einzige Person, die mit ihr durch das Versenden von kurzen Texten auf hübschen Kärtchen kommunizieren würde, war ohne Frage Petti, wer sonst!

Bei ihrer Ankunft hatte sie sowohl Anna als auch Petti die Adresse der Pension mitgeteilt. Es war eigentlich mehr zur Sicherheit gedacht gewesen, damit sie nicht so ganz undercover unterwegs wäre. Dass sie eine Postkarte erhalten würde, hatte sie ganz und gar nicht erwartet. Rosa las sich den Text mehrere Male durch, und mit jedem Mal wurde das Geschriebene stärker fühlbar. Pettis Worte kamen genau im richtigen Moment. Als hätte sie eine übernatürliche Fähigkeit, als hätte sie gespürt, dass Rosa einige Tage nach ihrer Ankunft zusammensinken, ihre Traurigkeit sie überrumpeln und auf den Boden der Tatsachen zurückholen würde. Sie musste die Karte direkt losgeschickt haben, nachdem Rosa ihr die Adresse durchgegeben hatte.

Je öfter sie Pettis Worte las, desto klarer wurde es ihr: Ihre Reise sollte noch nicht zu Ende sein. So leicht würde sie nicht aufgeben. Was würde sich denn an ihren Gefühlen ändern, wenn sie wieder nach Berlin zurückkehrte? Und es war einfach genauso unfair, dass Lenni nicht mehr mit ihr in Berlin ihr gemeinsames Leben verbringen durfte, ihm die Arbeit im Atelier oder Ausstellungen nicht mehr vergönnt waren. War sie es Lenni nicht vielleicht sogar schuldig, weiterzumachen und diese Reise für ihn zu unternehmen? Die Erinnerung an ihn wie Blumensamen in der Welt zu verstreuen, ihn fliegen zu lassen?

Pettis Worte trugen so viel Wahrheit in sich. Immer wieder spürte Rosa Lennis Präsenz, manchmal nur in einem zarten Luftzug auf ihrer Schulter, wenn sie ganz kurz an ihn dachte, sich vorstellte, wie seine ozeanblauen Augen mit dem Meer um die Wette glänzen würden. Dann hörte sie sogar kurz seine Stimme, sein Lachen oder wie er ganz sanft in ihr Ohr flüsterte: »Rosarot, Mandelblütenrosa, Schweinchenrosa.« Das hatte er oft getan, sie fest umarmt und ihr diese drei Wörter liebevoll ins Ohr geflüstert. Sie musste grinsen, wenn sie an das erste Mal dachte, als er ihr sein »Schweinchenrosa« ins Ohr gesäuselt hatte. Sie hatte sich abrupt zu ihm umgedreht und mit einem etwas beleidigten »Wie bitte?« reagiert, und er hatte laut losgeprustet, konnte sich wieder und wieder an ihrer Reaktion erheitern, den ganzen Tag war das so gegangen. Irgendwann war das *Schweinchenrosa* aber ihr liebstes Wortspiel mit ihrem Namen geworden.

Langsam wurde ihr wieder etwas leichter ums Herz. Noch immer war sie traurig und fühlte diesen Kloß im Hals. Sie wusste, dass er noch lange ein immer wiederkehrender Begleiter sein würde. Diese schweren Momente würden wiederkommen, aber sie war sich sicher, dass sie sie überwinden konnte, sie hatte die richtigen Gedanken bereit, nur manchmal wurden sie etwas unter ihrer Traurigkeit verschüttet, und sie musste einige Kraft aufbringen, um sie wieder freizuschaufeln. Kraft hatte sie, das wusste Rosa. Die war noch lange nicht ausgeschöpft. Es nützte niemandem etwas, würde sie sich jetzt in ihrer Schwermütigkeit einigeln und sich selbst leidtun. Ja, es mochte sein, dachte Rosa jetzt, dass sie sich nur selbst bemitleidete.

Sie legte die Postkarte auf den Beifahrersitz, nahm ihr Smartphone und stieg aus dem Auto.

Nachdem sie ein paar Fotos geschossen und die duftende

Landluft tief eingeatmet hatte, fuhr sie weiter. Vielleicht würde dieser Tag, Lennis Geburtstag, doch noch gut werden. Sie wollte ihn für Lenni genießen. Das sollte ihr Geschenk für ihn sein.

Die kleinen, weiß gestrichenen Trulli mit den Kegeldächern aus grauem Stein standen dicht aneinandergereiht. Rosa malte sich aus, wie aus einer ihrer Türen im nächsten Moment ein kleiner Hobbit heraustreten, sich recken und strecken und sich aufmachen würde zur Arbeit auf den Feldern. Sie musste kurz grinsen und wusste genau, dass Lenni sich über ihre Fantasie gefreut und sie sicher noch etwas weitergesponnen hätte. Es fühlte sich gut an, ihn in Gedanken bei sich zu haben und sich auszumalen, wie sie zusammen alles erkunden würden. Als nähme er ihr ein wenig die Last von den Schultern, wenn er so neben ihr herlief, sie anlächelte und es sich beinahe real anfühlte.

Diese altertümlichen Wohnviertel waren wirklich beeindruckend, und Rosa genoss es, in den kleinen Straßen zwischen diesen Fabelhäusern umherzuschlendern und sich für jedes davon eine kleine Hobbitgeschichte auszudenken. Die Häuschen waren so eng gebaut, dass sie wie aneinandergeklebt wirkten, selbst die Dächer gingen ineinander über, und so entstand eine sehr besondere Einheit. Als hielten alle hier fest zusammen, dachte Rosa.

Alle paar Meter gab es kleine Läden, die ihre Ware an den weißen Steinwänden oder in hübsch gerahmten Vitrinen präsentierten. Die kleinen Gassen, die über und über mit Blumenkübeln zugestellt waren, in denen die Hauswände von rankenden rosa Blüten in Besitz genommen wurden, mochte Rosa am meisten. Viele der winzigen dunkelbraunen Holztüren, die unter kleinen Bögen lagen, standen offen. Hin und wieder saß eine ältere Dame oder ein älterer Herr auf einer Bank draußen und schaute sich die vorbeischlendernden Besucher an. Rosa dachte sich Namen für sie aus, wohlklingende italienische Namen, wie Giovanna oder Gian Carlo oder Leonardo. Ihr gefiel es, wie offen italienische Vornamen waren, die meisten endeten mit einem Vokal, was sie sehr viel freundlicher machte. In Deutschland schlossen viele Namen mit einem Konsonanten. Karl statt Carlo. Andreas statt Andrea. Noch dazu sprach man diese offenen Namen hier mit lang gezogenen Vokalen: An-dreee-aaa, Caaar-loo. Rosa sprach sie leise, mit einem Lächeln auf den Lippen, vor sich hin und zog die Silben so lang wie möglich. Sie dachte sich immer weitere Namen aus und war so sehr in ihre Fantasie vertieft, dass sie gar nicht mehr auf ihre Umgebung achtete. Wie so oft konnte sie völlig abschalten, war sie erst einmal in ihren Gedanken versunken, und blendete alles um sich herum aus.

Plötzlich wurde sie von einem heftigen Ruck von der Seite aus ihrem Tagtraum gerissen, hörte ein »Oh nooo!« und im nächsten Moment breitete sich ein kühles, nasses Gefühl auf ihrem Dekolleté aus. Nachdem sie sich kurz orientieren musste, verstand Rosa, was geschehen war.

»I am so sorry«, tönte eine helle Stimme neben ihr. Eine junge Frau, etwa in Rosas Alter, stand vor ihr und sah sie mit großen Augen an. Rosa fühlte, wie eine klebrige Flüssigkeit in ihren Ausschnitt lief, und sah an sich hinunter. Dann bemerkte sie das halb leere Glas in der einen Hand der jungen Frau. Sie war so sehr mit anderen Dingen beschäftigt gewesen, dass sie die Frau, die gerade mit zwei prall gefüllten Gläsern aus einem der kleinen Cafés gekommen war, nicht gesehen hatte. Rosa war in sie hineingerannt, und dabei hatte sich der Inhalt eines der Gläser auf ihrem Top verteilt.

»No, no, I am very sorry«, antwortete Rosa nun wieder geistesanwesend. Die junge Frau lächelte Rosa an, zuckte mit den Schultern und erwiderte auf Englisch: »Kein Problem, komm, wir haben Servietten am Tisch. Willst du etwas mit uns trinken?«

Sie deutete auf zwei junge Männer, die sich die ganze Szene ein wenig amüsiert von ihrem kleinen Tisch aus angesehen hatten. Beide winkten Rosa nun zu, und sie winkte etwas beschämt zurück.

»Oh, ich weiß nicht«, sagte Rosa ein wenig zögerlich. Eigentlich war sie gar nicht in der Stimmung für Small Talk mit ihr unbekannten Leuten. Noch immer hallte der melancholische Morgen ein wenig in ihr nach.

»Oh, bitte, ich lade dich auf einen Drink ein, als Entschuldigung!«

Rosa lächelte und nickte jetzt. Sie konnte die nette Einladung nicht ausschlagen und folgte der jungen Frau zum Tisch.

»Das sind Freddie und Emilio. Und mein Name ist Sue.«

»Ich bin Rosa.« Sie hob noch einmal die Hand und setzte sich dann zu der Gruppe. Sofort gab Emilio ihr seine Serviette, und Rosa begann, sich ein wenig trocken zu tupfen.

»Woher kommt ihr?«, wollte Rosa wissen.

»Aus London«, erklärte Sue, »Emilio ist aber ein waschechter Pugliese, den es aus unerfindlichen Gründen nach London verschlagen hat. Aber hier ist er unser persönlicher Apulien-Guide!«

Sie lachten, als Emilio mit seiner rechten Hand einen imaginären Hut von seinem Kopf nahm und sich ein wenig verbeugte.

»Und du?«, fragte Sue.

»Berlin«, sagte Rosa.

»Oh, amo Berlino, ich liebe Berlin«, verkündete Emilio, der direkt neben Rosa saß.

»Wirklich?«, fragte Rosa und war selbst ganz überrascht, wie abwertend sich das angehört hatte.

»Da hatte wohl jemand genug von der deutschen Großstadt«, witzelte Freddie, woraufhin Rosa nur ein zaghaftes Lächeln hervorbrachte und mit den Schultern zuckte.

»Das verstehe ich, irgendwann muss man einfach mal raus aus dem Metropolenlärm, weg von all den depressiven Menschen und dem schlechten Wetter, stimmt's?«

»Ich merke, du verstehst mich«, erwiderte Rosa und war froh, dass sie in Sue eine Leidensgenossin gefunden hatte, obwohl sie natürlich auch zu diesen Depressiven zählte, vor denen Sue anscheinend in London geflohen war.

Doch Emilio schüttelte den Kopf und sagte nun immer wieder »No! No, no, no. Berlino ist doch voll von Möglichkeiten und so frei, ich war eine Woche dort und habe jede Sekunde genossen!«

Sie alle unterhielten sich auf Englisch, und Rosa fiel Emilios charmanter italienischer Akzent direkt auf.

»Eine Woche!« Sue klatschte in die Hände. »Eine Woche zählt nicht! Verbring mal dein ganzes Leben da, dann verstehst du uns Großstädterinnen besser!«

Sue und Rosa warfen sich einen wissenden Blick zu und lachten. So langsam bemerkte Rosa, wie sie auftaute und sich schon etwas leichtherziger fühlte.

Sue sah tatsächlich wie eine waschechte Großstädterin aus, dachte Rosa, und stach damit völlig aus der Gruppe heraus. Sie hatte kurze rote Haare und Sommersprossen, in ihren Ohrlöchern baumelten goldene Ringe, an denen kurze grüne Lederbänder wie Fransen hingen. Auch um den Hals trug sie eine goldene Kette, an der, passend zu ihren Ohrringen, grüne Lederfransen befestigt waren. Die dünnen Träger ihres schwarzen Sommerkleids lagen locker auf ihren blassen Schultern. Auch dort verteilten sich viele kleine Sommersprossen. Sues Schuhe waren Rosa schon aufgefallen, als sie ihr zum Tisch gefolgt war. Ganz im Gegenteil zu ihrem sommerlichen Outfit trug sie nämlich gelbe Doc Martens, die über ihre Knöchel reichten und mit grünen Schnürsenkeln gebunden waren.

Bald schon war Rosa klar, dass Freddie und Sue ein Paar sein mussten. Die Art, wie sie sich ansahen und sie ihre Hand auf seine legte, hatte sie verraten.

Emilio hatte ein verschmitztes Lächeln und große grüne Augen. Auf seinen kurz geschorenen dunklen Haaren thronte eine Sonnenbrille, die er sich auf den Kopf geschoben hatte.

Auch Sue und Freddie hatten ihre Unterkunft in Bari, und Emilio erzählte, dass er in einem mehrstöckigen Haus zusammen mit seiner ganzen Familie mitten in der wuseligen Stadt aufgewachsen war, wohin er mehrmals im Jahr zurückkehrte. Rosa fand es spannend, Emilios Geschichten aus seinem Leben in Bari zuzuhören. Es war tatsächlich genau so, wie sie es sich vorgestellt hatte. *La mamma* war der Mittelpunkt des Hauses, kochte für die ganze Familie, die aus Großeltern, Eltern, Enkeln, Tanten und Onkeln bestand, und es war laut, sehr laut, erzählte Emilio.

»Das stelle ich mir schön vor«, sagte Rosa.

»Ich will es um nichts in der Welt eintauschen«, bestätigte Emilio, »aber lange halte ich es da auch nicht aus. Deshalb bin ich nach London abgehauen!«, lachte er.

»Emilio ist seit zwei Jahren in London«, erklärte Freddie, »aber mindestens alle drei Monate zieht es ihn zurück nach Bari zu *la mamma*!«

Freddie grinste und gab Emilio einen Klaps auf die Schulter. Der führte seine Finger zusammen, bewegte seine Hand vor seinem Kinn und blies etwas Luft zwischen seinen Lippen hervor.

»*La mamma* ist die wichtigste Person für mich. Für jeden Italiener!«, sagte er ernst, und die anderen kicherten in Anbetracht der Leidenschaft, mit der er diese Worte sprach. »Das ist doch das Mindeste, das ich tun kann, sie ab und zu zu besuchen, oder?«, fragte Emilio mit großen Augen in die Runde.

»Und ob«, sagte Sue. »Und du kannst ihr gutes Essen würdigen und dich von ihr bekochen lassen, und ihre Haushaltskünste, wenn sie deine Klamotten wäscht. Stimmt's?«

»Du hast ja keine Ahnung«, antwortete Emilio gespielt beleidigt und verdrehte die Augen.

»Ich würde auch viel öfter meine Eltern besuchen, wenn sie so gut kochen könnten«, unterstützte Rosa Emilio.

Dieser deutete sogleich auf Rosa, indem er seine Hände mit den Flächen nach oben in ihre Richtung streckte, und setzte einen Blick auf, der so viel bedeutete wie »Sag ich doch!«.

Nachdem sie das Café verlassen hatten, wollte Rosa erst einmal zurück in die Pension fahren, um sich etwas Frisches anzuziehen, das ihr nicht am Körper klebte.

Als Sue sie fragte, ob sie Lust hätte, am Abend mit ihnen ein wenig durch Bari zu schlendern, reagierte Rosa etwas zögerlich. Mit einem Mal spürte sie ihre Schuldgefühle wieder hochkommen, eigentlich hatte sie Lennis Geburtstag allein und in Gedanken mit ihm verbringen wollen. Allerdings war sie auch froh um die neue Gesellschaft und wusste, dass die Abendstunden so ganz allein ihr noch immer recht schwerfielen.

Sie wollte es versuchen, wenigstens auf ein Getränk. Dann nahm sie Lenni eben mit zu ihren neuen Bekannten. Er hätte sofort zugesagt, er liebte es, sich neue Orte von Einheimischen zeigen zu lassen! Außerdem wollte sie Bari sowieso schon die ganze Zeit mal bei Nacht sehen. Sie verabredeten sich in einem Restaurant in der Altstadt, das Emilio vorschlug.

12

Den ganzen Tag hatte Rosa nicht einmal auf ihr Handy geschaut. Es hatte sich gut angefühlt, völlig frei und ohne technisches Gerät die Region zu entdecken. Jetzt blinkte da aber eine weitere Nachricht von Mattia auf dem Bildschirm, und sie spürte ein leichtes Kribbeln im Bauch.

Es war ein Video, und Rosa war viel zu neugierig, um das Telefon einfach wieder wegzulegen. Also startete sie den kleinen Film, und das Erste, was sie erblickte, war dieses unheimlich charmante Grinsen. Mattia sah direkt in die Kamera, seine dunklen Haare fielen ihm ein wenig durchwuschelt in die Stirn, und Rosa konnte sich ein Lächeln nicht verkneifen. Und wieder spürte sie dieses aufgeregte, warme Gefühl.

»Ciao, Rosa, come stai?«, begann er. »Willst du gar nicht wissen, was meine Überraschung ist? Nur ein kleiner Tipp, sie hat etwas hiermit zu tun …« – Er schwenkte die Kamera, und auf dem Bildschirm erschien die wunderschöne Landschaft rund um Mattias Restaurant. Dann hielt er eine dicke gelbe Zitrone ins Bild. Noch einmal schwenkte die Kamera auf Mattias Gesicht, er lächelte, und dann war das Video vorbei.

Rosa war neugierig geworden. Was sollte das für eine Überraschung sein, die etwas mit einer Zitrone zu tun hatte?

Wollte er sie auf den Arm nehmen, ihr seine hausgemachte Limonade kredenzen oder einen Zitronenkuchen? Sie musste sofort aufhören, an Kuchen zu denken, denn mit einem Mal bekam sie großen Appetit. Schnell legte sie das Handy beiseite. Sie musste sich beeilen, um nicht zu spät zu ihrer Verabredung mit Sue, Freddie und Emilio zu kommen. Sie war sich sicher, dass Emilio ein wunderbares Restaurant ausgesucht hatte, und konnte es kaum erwarten, die leckere italienische Küche ein weiteres Mal kosten zu dürfen. Ihr Magen pflichtete ihr bei diesem Gedanken mit einem lauten Knurren bei.

Sie zog sich ein langes, hellblaues Kleid und eine luftige weiße Jacke an, und während sie noch nach einer passenden Tasche suchte, schweiften ihre Gedanken wieder ab … zu Mattia. Sie musste an sein fröhliches Gesicht in dem Video denken, an seine braunen Augen und seine ansteckende euphorische Art. Er hatte die Fähigkeit, alles zu etwas Aufregendem oder etwas Unbeschwertem zu machen, egal wie klein und nichtig es einem vorkommen wollte. Selbst eine Zitrone. Rosa lachte leise. Ihr Blick fiel wieder auf ihr Handy, das sie auf ihrem Nachttisch abgelegt hatte.

Ja, sie gestand sich ein, dass sie ihn sehr gern wiedersehen würde. Aber sollte sie sich noch ein wenig Zeit nehmen? Der heutige Tag hatte ihr gutgetan und sie auf andere, leichtere Gedanken gebracht. Würde sie sich nach einem Treffen mit

Mattia wieder schuldig fühlen? Noch immer hin- und hergerissen nahm sie ihr Smartphone in die Hand und begann, eine Antwort an ihn zu verfassen. Immer wieder löschte sie eine Zeile, schrieb aufs Neue, formulierte um. Sie spürte, dass sie ihn nicht vor den Kopf stoßen wollte. Außerdem war sie schon ziemlich neugierig auf seine Zitronen-Überraschung. Am Ende tippten ihre Finger fast wie von selbst: »Wie wär‘s morgen Mittag bei dir im Restaurant? Stell' schon mal die Zitronenlimonade kalt :).«

Rosa war völlig erstaunt, wie leicht ihr diese paar Zeilen gefallen waren und wie gut sie sich plötzlich anfühlten. Sie drückte auf Senden und erschrak kurz, als das Geräusch beim Versand der Nachricht ertönte. Ein wenig nervös war sie jetzt doch. Aber für lange Grübeleien war keine Zeit. Ein Lächeln legte sich auf ihre Lippen, jetzt, da sie wusste, dass sie Mattia schon bald wiedersehen würde.

Nachdem sich Rosa für den Abend frisch gemacht hatte, ging sie ein wenig aufgeregt die kleine Treppe zur Pension hinunter und machte sich auf den Weg durch das abendliche Bari. So hatte sie die Stadt noch nicht gesehen, und sie freute sich darauf, wieder eine andere Seite an ihr kennenzulernen.

Zuerst fielen Rosa die Geräusche in den abendlichen Gassen auf, das Geschirrklappern von den Terrassen der Cafés und Restaurants und die Gespräche waren deutlicher zu hören als am Tag. Hinter jeder Ecke ertönte eine andere Musik, manchmal waren es italienische Canzoni von einer CD, die aus dem Fenster einer Restaurantküche schallten, dann wieder basslastige Barmusik, und über die nächste Piazza tönte der Livegesang einer Sängerin, die inbrünstig populäre Schlager in der Landessprache zum Besten gab.

Noch immer war das Knattern einiger Vespas zu hören, aber es waren nun weniger unterwegs als tagsüber.

Einige Italiener und Italienerinnen hatten sich auf den Treppen vor der Kathedrale niedergelassen und tranken Rotwein.

Die Stadt war auf jeden Fall viel trubeliger als am Tag, aber es war ein anderer Trubel, ein ausgelassener Feierabendtrubel. Die Menschen genossen die milde Abendluft, das Zusammensein mit Freunden und die leckeren Speisen auf den Terrassen. In ihren Gedanken hörte Rosa Lennis Stimme und wie er all diese Szenen ausgelassen kommentierte. Sie spürte, wie er ihre Taille umschlang, stellte sich vor, wie sie gemeinsam durch das nächtliche Bari spazierten.

Rosa hatte das Restaurant, in dem sie sich mit den anderen verabredet hatte, in Google Maps eingegeben. Es war mitten in Bari Vecchia, dem historischen Zentrum, das sie schon bei ihrer Ankunft so bezaubernd gefunden hatte. Emilio hatte das Lokal vorgeschlagen, ein gebürtiger Barese, also musste es ja gut werden! Bei dem Gedanken an das italienische Essen lief Rosa das Wasser im Mund zusammen, und sie legte einen Schritt zu. *Komm,* rief sie Lenni in Gedanken zu, *das wird dir bestimmt gefallen!*

Die abendliche Altstadt war berauschend, aus allen Ecken tönte dieses lebhafte Stimmengewirr, über einigen Gassen waren Lichterketten gespannt, an denen nun die dicken runden Glühbirnen leuchteten und die sandfarbenen, glänzenden Steine, mit denen der Boden gepflastert war, in ein orangefarbenes Licht tauchten.

Rosa bog auf einen kleinen Platz und blieb kurz stehen, um die Atmosphäre auf sich wirken zu lassen. Auf einer kleinen Erhöhung waren viele Holztische und Stühle aufgestellt worden, umgeben von einigen hohen Palmen in großen Pflanzkübeln. Auch hier tauchten winzige Lichterketten die gesamte Terrasse in einen goldenen Glanz.

Rosa erkannte Sue, die ihr fröhlich zuwinkte. Das kleine Grüppchen hatte es sich schon an einem der Tische gemütlich gemacht. Als Rosa herankam, bemerkte sie schon drei halb leere Weingläser vor ihnen und ein paar Teller, gefüllt mit verschiedenen Vorspeisen, die allesamt unheimlich gut aussahen.

»Da muss ich wohl aufholen«, sagte Rosa grinsend, und die anderen lachten.

»Das wird dir sicher nicht schwerfallen bei diesem unglaublich guten Wein«, rief Sue.

Emilio zog den Stuhl neben sich vom Tisch, damit Rosa sich setzen konnte. Er rief den Kellner herbei und bestellte noch eine Flasche Primitivo und ein weiteres Glas.

»Wir haben nur ein paar Kleinigkeiten bestellt und mit dem Hauptgang auf dich gewartet, nimm dir ruhig, was du willst«, sagte Emilio.

Nur ein paar Kleinigkeiten? Auf den Tellern vor ihr lagen Bruschetta, Oliven, Focaccia, Muscheln, kleine frittierte Gebäckteilchen, frittierter Fisch, Salat … Was sollte da noch kommen?

»Versuch die Focaccia«, sagte Freddie und faltete seine Hände vor seiner Brust, als wollte er sagen, das ist göttlich!

»Nein, den *pesce fritto*, du musst unbedingt mit dem anfangen«, schwärmte Sue.

Rosa musste lachen.

»Immer mit der Ruhe, mein Plan ist, so viel wie möglich von allem zu essen«, rief sie.

»Aha, schon fast eine echte Italienerin.« Emilio lachte und gestikulierte wild mit beiden Händen vor seinem Oberkörper.

Diese lebendige, ausladende Sprache mit den Händen, als wollten die Italiener alles, was gesagt wurde, noch größer, schöner, bedeutsamer machen. Und es funktionierte! Oder war einfach alles in diesem Land schöner? Aber jetzt musste Rosa erst einmal Bruschetta probieren. Sie konnte sich ein zufriedenes Raunen und Seufzen nicht verkneifen und begann mehrmals ihre Fingerspitzen zu küssen.

Die anderen strahlten und legten nun auch wieder los. Es brach ein einziges Händechaos über den Tellern aus, einer griff nach der Focaccia, die andere nahm sich ein paar Muscheln, der Nächste schob sich ein paar *pesce fritte* auf die Gabel. Und während sie genüsslich all die Köstlichkeiten verschlangen, redeten sie durcheinander, unterbrachen sich ständig, verfielen in lautes Lachen, und Rosa musste mehrmals aufpassen, dass sie sich nicht an all den Leckereien verschluckte. Dann kam der Wein, und sie stießen an: »Auf la vita barese!«, rief Sue, und alle stimmten ein.

»Für uns Engländer ist das hier das Paradies und die Hölle zugleich«, erklärte Freddie. »Das Essen ist paradiesisch, aber die Hölle ist, dass du nie wieder etwas anderes essen willst und genau weißt, dass du irgendwann wieder nach England zurückkehren musst!«

Rosa nickte.

»In Berlin gibt es wirklich alles, aber das heißt eben auch, du musst all die guten Sachen zwischen all den schrecklichen erst mal finden!«

»Ich werde hier nicht sitzen und mir dein Berlino Bashing länger anhören«, sagte Emilio jetzt aufgesetzt bockig und verschränkte die Arme vor der Brust.

Lachend versuchte Rosa ihn zu beschwichtigen: »Okay, okay, ich hör auf!«

Emilio rollte scherzhaft mit den Augen.

»Du musst schon zugeben, dass du so gut wie hier niemals in Berlin essen könntest, oder?«, versuchte Rosa ihn weiter zu überzeugen.

»Wo sie recht hat, hat sie recht«, stimmte Sue ihr zu.

»Va bene«, sagte Emilio jetzt, »du hast recht, das Essen hier ist tausendmal besser, das beste der Welt!«

Rosa, Freddie und Sue jubelten fröhlich und klatschten in die Hände.

»Und deshalb sollten wir jetzt schnell zum Hauptgang übergehen«, fügte Emilio hinzu, »die haben hier den besten Polpo und die besten Orechiette mit Feigensoße in ganz Bari!«

Als der Kellner an den Tisch kam, gab Emilio die Bestellung auf. Er hörte gar nicht mehr auf zu bestellen, und der Kellner schrieb alles auf seinen kleinen Notizblock. Die Aneinanderreihung der italienischen Wörter klang für Rosa einfach nur wunderschön, und sie hätte noch ewig zuhören können. Als die Bedienung den Tisch verlassen hatte, sah sie Emilio mit großen Augen an.

»Du hast das jetzt aber nicht alles bestellt, oder?«

Emilio grinste.

»Lass dich überraschen!«

Sue und Freddie schienen schon an dieses barische Leben gewöhnt zu sein, immerhin hatten sie hier schon über zwei Wochen mit Emilio verbracht, wie sie ihr in dem Café in Alberobello berichtet hatten. Jedenfalls saßen die beiden ganz entspannt zurückgelehnt in ihren Stühlen, als wäre es das Normalste der Welt, hundert Hauptspeisen auf einmal zu bestellen.

Und Rosa hatte sich das tatsächlich nicht eingebildet. Nach einer Weile kam der Kellner zurück, drei Teller auf dem einen, drei weitere auf dem anderen Arm balancierend. Als er sie vor ihnen auf dem Tisch abstellte, sagte Emilio verschmitzt grinsend: »Das ist der erste Teil!«

Während Emilio erklärte, was da gerade vor sie auf den Tisch gestellt wurde, herrschte kurz andächtige Stille.

»Buon appetito, und lasst noch ein wenig Platz, das ist noch nicht alles«, tönte Emilio und griff sich eine Gabel.

Das Essen funktionierte so: Jeder hatte einen Teller mit Orechiette vor sich, in der Mitte standen die Teller mit der Focaccia und den Muscheln. Alle durften überall probieren, mit der Gabel einen kurzen Abstecher auf die Teller der anderen unternehmen, und immer wieder angelten sie sich ein paar Muscheln von der Mitte des Tisches und griffen sich ein Stück Focaccia.

So etwas hatte Rosa noch nie erlebt. Das Abendessen wurde hier zum Abenteuer, und sie liebte es sofort!

Im Laufe des Abends brachte der Kellner noch drei weitere Hauptgerichte an den Tisch, und zum Schluss gab es obendrein noch Dessert. Immer wieder musste Rosa sich kurz zurücklehnen und völlig überfordert tief ein- und ausatmen, sich mit der flachen Hand einen Klaps auf den Bauch geben und vor sich hin sagen: »Dio mio!« Und jedes Mal, wenn Rosa diese zwei Wörter aussprach, prusteten die anderen los. Das lag sicher auch am Wein, von dem nun schon einige Runden heruntergespült worden waren.

Es war spät geworden, die halb vollen Weingläser standen auf dem Tisch, die Teller waren fast alle leer geputzt. Rosa, Emilio, Freddie und Sue saßen zurückgelehnt auf ihren Stühlen, zufrieden und satt.

»Das ist also la dolce vita«, sagte Rosa selig seufzend.

Emilio sah sie amüsiert an.

»Das ist nur ein Teil von la dolce vita, da gehört noch so viel mehr dazu. Ballare, cantare, dolce far niente und natürlich *amore*!«

»Dolce far …?«, wiederholte Rosa fragend.

»Dolce far niente«, sagte Emilio, »die Kunst, nichts zu tun. Das haben wir Italiener perfektioniert!«

Die anderen nickten wissend.

»Aber das Wichtigste ist immer noch *amore*«, sagte Emilio und hob sein Glas.

»*Amore*«, riefen Freddie und Sue und hoben auch ihre Gläser.

Rosa griff zögernd nach ihrem Wein, mit einem Mal war da wieder dieses kleine Zwicken in ihrer Brust. Nachdenklich sah sie in ihr Glas.

»Auch die Wein-Liebe gehört zur *amore*«, grinste Emilio und sah Rosa dann etwas skeptisch an.

»Ja, vielleicht sollte ich dabei bleiben«, murmelte sie und nahm einen Schluck.

»Das hört sich mehr nach *tristezza* als nach *amore* an«, bemerkte Sue vorsichtig und legte Rosa ihre Hand auf den Arm.

»Schon gut, schon gut, tutto bene«, sagte Rosa und schaute mit einem etwas gequälten Lächeln in die Runde.

»Italien ist bestimmt der perfekte Ort, um eine schmerzhafte Liebe zu vergessen«, sagte Freddie.

»Die Frage ist, ob ich vergessen will«, erklärte Rosa jetzt ernst, »ob es gerecht ist, zu vergessen und sich ein schönes Leben zu machen, wenn der, den man geliebt hat …«

Rosa hatte schon viel zu viel Wein intus, und das stimmte sie wie immer etwas zu redselig. Dabei wollte sie dieses Thema gar nicht ansprechen, vor allem nicht, wenn doch gerade alle eine so gute Zeit hatten.

»Tut mir leid, ich wollte die Stimmung nicht ruinieren«, entschuldigte sie sich.

Nach einem kurzen betretenen Schweigen setzte Emilio wieder an.

»Es ist schwer, jemanden zu verlieren, auf welche Art auch immer. Aber woher kommt dieses schlechte Gewissen? Wieso versagen sich die Menschen oft ein gutes Leben, wenn sie trauern? Soll sie das sein, die Trauer? Schmerz, Dunkelheit, schlechtes Essen …«

Rosa konnte sich ein Lächeln bei Emilios letzten Worten nicht verkneifen, und auch die anderen beiden sahen sich jetzt schmunzelnd an.

»Trauer kann doch auch etwas anderes sein, oder? Sich daran erinnern, welche lebenswerten Dinge es gibt, und sie mit anderen Menschen teilen. Die Welt entdecken, Neues ausprobieren, ballare, cantare …«, er schenkte Rosa ein Lächeln, »dankbar sein, dass wir hier sein dürfen, und dafür, dass wir Menschen kennenlernen durften, sie lieben durften, dass sie uns für ein kurzes Stück unseres Weges begleitet haben.«

»Ein wahrer Philosoph«, sagte Sue ein wenig schmachtend.

»Das hört sich alles wunderschön und richtig an«, bekräftigte Rosa, »aber es ist so verdammt schwer, sich das zuzugestehen.«

Emilio nahm nun Rosas Hand.

»Weißt du, als meine *zia* schwer krank war«, fing Emilio nun an zu erzählen, »da kümmerte sich die ganze Familie um sie. Monatelang musste sie im Bett liegen, und es sah nicht gut aus. Aber wir wechselten uns ab. Einen Tag saß ich an ihrem Bett, am nächsten mein *zio*, dann meine *mamma*, meine Cousins und Cousinen. Und während einer bei meiner *zia* war, lebten die anderen ihr Leben. Eines Tages war ich wieder an der Reihe, und ich fragte meine *zia*, ob ich etwas tun könnte, damit es ihr besser ginge. Sie öffnete ihre Augen und sah mich mit ihrem warmen Lächeln an. Dann sagte sie,

Weißt du, Emilio, am glücklichsten macht es mich, wenn du glücklich bist. Geh für mich raus in die Stadt, tanze für mich, singe, esse das beste Essen und liebe. Sei fröhlich, aber nimm mich immer im Herzen mit. Sei für mich glücklich, dann bin ich es auch.«

Emilio blickte in die Runde. Niemand sagte etwas. Kurz wirkte es, als würde sich die Welt ein bisschen langsamer drehen. Die Menschen an den Nebentischen aßen bedächtig ihre Orechiette oder Muscheln, eine sanfte Brise brachte die Lichterketten über der Terrasse zum Schaukeln, und die Palmenblätter rauschten leise. Rosa wollte diesen Moment festhalten, Emilios Worte ganz weich in ihre Gedanken betten, sodass sie dort für immer blieben, sie wollte das Licht, das den Abend zum Glänzen brachte, aufsaugen, sodass es in ihr weiter leuchtete und sie wärmte.

Nach einer Weile des Schweigens legte Rosa ihre Hand auf Emilios und sagte: »Grazie.« Er nahm ihre Hand und nickte. Kurz verharrten sie so, dann räusperte sich Sue leise.

»Wer hat Lust auf einen Strandausflug?«, unterbrach sie das Schweigen vorsichtig, und die anderen kicherten.

»Das ist jetzt genau das Richtige«, sagte Rosa und hob ihre Hände zum Himmel, als hätte Sue erlösende Worte gesprochen.

Das Meer lag fast still vor der nächtlichen Stadt, die noch immer mit dem Mond um die Wette leuchtete. Das sanfte Rauschen wirkte, als sängen die Wellen ein Gutenachtlied für Bari und seine Bewohner. Rosa fühlte sich vom Meer beschützt, sie dachte, das müsste hier bestimmt allen so gehen, das Gefühl von Sicherheit, das dieses große weite Blau ausstrahlte. Wie eine überdimensionale italienische *mamma*, die ihre Kinder in den Schlaf schaukelte. Rosa grinste ein bisschen und sah in das große Dunkel hinaus, auf dem nur einige winzige Lichter strahlten, die an den Masten der Boote befestigt waren. Vor Bari lagen viele kleine Fischer- und Sportboote, aber auch Jachten. Wenn ein paar größere Wellen herangerollt kamen, klimperten die Masten aneinander, und die Segel wölbten sich mit einem leichten *Wuuusch* und sanken direkt wieder zusammen, als wären sie nur kurz aufgewacht und dann wieder in ihren tiefen friedlichen Schlaf gefallen.

Die Gruppe erreichte den Pane e Pomodoro-Strand, und Sue schnürte sofort ihre Doc Martens auf und zog sie von ihren Füßen, dann ließ sie sich in den weichen Sand fallen. Die anderen machten es ihr nach. So blieben sie alle eine ganze Weile liegen und starrten schweigend in das klare Sternengewölbe, das sich jetzt über ihnen ausbreitete.

Rosa genoss die Stille, die nur durch das Rauschen der Wellen und den wenigen Verkehr, der jetzt noch aus der Stadt zu hören war, unterbrochen wurde. Sie hätte die ganze Nacht hier liegen können. Ausgestreckt, die Hände im noch vom Tag gewärmten Sand vergraben, die Augen geschlossen … In diesem Moment kam ihr Mattia in den Sinn. Er hatte ihr noch keine Antwort auf ihre Nachricht geschickt, und Rosa wurde bei dem Gedanken daran ein wenig nervös. War er vielleicht beleidigt, weil sie sich so lange nicht gemeldet hatte? Sie versuchte, sich auf etwas anderes zu konzentrieren, und plötzlich vernahm sie ein lautes Gejubel und Gekreische, schnelle Schritte im Sand, und als sie sich aufsetzte, waren Sue und Freddie schon halb nackt und rannten in Richtung Wasser.

»Wow«, rief Rosa überrascht.

»Das machen die fast jeden Abend, seit sie hier sind«, erklärte Emilio grinsend und sah Rosa nun herausfordernd an.

»Na komm, du musst den Sprung ins kalte Wasser wagen, wenn du richtig in Bari ankommen willst!«

Er zog sich bis auf die Unterhose aus, und als er fertig war, sah er zu Rosa und grinste.

»Komm schon, beeil dich!«

Dann rannte er davon und ließ ebenfalls einen Jubelschrei los.

Erstaunt blickte Rosa den dreien hinterher und wusste nicht, was sie tun sollte.

»Roooosa, komm, es ist heeerrlich erfrischend«, schrie Sue jetzt. Mit einem Mal fielen alle Zweifel von ihr ab, sie zog sich ihre Jacke aus, das Kleid über den Kopf und schlüpfte aus ihren Sandalen. Nur in Slip und BH rannte sie jetzt durch den warmen Sand in Richtung Meer, breitete ihre Arme aus und rief den anderen zu:

»Hey, wagt es ja nicht, euch ohne mich zu amüsieren!«

Und dann tauchten ihre nackten Füße in das kalte Wasser, klatschten die sanften Wellen an ihre Knöchel. Rosa sank immer tiefer ein in das Element, das ihr schon so viel gegeben hatte in ihrem Leben – Inspiration, Kraft und Trost. Sie schwamm ein paar Runden, dann drehte sie sich auf den Rücken, streckte ihre Arme und Beine von sich und begann auf dem glucksenden Meer zu schweben. Um sich herum hörte sie die anderen rufen und applaudieren, doch alles verschwamm mit einem Mal, Rosa ließ sich einfach treiben, sie tauchte unter und hörte alles um sich herum nur noch ganz dumpf und weit weg. Kein bisschen fror sie. Dieses große Gefühl von Geborgenheit, das sie schon auf der Promenade gespürt hatte, nahm sie jetzt vollkommen ein.

Plötzlich spürte sie eine Berührung an ihrem Rücken, und sie zuckte ein wenig zusammen. Sie öffnete die Augen und blickte in Emilios Gesicht, der sie sanft anlächelte. Er hatte sie auf seine Arme genommen und schob sie langsam vor sich her. Rosa hob ihren Kopf, um zu verstehen, was er sagte.

»Du musst vorsichtig sein, Rosa, sonst schwimmst du noch davon!«

Dann zog er seine Arme weg, stieß sich mit den Füßen vom Boden ab, und auf dem Rücken schwimmend entfernte er sich von ihr. Sie sah sich um. Tatsächlich hatte sie sich recht weit vom Strand entfernt. Sie sah Freddie und Sue im seichten Wasser sitzen, Sue hatte ihren Kopf an seine Schulter gelegt, und sie blickten in die Ferne. Emilio lag auf dem Rücken, ein paar Meter von Rosa entfernt, und strampelte mit den Beinen, sodass das Wasser aufgewühlt wurde. Sie schwamm in seine Richtung, bis sie neben ihm angekommen war.

»Grazie«, bedankte sie sich. Emilio hatte etwas Ritterhaftes an sich, ein Beschützer, der immer das Richtige zu sagen und zu tun wusste. Sie fühlte sich sicher in seiner Gegenwart, und doch hatte er nicht die gleiche anziehende Wirkung auf sie wie Mattia. Emilio konnte ein toller Freund werden, dachte Rosa, einer, mit dem sie über alles reden konnte. Seine Berührungen fühlten sich nie zu aufdringlich an, mehr so wie die eines großen Bruders, der seine kleine Schwester beschützen wollte.

»Ich hoffe, du kannst heute zufrieden einschlafen«, sagte er nun, rücklings auf dem Wasser liegend, die Arme und Beine von sich gestreckt, in den Himmel schauend.

»Das werde ich«, sagte Rosa, »ganz sicher.«

Sie hatten noch lange am Strand gesessen und geredet. Sue war irgendwann mit ihrem Kopf auf Freddies Schoß eingeschlafen und hatte, zur Belustigung aller, ganz leise geschnarcht. Freddie war in ein beseeltes Schweigen verfallen, während Emilio Rosa mehr von seiner Familie erzählt hatte, dass ihm das ganze Gewusel und Geschrei im Haus manchmal zu viel wurde und er dann die Küste mit dem Motorino entlangfuhr und sich stille Plätzchen am Meer suchte. Ohne die ganze Bande konnte und mochte er sich ein Leben aber auch nicht vorstellen, gab er zu. Rosa fand die Vorstellung schön, eine Familie um sich zu haben, die einem Rückhalt gab und mit der man immer weich fallen würde, egal wie tief der Abgrund wäre. Ihre Familienverhältnisse waren das genaue Gegenteil. Sie war ein Einzelkind, ihre Eltern lange geschieden, und sie lebten viel zu weit entfernt von Berlin, um Rosa öfter in der großen Stadt zu besuchen. Wenn Rosa sie sehen wollte, musste sie zu ihnen fahren, doch mit der selbstständigen Arbeit als Keramikerin war das eben nicht immer so einfach. Also sah sie ihre Familie meist nur noch zu Feiertagen oder eben zu Beerdigungen.

Ihre Mutter hatte drei Wochen in Berlin verbracht und bei Rosa gewohnt, nachdem Lenni gestorben war. Sie hatte

Rosas Wäsche gewaschen, aufgeräumt und ihr im Alltag geholfen. Einen Hang zu großen Gefühlen oder tröstenden Worten hatte sie allerdings noch nie gehabt, und so war es Rosa dann doch lieber gewesen, danach allein zu sein. Diese drei Wochen waren vielleicht dem Gefühl, eine italienische *mamma* zu haben, am nächsten gekommen. Und doch waren es einfach drei Wochen mit ihrer verstockten deutschen Mutter gewesen, die nur ein einziges Mal in dieser Zeit zu Rosa sagte, wie leid es ihr tue. Danach hatte Rosa sich gefälligst zusammenzureißen, und wenn es nach ihrer Mutter gegangen wäre, hätte sie nach einem Monat schon wieder im Atelier sitzen und arbeiten müssen. Lange Zeit zur Trauer war heutzutage niemandem vergönnt, und Rosa hatte sich tatsächlich immer schlechter und nutzloser gefühlt, als die Wochen verstrichen, es vier, fünf, sechs Monate wurden, in denen sie nichts anderes hatte tun können, als im Bett zu liegen und sich ab und zu zum Supermarkt zu schleppen. Ihre Mutter hatte es aufgegeben, sie zu fragen, wie es ihr ging, und sich bei ihren wöchentlichen Telefonaten darauf beschränkt, über ihren Schrebergarten, den Hexenschuss ihres neuen Lebenspartners und seine daraus resultierenden unheimlichen Schmerzen zu berichten.

Die Italiener hatten es da schon besser, auch wenn Rosa es immer ein wenig seltsam fand, dass Männer in Italien weit über die dreißig hinaus noch zu Hause wohnten und sich von *la mamma* bekochen und ihre Wäsche waschen ließen. Emilio hatte ihr erzählt, dass er zwar schon rasant auf die vierzig zusteuerte, aber bis vor zwei Jahren nie große Lust gehabt hatte, sich eine eigene Bleibe zu suchen. Zu teuer, zu viel

Aufwand und in Italien auch recht ungewöhnlich, wenn man nicht plante, eine eigene Familie zu gründen. Aber das war ohnehin nicht sein Plan, und irgendwann hatte er das Fragen nach einer netten jungen Dame in seinem Leben nicht mehr ertragen. London war ein Befreiungsschlag gewesen, und trotzdem vermisste er sein italienisches Elternhaus oft.

Als Rosa Emilio so von seiner Familie reden hörte, dachte sie plötzlich an Mattia. Im Gegensatz zu Emilio hatte er nicht viel von seiner Familie gesprochen. Rosa schien es, als würde er eher die Ruhe genießen, das Alleinsein, weit weg von jeglichem Trubel. Das konnte sie sehr gut verstehen. In Gedanken sah sie ihn vor sich, wie er ihr von seiner idyllischen Restaurantterrasse zulächelte. Wieder löste es ein Kribbeln in ihr aus. Es war aber kein unangenehmes Kribbeln, das Mattia in ihr bewirkte, das war keine Aufregung oder Nervosität. Nein, es war vielmehr ein angenehmes, sanftes Kribbeln in ihrem Bauch, ein warmes Gefühl und die Vorfreude, jemanden wiederzusehen.

Erst in den frühen Morgenstunden hatten sie sich auf den Heimweg gemacht. Jetzt lag Rosa hundemüde in ihrem Bett, aber es gelang ihr einfach nicht, Ruhe zu finden und einzuschlafen. Sie dachte an Mattia und starrte auf ihr Smartphone. Keine Nachricht. Ein bisschen wunderte sie sich, dass er noch nicht auf ihr Angebot, morgen zum Mittag zu kommen, geantwortet hatte. Vielleicht war es zu frech gewesen, dass sie sich einfach selbst eingeladen hatte?

Noch eine ganze Weile drehte sie sich von einer zur anderen Seite, bis die Müdigkeit sie schließlich doch übermannte und sie in einen tiefen Schlaf sank.

13

Als Rosa erwachte, nahm sie sofort ihr Handy in die Hand und spürte Erleichterung, als sie Mattias Nachricht aufblinken sah.

»Ich erwarte dich zum Mittag, es gibt Pizza!«, hatte er ihr geschrieben.

Das hörte sich sehr gut an, dachte Rosa und ging ins Bad, um sich fertig zu machen.

Sie legte das Smartphone auf die schmale Holzablage vor sich. Vor dem Spiegel trug sie ein wenig Wimperntusche auf und puderte ihre Wangen mit etwas Rouge. Nur ganz leicht, damit sie nach der langen Nacht und dem vielen Wein etwas frischer aussah. Ihre Haare band sie sich zu einem Zopf, aus dem einige lange, gekringelte Strähnen auf ihre Schultern fielen.

Dann verließ sie das Haus.

Draußen schlug ihr die duftende, warme Luft des Südens entgegen, die sie so liebte. Sie genoss die sanfte Brise auf der Haut, die Sonne, die hier ganz anders wärmte und die Landschaft in ein Licht tauchte, das man in Deutschland so nirgendwo fand. Beschwingt stieg sie in ihr Auto und machte sich auf den Weg.

Eine Stunde später stand Rosa auf dem staubigen Parkplatz vor Mattias Restaurant. Es war nicht wirklich ein Parkplatz, sondern einfach eine kleine kreisförmige Einbuchtung der sandigen Dorfstraße. Gesäumt war sie von einigen Lavendelsträuchern und Natursteinen, kleinen grünen Büschen, Gräsern und einigen Wildblumen, die ganz frei und unkontrolliert zwischen den Steinen wuchsen.

Schon ab der ersten Sekunde, als sie aus dem Auto gestiegen war, hatte Rosa den unwiderstehlichen Geruch nach frisch gebackenem Teig, Tomaten, Käse und Kräutern in der Nase. Mattia hatte sein Versprechen gehalten: Es gab Pizza.

Langsam näherte sie sich der kleinen, verwunschenen Terrasse des Restaurants, spürte den warmen Staub auf ihren nackten Füßen. Sie trug ihre blauen Ledersandalen mit dünnen Riemchen, in die sich immer wieder kleine Steinchen verirrten, sodass sie ihre Füße ständig kurz anheben und schütteln musste.

»Buongiorno, kleiner Storch«, hörte sie Mattia von der Terrasse aus rufen.

Er musste sie beobachtet haben, wie sie so ungelenk herangestakst kam. »Der perfekte Auftritt, Rosa«, sagte sie leise murmelnd zu sich selbst, hob aber direkt eine Hand und winkte Mattia zu.

»Gar nicht so einfach, als Großstädterin hier auf dem Land«, rief sie.

Mattia kam herangeeilt, ein schmales Brett unter dem

Arm, das er auf dem letzten Stück direkt vor Rosa auf den Boden legte.

»Ecco, Signora Rosa, das Brett, das die Welt bedeutet!«

Rosa begann zu lachen und balancierte vorsichtig über diese wackelige Konstruktion, um sich am Ende etwas unbeholfen auf Mattias Schulter abzustützen. Er nahm ihren Arm und hakte sie unter, um sie nun über die kleine grüne Wiese auf die Terrasse zu führen.

»So ein Service«, lobte Rosa, »warum du damit noch nicht alle Reiseführer erobert hast, frage ich mich!«

Sie grinste ihn verschmitzt an, und Mattia gab mit einer ausladenden Geste ironisch zurück:

»Da hast du vollkommen recht, das ist mir auch unbegreiflich!«

Er zog einen der alten Holzstühle von einem Tisch, sodass Rosa sich setzen konnte. Vor ihr lag schon alles für das angekündigte Pizzaessen bereit. Die kleinen Kräutertöpfe, die Rosa schon von ihrem ersten Besuch hier kannte, Servietten, Besteck und mehrere kleine Fläschchen, gefüllt mit verschiedenen Ölen, in einigen waren Zitronenscheiben und Kräuter, in anderen Chilischoten eingelegt.

»Es duftet unglaublich gut, Mattia, ich kann's kaum erwarten, deine Pizza zu probieren!«

»Immer mit der Ruhe, zuerst muss ich dir noch etwas zeigen«, gab er zurück und verschwand ins Innere des Restaurants. Einen Augenblick später kam er mit einem kleinen Teller in der Hand wieder an den Tisch. Was auf dem Teller lag, konnte Rosa nicht sehen, denn es war unter einem Stofftuch versteckt. Mattia stellte ihn vor Rosa ab und setzte sich zu ihr.

»Du bist bestimmt nur hier, weil du es nicht mehr ertragen hast, nicht zu wissen, was meine Überraschung ist, stimmt's?«, sagte er und grinste.

»Nur aus diesem Grund«, erwiderte Rosa mit einem Zwinkern.

»Glaub ja nicht, dass ich sie dir so einfach verrate«, fuhr Mattia fort. »Du musst schon den ganzen Tag mit mir verbringen, um es herauszufinden. Bis dahin gibt es nur viele kleine Hinweise.«

Rosa mochte seine verspielte und lustige Art sehr. Er brachte sie fast ununterbrochen zum Lachen, weil er sich selbst einfach nicht zu ernst nahm. Solche Menschen traf man selten, und Rosa fand, es sollte sie viel öfter geben.

»Einen ganzen Tag mit dir verbringen? Uff. Aber gut, was sein muss, muss sein«, gab Rosa schlagfertig zurück.

Jetzt begann auch Mattia herzlich zu lachen, hob seine Faust in die Luft und verzog sein Gesicht spaßhaft zu einer beleidigten Fratze.

»Pass gut auf, kleiner Storch, sonst gibt's für dich keine Pizza.« Er erhob sich kurzerhand und eilte wieder hinein, im Weglaufen rief er:

»Oder für uns beide nicht, wenn der dämliche Pizzaiolo Mattia nicht richtig aufpasst!«

Vor ihr wartete noch immer das Stofftuch auf dem Teller darauf, gelüftet zu werden. Aber Rosa übte sich in Geduld. Während der Master of Pizza ihr Mittagessen rettete, schenkte sich Rosa ein Glas Wasser aus einer Keramikkaraffe ein, die sie auf einem kleinen Beistelltisch entdeckt hatte. Rosa lehnte sich zurück und seufzte zufrieden. Sie lauschte den Zikaden, die sie in Bari bei all den Stadtgeräuschen schon vermisst hatte. Auch einige Vögel zwitscherten in den Bäumen, und durch die dichtblättrige, saftig grüne Baumkrone, die direkt über der Terrasse hing, ging ein sanftes Rauschen.

Sie betrachtete die wunderschöne Karaffe, die sie vor sich abgestellt hatte. Sie war in der Majolikatechnik bemalt worden. Auf dem weiß glänzenden Untergrund prangten wunderschöne kleine blaue und gelbe Blüten zwischen grünen Gräsern und winzigen geschwungenen Blättern. Rosa bewunderte die Feinheit, mit der hier gearbeitet wurde, die hauchdünnen Grashalme und die in verschiedenen Farbnuancen ausgemalten Blütenblätter. Sie bemerkte, dass ihr den ganzen vergangenen Tag nicht einmal der Gedanke an Keramik und ihre Lust, an der Töpferscheibe zu arbeiten, gekommen war. Aber bei dem Anblick dieser wunderschönen Keramikkaraffe prasselten die Ideen wieder auf sie ein, und das Verlangen, endlich wieder mit Ton zu arbeiten, war von Neuem entfacht.

»Attenziooone!«, hörte Rosa es jetzt hinter sich rufen. Sie erblickte Mattia, der mit zwei großen Tellern in den Händen auf die Terrasse kam.

»Mmmh, das riecht toll.« Ihr lief das Wasser im Mund zusammen, und wie auf Knopfdruck begann ihr Magen zu knurren. Gerade wollte sie zum Besteck greifen, als Mattia sie zurückhielt.

»No, no, no. Zuerst muss noch der Hinweis gelüftet werden.«

Rosa setzte einen ungeduldigen Gesichtsausdruck auf.

»Oh, bitte beeil dich, ich muss unbedingt von dieser Meisterpizza probieren«, quengelte sie.

»Geduld, Geduld, die ist sowieso noch viel zu heiß.«

Er machte es spannend und zog ganz vorsichtig das Tuch zurück. Rosa war enttäuscht.

»Eine Zitrone!«, rief sie. »Was für eine Überraschung!«

Mattia lachte.

»Dreh sie um«, forderte er sie auf.

Rosa nahm die Frucht in die Hand und begutachtete sie von allen Seiten. Und tatsächlich. Da war etwas in winzigen Buchstaben auf die raue, gelbe Schale geschrieben.

»Die beste Zitronenlimonade wird in Keramikkaraffen serviert«, las Rosa vor und stutzte.

»Da hat die Zitrone wohl recht«, sagte sie etwas verwirrt.

»Jetzt essen wir erst mal unsere Pizza, bevor sie kalt wird«, sagte Mattia ernst. Er widmete seinem Rätsel kein Wort der Erklärung, nahm seine Gabel und das Pizzamesser und begann, seine Pizza in Achtel zu zerschneiden. Er genoss es sichtlich, Rosa im Dunkeln zu lassen. Sie konnte ganz genau sehen, wie schwer es ihm fiel, seinen ernsten Gesichtsausdruck aufrechtzuerhalten, immer wieder schlich sich da auch ein leichtes, schelmisches Grinsen auf seine Lippen. Rosa kicherte und verdrehte die Augen. Also gut, sie würde dieses Spielchen noch eine Weile mitmachen, mal sehen, wie lange Mattia das aushielt.

Jetzt wollte sie sich aber endlich dieser enormen Pizza widmen. Der Boden war hauchdünn, die Ränder luftig aufgegangen, goldbraun und knusprig. Belegt war er mit frischen, herrlich duftenden Tomaten, Basilikum, Mozzarella und einer saftigen Tomatenpassata. Mehr brauchte eine gute Pizza auch gar nicht, davon war Rosa überzeugt. Und der erste Bissen gab ihr recht.

»Wo hast du denn gelernt, so gute Pizza zu backen?«, fragte sie, während sie versuchte, das dünne, saftige Stück, ohne zu kleckern, an ihren Mund zu führen.

»Vor sechs Jahren habe ich einige Monate in Napoli verbracht, bei den Meistern der Pizzakunst. Natürlich würde ich mich nie als annähernd so gut wie diese Pizzaioli bezeichnen, aber sie haben mir viel beigebracht. Wenn du die einzig echte Pizza essen willst, musst du einen Ausflug nach Napoli machen«, erklärte er kauend. »Das Wichtigste ist der Ofen«, fügte er hinzu. »Es muss ein guter Holzofen sein, das ist das Geheimnis. Und natürlich brauchst du die richtigen Zutaten. Das Mehl, zum Beispiel, kaufen alle Pizzabäcker, die etwas auf sich halten, in Napoli.«

Wie immer nach diesen üppigen Speisen konnte Rosa nicht mehr gerade sitzen, ließ sich in ihren Stuhl sinken und legte beide Hände flach auf ihren Bauch.

»Hast du Lust auf einen kleinen Ausflug?«, fragte Mattia, der gerade die leer gegessenen Teller in die Küche gebracht hatte und nun etwas ungeduldig neben ihrem Stuhl stand.

»Ich weiß nicht, ob ich es schaffe, jemals wieder aufzustehen«, klagte Rosa spaßhaft, »und was bist du überhaupt für ein Italiener? Schon mal was von dolce far niente gehört?«

Mattia musste lachen.

»Da hast du recht, vielleicht bin ich da etwas zu weit vom

italienischen Stamm gefallen«, gab er zu, setzte sich dann aber brav in seinen Stuhl und lehnte sich zurück.

»Weißt du, es gibt einfach viel zu viel zu sehen und zu erleben, warum sollte ich da sitzen bleiben und nichts tun?«

Rosa konnte ihn verstehen. Sie liebte es, auf Entdeckungstouren zu gehen, den ganzen Tag unterwegs zu sein und ihre immer neuen Ideen umzusetzen. Und natürlich hatte sie Lust auf einen Ausflug, vor allem mit Mattia als ihrem Guide. Er hatte ihr sein Talent, die besten Orte zu finden, ja schon bewiesen. Und wie hieß es so schön: Nach dem Essen sollst du ruhn oder tausend Schritte tun. Jetzt kam sie sich tatsächlich schon wie ihre Oma vor und war froh, dass sie diesen Satz nicht laut ausgesprochen hatte.

»Wo soll's denn hingehen?«, fragte sie Mattia und sprang auf.

Seit zehn Minuten stand Rosa nun schon auf der staubigen Dorfstraße vor Mattias Restaurant und wartete darauf, dass er zurückkehrte. Er wollte nur schnell zu den Nachbarn, musste noch etwas klären, hatte er ihr gesagt. Nur dass die Nachbarn in diesem Dorf mindestens einen Kilometer entfernt lebten. Es war ja eher eine Ansammlung von einigen Grundstücken entlang einer kleinen Straße als ein richtiges Dorf. Irgendwo hatte Rosa auf dem Weg hierher auch eine kleine Kirche gesehen, vielleicht fünf Minuten mit dem Auto entfernt.

Wer weiß, wie lange Mattia sie dort in der trockenen Hitze stehen lassen würde, dachte sie. Aber das Warten konnte ihre Stimmung und die traumhafte Atmosphäre ganz und gar nicht schmälern. Es war so still in dieser Gegend. Mal abgesehen von den Zikaden und dem Gezwitscher der Vögel. Rosa schloss die Augen und atmete tief ein. Ein knatterndes Motorengeräusch riss sie jäh aus ihrer Trance. Rosa öffnete erstaunt die Augen und sah die Straße hinab, wo sich eine große Staubwolke über der Fahrbahn ausbreitete. Unter all dem Staub tauchte plötzlich ein kleines, knallgelbes Gefährt auf, und Rosa konnte sich ein Jauchzen nicht verkneifen. Ein alter Fiat 500! Wie oft hatte sie diese niedlichen Autos schon durch die engen Gassen Baris brausen sehen, ihre rundliche Form hatte sie immer irgendwie an Käfer erinnert, die brummend durch die Lüfte flogen. Sie standen auch an allen Ecken der Stadt und machten jeden kleinen Platz zu einem hübschen Postkartenmotiv. Auch Rosa hatte schon etliche Fotos mit den kleinen Cinquecentos geschossen. Und diese Farbe!

Rosa verliebte sich sofort in dieses kleine Auto, das da ein bisschen wackelig und ulkig anzusehen auf sie zutuckerte.

Es blieb direkt vor ihr stehen, aus dem winzigen Fenster winkte Mattia ihr zu und öffnete ihr die Tür, die ein kurzes Quietschen von sich gab.

»Hereinspaziert in deine heutige Mitfahrgelegenheit. Ich dachte mir, nach der Vespa und der Ape fehlt doch nur noch das hier!« Mattia grinste und bewegte seinen Arm wie zur Präsentation durch den engen Innenraum des Autos.

»Das ist der absolute Hammer, Mattia, wo hast du den denn aufgetrieben?«, fragte Rosa begeistert.

»Gehört meinen Nachbarn, den De Santis. Die lieben Limoncello! Sieht man, oder?« Er lachte.

»Dieses Gelb ist ein Traum, am liebsten würde ich den direkt behalten«, schwärmte Rosa weiter, dann stutzte sie ganz kurz. »Ist das jetzt ein weiterer Hinweis zu deinem Zitronenrätsel?«

»Hm. Das könnte man so sagen. Zitronengelb ist er, und außerdem wird uns der Kleine später zur richtigen Überraschung bringen.«

Mattia setzte ein geheimnisvolles Gesicht auf.

»Spinner!« Rosa boxte ihm scherzhaft auf die Schulter.

Auch die Innenausstattung war der Wahnsinn. Die Sitze und die Türen waren mit cremefarbenem Leder bezogen, das Lenkrad war riesig im Vergleich zum Rest, und die metallenen Armaturen glänzten im selben kräftigen Gelb wie das Äußere. Viel Komfort hatte das alte Minigefährt natürlich nicht zu bieten, aber das war Rosa egal – sie liebte einfach alles, was vintage war.

»Bereit für eine Fahrt über Land?« Mattia hatte seine Hände schon startbereit am Lenkrad positioniert.

»Andiamo!«, rief Rosa, schob sich ihre Sonnenbrille auf die Nase, kurbelte ihr Fenster runter und lehnte sich in ihrem gemütlichen Ledersitz zurück.

Und schon begann der Motor des kleinen Fiats zu surren.

Rosa musste zugeben, dass das alles schon ziemlich kitschig war. Italien, die Sonne, der blaue Himmel und darunter der kleine, knatternde, knallgelbe Fiat 500. Sie fühlte sich wie in einer Amicelli-Werbung, dachte sie und musste leise kichern. Mattia sah sie neugierig an.

»Was gibt's da zu lachen?«

Sie schüttelte nur kurz den Kopf.

»Das ist einfach alles ein bisschen surreal«, sagte sie und lachte wieder.

»Das ist dein ganz persönlicher Italien-Kitschfilm«, lachte Mattia jetzt, und Rosa war froh, dass er es offensichtlich auch ein wenig *over the top* fand.

Sie fuhren entlang ausgedehnter grüner Felder, vorbei an sanften Hügeln, die immer wieder von den etwas raueren grauweißen Kalkfelsen der Murge unterbrochen wurden. Die Murge, erklärte Mattia ihr, war eine Kalkhochebene, eine der schönsten Landschaften Italiens, fand er. Hier sah man die berühmten Trulli, die Rosa schon in Alberobello bewundert hatte, vereinzelt auf den Feldern stehen, manchmal neben einem Bauernhaus, dann wieder ganz einsam, von Olivenbäumen umgeben. »Es gibt in dieser Region bestimmt an die 5 000 Trulli«, erzählte Mattia.

Rosa mochte die kleinen Bauten sehr.

»Sie sehen aus wie Schneckenhäuschen«, rief sie fröhlich, als sie ganz nah an einem vorbeifuhren.

Mattia schmunzelte. »So hat das auch noch keiner beschrieben!«

»Aber es stimmt doch, schau dir mal ihre Form an«, bekräftigte Rosa weiter ihre Entdeckung. Um das kleine typische Steinhäuschen, das neben ihnen aus einer grünen Wiese ragte, wandte sich eine Steintreppe bis hinauf zum Dach, das kegelförmig zulief. Ganz wie eine Weinbergschnecke!

Mit einem Mal veränderte die Landschaft ihre Farbe, von einem saftigen Grün in ein knalliges Rot. Mohnblumen! Sie blickten über Tausende rote Blüten, dicht an dicht auf einer kräftigen dunklen Erde, die sich mit dem sanften Grün der Felder abwechselte. Und mitten in den Feldern konnte Rosa immer wieder ein Trullo erspähen, so hießen die Schneckenhäuschen in der Einzahl, hatte Mattia ihr beigebracht.

Nach einer Weile wurde die Gegend wieder etwas belebter, mehr Steinmauern, und ab und zu sogar Zäune, tauchten am Rand der Straße auf und dahinter weiße Häuser und kleine Vorgärten. Es sah aus, als fuhren sie nun durch einen Vorort. Am Horizont erblickte Rosa eine kleine Stadt, die glänzend weiß auf einem Hügel lag.

»Was ist das für ein Ort?«, fragte sie neugierig, und Mattia schaute sie geheimnisvoll an.

»Das wirst du gleich sehen.«

Die Einfahrt in diesen Ort war recht langweilig, moderne Häuser und ein paar Parkplätze. Doch nach wenigen Minuten veränderte sich das Stadtbild schon, und die alten, glänzend weißen Steinhäuser mit den hellgrau geziegelten Dächern prägten mehr und mehr das Ambiente dieses Ortes.

»Das ist Noci«, sagte Mattia, als er auf einen kleinen Parkplatz bog und den Motor abstellte. »Einer der schönsten Orte Apuliens!«

Nach einem kurzen Spaziergang durch die Stadt, die zu Rosas Belustigung übersetzt *Nüsse* hieß, gelangten die beiden in immer engere Gassen, die von weißen Fassaden gesäumt und mit hellen Steinen gepflastert waren.

Manchmal führten die Gassen auf winzige Höfe, die an drei Seiten von Hausfassaden eingefasst und mit Stühlen oder Bänken sowie zahlreichen hängenden und stehenden

Blumenkästen und -töpfen bestückt waren. Diese Plätze waren kleine versteckte Oasen, üppige Gärten, in denen die Bewohner der Häuser saßen, plauderten, Wein tranken oder Handarbeiten fertigten.

»Das sind die typischen Gnostre«, erzählte Mattia, als sie auf einen vor Blumen und Pflanzen beinahe berstenden Platz kamen, »so heißen diese kleinen Höfe hier. Sie sind eigentlich öffentlich, aber die Bewohner machen sie zu ihren Vorgärten, essen und trinken und verbringen den halben Tag hier, auf ihren Stühlen und Bänken. Das ist das dolce far niente, von dem du gesprochen hast!«

Rosa gefiel diese Lebensart sehr. Einfach aus der Tür treten, direkt in diesen berauschenden Blumenduft fallen und sich dann stundenlang mit den Nachbarn bei einem Glas Wein und einem Snack die Zeit vertreiben. So konnte das Leben auch aussehen, dachte sie.

»Hauptsache, sie haben nette Nachbarn«, witzelte Rosa jetzt, »sonst wird das Arrangement ein wenig eng!«

Mattia schmunzelte und puffte sie ein wenig mit seinem Ellbogen.

»Typisch Berlinerin«, sagte er, »ganz überfordert, wenn es zu nah und nachbarschaftlich wird!«

»Oh, du machst Witze, aber es ist so wahr! In Berlin sind alle froh, wenn sie den Nachbarn mal nicht im Flur begegnen müssen, und rennen mit Scheuklappen über die Innenhöfe«, gab Rosa lachend zu.

»Siehst du«, nickte Mattia, »du brauchst einfach dringend ein bisschen Dorfleben, damit du die Einzelgängerin aus dir rausbekommmst.«

Rosa nickte kräftig.

»Ich könnte mir gut vorstellen, in einem dieser Häuser an einem Gnostre zu leben«, verriet Rosa träumerisch, als sie von Innenhof zu Innenhof schlenderten.

»Gnostra« korrigierte Mattia.

»Jawohl, Maestro«, antwortete Rosa schnippisch. »Also, auf so einer Gnostra könnte ich schon täglich stundenlang sitzen«, wiederholte sie dann in korrektem Italienisch.

Mattia grinste.

»Du würdest nicht mal einen Nachmittag auf diesen Stühlen stillhalten können«, stänkerte er.

»Und ob! Das ist wie für mich gemacht«, untermauerte sie das Bild, das sie sich soeben von ihrem perfekten Leben gezeichnet hatte.

»Das glaub ich erst, wenn ich es sehe«, sagte Mattia.

Aber Rosa spann ihre Fantasie ausgelassen weiter:

»Ich würde eine kleine Keramikwerkstatt aufmachen und die eine Hälfte des Tages an der Töpferscheibe sitzen, die andere Hälfte mit den Nachbarn schwatzen. Ich sehe da überhaupt kein Problem.«

»Für eine Werkstatt sind die Häuschen hier viel zu klein, du brauchst mehr Raum, glaub mir. Und ein bisschen Natur, die dich umgibt. Nicht so einen engen Hof«, versuchte Mattia sie zu überzeugen.

»Du meinst, so ein Ort wie dein Restaurant?« Rosa lächelte ihn neckisch an.

»Esatto! Na ja, eher so wie die alte Töpferei …«

»Da hast du recht, das wäre ein Traum«, pflichtete Rosa ihm bei.

»Das wäre es«, seufzte Mattia, »und ich würde dir täglich frische Pasta und Pizza vorbeibringen!«

»Und Wein und Aperol Spritz«, rief Rosa begeistert.

Mattia zwinkerte ihr zu. »Und Massen an Zitronenkuchen.«

Schließlich führte Mattia sie zu einer weiteren Gnostra, aber diese war etwas ganz Besonderes. Denn in einem der Häuschen, die sie umgaben, waren die Türen und Fenster weit geöffnet, standen kleine Holzregale auf dem Hof, über und über befüllt mit wunderschönem Keramikgeschirr. Rosas Augen strahlten, als sie die aus Terrakotta gefertigten Tassen, Teller und Schalen erblickte, die meisten in einem kräftigen Weiß oder Gelb glasiert. Einige Stücke waren mit blauen und gelben Streifen auf weißer Glasur bemalt, und die untere Hälfte war unglasiert belassen, sodass der schöne rotbraune Ton zur Geltung kam. Sogar an den Fensterläden hingen spezielle Holzanfertigungen, an denen, mit Haken befestigt, Tassen und kleine Krüge baumelten. Rosa verguckte sich direkt in einen blau-weiß gestreiften Krug. Er war rund, hatte einen geschwungenen Henkel und eine große perfekt gearbeitete Tülle.

»Ist das jetzt deine Überraschung?«, fragte sie Mattia verzückt.

Er lachte und schüttelte den Kopf. »Das ist ein kleiner Vorgeschmack.«

Was das alles mit Zitronen zu tun hatte, verstand Rosa

noch immer nicht, aber gerade war ihr das auch ziemlich egal. Sie wollte unbedingt auch ins Innere dieses kleinen Zauberladens schauen. Die tiefen Steinwände waren bis unter das Dach mit rustikalen Holzregalen ausgestattet, die über und über mit Tellern, Karaffen, Bechern und anderer Keramik bestückt waren. Rosa wusste gar nicht, wohin sie zuerst blicken sollte.

In einer Ecke saß eine junge Frau hinter einem alten Tischchen, an dem der weiße Lack abblätterte und das dunkle Holz darunter zum Vorschein kam.

»Buongiorno«, sagte Rosa.

»Ciao«, gab die Frau freundlich zurück. »Kann ich dir helfen?«, fragte sie auf Italienisch.

»No, grazie, ich gucke nur«, versuchte Rosa etwas unbeholfen ebenfalls auf Italienisch zu antworten.

»Va bene, wenn du Hilfe brauchst, sag einfach Bescheid.«

Die Besitzerin lächelte und widmete sich dann wieder einem Buch, das vor ihr auf dem Tisch lag.

Rosa sah aus dem kleinen Fenster auf den Hof. Mattia hatte sich auf einer schmalen Holzbank direkt gegenüber dem Laden niedergelassen und wartete geduldig auf Rosas Rückkehr. Er war umgeben von grünen Kletterpflanzen, die die Wände emporrankten und ihre zarten Blättchen der Sonne entgegenreckten. Durch seine dunklen welligen Haare fuhr der Wind, und ein paar Strähnen strichen ihm dabei über die Stirn. Sein Gesicht war von der Sonne gebräunt, er trug einen Dreitagebart, was Rosa schon ziemlich attraktiv fand. Mattia sah, so wie er dort ganz allein saß, viel ernster aus, als Rosa ihn bisher kennengelernt hatte. Melancholie lag in seinen Augen, und irgendwie wirkte er jetzt sogar etwas traurig. Es war seltsam, ihn so zu sehen, ganz plötzlich umgab ihn eine dunkle Aura. Wahrscheinlich bildete sie sich das nur ein, dachte Rosa. Aber ganz konnte sie diesen Gedanken nicht ablegen. Rosa ertappte sich dabei, ihn schon etwas zu lange angeschaut zu haben. Als sie sich vom Fenster wegdrehte, sah sie das Schmunzeln der Ladenbesitzerin, in ihren Augen ein wissendes Leuchten.

»Ist Noci nicht der romantischste Ort? Ich kann mir nichts Besseres für einen gemeinsamen Ausflug vorstellen«, sagte sie freundlich.

»Oh ja, ähm, nein, er ist nicht mein …« Rosa fiel das Wort für Freund nicht mehr ein, aber die Verkäuferin schien zu verstehen.

»Ah, scusa, ich war so sicher … dein Blick …« Die junge Frau hielt sich kichernd eine Hand vor den Mund und schüttelte den Kopf. Immer wieder entschuldigte sie sich für ihre forsche Art, aber Rosa winkte lachend ab.

»Niente, kein Problem«, beteuerte sie.

Natürlich fand sie es trotzdem komisch, dass die Verkäuferin sich so sicher gewesen war, Mattia und sie seien ein Paar. Ihr Blick musste Bände gesprochen haben, dachte Rosa ein wenig durcheinander.

Noch immer etwas in Gedanken versunken, lief sie jetzt vor die Tür und griff sich den kleinen blau-weiß gestreiften Krug, den sie schon von Anfang an ins Auge gefasst hatte. Wieder vor dem Verkaufstisch angekommen, sagte sie: »Ich nehme den hier«, und stellte der jungen Frau das Gefäß vor die Nase.

»Va bene«, antwortete diese und fing an, den Krug in Zeitungspapier einzupacken. Dann griff sie neben die Kasse, in eine kleine Schale, die mit vielen winzigen weißen Keramikhäuschen, die wie die Häuser in Noci aussahen, gefüllt war. Sie suchte ein Häuschen heraus und zeigte es Rosa.

»Das hier ist ein Geschenk«, erklärte sie lächelnd, »es bringt Glück. Vielleicht auch in der Liebe.«

Sie zwinkerte Rosa zu, während sie ihr das Häuschen reichte. Rosa grinste etwas verlegen und kramte ihr Portemonnaie aus der Tasche.

»Grazie mille«, sagte sie, nachdem sie bezahlt hatte, und nahm die Papiertüte, in der die Verkäuferin den Krug verstaut hatte, entgegen. Das Häuschen ließ sie in ihrer Tasche verschwinden.

»Du bist auf einmal so still«, bemerkte Rosa, als sie weiter durch die engen Gassen Nocis spazierten, »ist etwas passiert?«

Mattia sah sie an und schüttelte den Kopf.

»Nein, nein, ich glaube, die Sonne hat mich ein bisschen müde gemacht«, antwortete er immer noch abwesend.

Seine Stimmung hatte sich ganz plötzlich verändert. Nachdem Rosa aus dem kleinen Keramikgeschäft gekommen war, hatte Mattia wie ein anderer Mensch gewirkt. Sein ausgelassenes Lachen war verschwunden, seine Blödeleien, die Rosa so mochte und die auch sie alles andere vergessen ließen. Schweigend ging er neben ihr her und blickte mit ernster Miene in die Gassen.

»Ich glaube, ich bin jetzt bereit für die große Überraschung«, unterbrach Rosa das Schweigen.

Mattia schaute sie noch immer gedankenversunken an.

»Wo bist du denn nur?«, fragte sie ihn ein wenig besorgt. »Ist wirklich alles in Ordnung?«

Mattia nickte. »Ja, ja, alles in Ordnung, mach dir keine Sorgen. Ich glaube, das ganze Herumlaufen hat mich einfach ein bisschen geschafft«, erklärte er und lächelte.

»Dann bist du wohl zu müde, um dein Zitronen-Geheimnis für mich zu lüften?«, grinste Rosa unsicher. »Du hast doch noch nicht genug von meiner Anwesenheit?«

»Niemals«, beteuerte Mattia jetzt und sah sie an. Und mit einem Mal war sein charmantes Lächeln zurück. Rosa konnte ein kleines Gefühl der Erleichterung nicht leugnen.

»Und so leicht kommst du aus der Zitronen-Nummer auch nicht raus«, schmunzelte er.

»Na, das will ich doch hoffen!«, rief Rosa.

Mattia nahm Rosas Hand und zog sie spielerisch hinter sich her.

»Okay, okay, immer mit der Ruhe!«, rief Rosa jetzt wieder ausgelassen.

Mattia verriet ihr nichts. Sie hatten sich wieder in den Fiat 500 gesetzt und denselben Weg genommen, auf dem sie gekommen waren. Brachte er sie wieder zurück zum Restaurant? Rosa sah die breiten Wiesen, die trockenen gelben Felder und Olivenhaine an sich vorbeiziehen. Noch immer dachte sie über Mattias unerwarteten Stimmungswechsel nach. Ein wenig hatte es sie schon verunsichert, wie ernsthaft er plötzlich gewesen war. Aber niemand konnte ja ununterbrochen gut gelaunt sein, dachte Rosa. Trotzdem hatte sie etwas in seinem Blick gesehen, als er dort auf der Bank gesessen hatte, etwas, das sie beunruhigte.

Jetzt wollte sie sich aber auf die Überraschung konzentrieren und versuchen, ihr Grübeln zu vergessen. Schließlich sah auch Mattia wieder ganz wie der Alte aus und wirkte jetzt sogar noch aufgeregter als sie selbst.

Der Fiat wurde langsamer und bog auf eine kleine Schotterstraße ein. Das kam Rosa sehr bekannt vor. Die Straße machte eine kleine Biegung, und an ihrem Ende konnte sie jetzt die üppig behängten Zitronenbäume erkennen, die sie schon bei ihrem ersten Ausflug aufs Land ins Herz geschlossen hatte. Denn sie standen im Garten der alten Töpferei. Rosa sah zu Mattia, der ein breites Grinsen im Gesicht trug.

»Ist das die Überraschung? Da sind jedenfalls schon mal die Zitronen, oder?«

Ihr schossen so viele Gedanken und Fragen gleichzeitig durch den Kopf. Was wollten sie hier?

»Komm schon, worauf wartest du?«, rief Mattia, und Rosa öffnete langsam die quietschende Beifahrertür.

Mattia lief voraus und schob das alte Holztor auf. Er machte eine weite Geste mit seinem rechten Arm, um Rosa den Weg zu deuten und sie hereinzubitten. Doch diese blieb zögernd vor dem Tor stehen.

»Jetzt komm wenigstens in den Garten, dann erkläre ich dir alles«, beschwichtigte er sie.

Rosa ging langsam durch das Tor zum Haus und drehte sich dann zu Mattia.

»Du hast das letzte Mal so von der Töpferei geschwärmt. Ich weiß, dass sie schon seit Jahren leer steht, weil die Witwe sie nicht verkaufen will. Aber ich dachte, ich versuch mein Glück …«

Mattia griff in seine Hosentasche und holte einen Ring hervor, an dem zwei kleine klimpernde Schlüssel hingen.

Rosa sah ihn überrascht an. Noch immer verstand sie nicht recht.

»Die Schlüssel zum Haus«, erklärte Mattia weiter und sah noch immer in Rosas große, fragende Augen.

»Ich bin bei der Signora de Luca gewesen und habe ihr den leckersten Zitronenkuchen gebracht, den sie je gekostet hat, das hat sie mir jedenfalls versichert. Sie weiß, wer ich bin, sie erzählte mir, wie froh sie darüber war, dass ein so junger Mensch wie ich in das Dorf gezogen ist und ein Restaurant eröffnet hat. Ihr Mann hatte immer davon geträumt, wieder eine richtige kleine Dorfgemeinschaft zu haben, mit Gastronomie, Kunst und Handwerk. Leider war sein Traum zu seinen Lebzeiten nicht mehr wahr geworden …« Er hielt kurz inne und lächelte. »Und dann habe ich ihr von dir erzählt!«

Rosa hielt sich die Hände vor den Mund und schaute zwischen Mattia und der Töpferei hin und her.

»Was hast du ihr erzählt? Was hat sie gesagt?«, fragte sie jetzt aufgeregt.

»Dass du eine Keramikerin bist, dass du das apulische Landleben liebst und dir nichts Schöneres vorstellen kannst, als hier zu töpfern!«

»Und?«, fragte Rosa ungeduldig.

»Ich habe ihr einen Vorschlag gemacht …«

»Mach's nicht so spannend, Mattia!«, rief Rosa lachend.

»Schon gut, schon gut. Ich habe ihr vorgeschlagen, die Töpferei gemeinsam mit dir wieder schön zu machen, alles zu putzen und zu reparieren, und im Gegenzug könntest du die Werkstatt nutzen, solange du hier bist.«

Rosa atmete tief ein, es hatte ihr die Sprache verschlagen. Meinte er das wirklich ernst? Sie konnte nicht fassen, was Mattia da für sie getan hatte.

»Ich glaube, das ist die beste Überraschung, die mir jemals bereitet wurde«, sagte Rosa fassungslos.

»Na ja, wie du dir jetzt schon denken kannst, hat die Signora de Luca zugestimmt. Sie würde sich sehr freuen, wenn wieder etwas Leben in die Werkstatt kommen würde und sie trotzdem erhalten bleibt. Sie sagte, so würde die Seele ihres Mannes weiterleben und in seiner geliebten Töpferei bleiben.«

Rosa hielt es nicht mehr aus, sie konnte nicht anders, als Mattia um den Hals zu fallen.

»Das hätte ich mir im Leben nicht träumen lassen! Ich an der Töpferscheibe in Apulien, das ist der absolute Wahnsinn!«

Sie war überwältigt von dem Gedanken, in dieser wunderschönen Umgebung endlich wieder töpfern zu dürfen.

Mattia drückte sie fest an sich, nahm sie hoch und drehte sich einmal um seine eigene Achse.

»Ich wusste doch, dass dir das gefällt«, sagte er fröhlich und ließ sie wieder runter. Jetzt stand sie vor ihm, und sie schauten sich an.

»Gefallen ist untertrieben, Mattia, wirklich, ich bin überglücklich!«

Rosa bemerkte, dass sie Mattias Hände genommen hatte. Mattia sah sie mit seinen großen braunen Augen an, er wirkte in diesem Moment sehr glücklich. Als gäbe es für ihn nichts Schöneres, als anderen eine Freude zu machen. Oder vielleicht freute er sich auch so, weil er *ihr* eine Freude gemacht hatte. Konnte das sein? Wollte er sie glücklich machen? Aber er kannte sie doch noch gar nicht. Warum gab er sich so viel Mühe, ohne zu wissen, wer sie wirklich war, was sie erlebt hatte? Ihre Gedanken fuhren mal wieder Achterbahn, und sie musste kurz ihren Kopf schütteln, um wieder einigermaßen gerade denken zu können.

Als sie wieder etwas klarer war, bemerkte sie, wie sie noch immer seine Hände hielt. Sie wurde nervös, fühlte plötzlich eine große Unsicherheit und zog ihre Hände langsam aus seinen. Dann drehte sie sich zum Haus und seufzte laut.

»Lass uns reingehen!«

14

»Dieses Licht! Wenn ich erst mal alle Fenster richtig geputzt habe, wird das hier hell wie in einem Tanzsaal!«

Rosa war außer sich vor Freude, und immer wieder fiel sie vor lauter Glück Mattia kurz um den Hals.

»Siehst du die vielen Säcke Ton da im Regal?«, sagte sie. »Die müssen alle in Wasser eingelegt werden, dann wird der Ton wieder weich, und ich kann ihn direkt zum Drehen benutzen. Wenn ich das heute noch mache, kann ich wahrscheinlich morgen schon anfangen.«

»Immer mit der Ruhe!« Mattia lachte. »Als Erstes müssen wir dafür sorgen, dass der Strom wieder angestellt wird. Aber das sollte kein großes Problem sein, hat die Signora mir versprochen.«

»Stimmt, und dann müssen wir hoffen, dass die Scheibe auch funktioniert«, sagte Rosa nachdenklich.

Sie wuselte jetzt bestimmt schon seit einer Stunde von einer zur anderen Ecke des Werkstattraums und sah sich alles genau an. Als sie das erste Mal hier gewesen war, hatte sie das meiste nur bewundert und neugierig beäugt, sie hätte es sich nicht träumen lassen, das alles einmal benutzen zu können.

»Er hat alles penibel beschriftet, so ein Glück«, rief sie Mattia aus der hinteren Ecke des Raumes zu, wo die Eimer mit den Glasuren standen.

Sie fand blaue, grüne, gelbe und weiße Glasur in großen Eimern. Und auf einem Regal waren bestimmt 50 verschiedene Engoben gestapelt. Natürlich waren sie allesamt eingetrocknet, aber auch das konnte sie mit etwas Wasser bestimmt wieder hinbekommen.

»Willst du noch was Tolles sehen?«, fragte Mattia.

»Noch mehr Überraschungen?«

»Komm mit, ich zeige dir das Herzstück der Werkstatt.«

Mattia ging die Treppe hinunter, durch den Wohnraum zur Tür, Rosa folgte ihm.

»Draußen?«, fragte sie.

»Ja, wir müssen hinter das Haus in den Garten.«

Mattia öffnete die knarrende Holztür und trat hinaus, Rosa blieb dicht hinter ihm. Sie liefen in den hinteren Teil des Gartens, wo sich versteckt von hochgewucherten Gräsern und Büschen ein kleines Gartenhaus aus Stein befand.

»Das ist mir bei meinem ersten Besuch gar nicht aufgefallen«, sagte Rosa überrascht.

»Und dabei befindet sich da drinnen das Wichtigste überhaupt, so hat es mir zumindest die Signora erzählt«, verkündete Mattia geheimnisvoll und schlug sich den Weg durch das hohe Gras frei. Das Dach des Gartenhäuschens hatte schon ein paar Ziegel verloren und sah etwas löchrig aus.

»Das müssen wir auf jeden Fall erneuern«, sagte Mattia, den Blick nach oben gerichtet.

Als Rosa näher kam, stieg ihr dieser betörende Duft in

die Nase. Der musste von den vielen kleinen weißen Blüten kommen, die an den Wänden des Steinhauses emporrankten. Sie nahm einen tiefen Atemzug und fühlte sich ganz berauscht von dem Geruch.

Mattia kramte wieder in seiner Hosentasche und holte den Schlüsselbund hervor. Der zweite Schlüssel am Ring war für die Metalltür, die in das Steinhaus führte.

Als Rosa vorsichtig hineinlugte, fiel es ihr wie Schuppen von den Augen: natürlich, der Keramikofen! Wie dumm von ihr, dass sie nicht einmal an den Brennofen gedacht hatte. Und Mattia hatte hundertprozentig recht, der war das Herzstück einer Keramikwerkstatt, ohne den Ofen ging selbstverständlich gar nichts. Es war ein zylinderförmiges Exemplar, so groß wie eine Waschmaschine, das man von oben öffnen konnte, bestimmt fasste er um die 60 Liter. Das sollte fürs Erste genügen, dachte Rosa.

»Und der läuft noch?«, fragte sie ungläubig beim Anblick des von Staub bedeckten, sehr verdreckten Geräts.

»Hoffentlich …« Mattia beäugte den Ofen eher zweifelnd. »Es hat sich einfach jahrelang niemand mehr um ihn gekümmert«, erklärte er, »aber es wäre schon ziemlich schade drum!« Er strich mit der flachen Hand über den verdreckten Deckel, wobei eine kleine Staubwolke aufstieg und beide gleichzeitig zu husten begannen. Rosa hielt sich die Hand vor Nase und Mund und sah sich ein wenig in dem dunklen Raum um. Ein kleines Fenster gab es, das aber von der weiß blühenden Kletterpflanze längst vollkommen verdeckt worden war und kein Licht mehr hereinließ.

»Und wozu ist das hier?«, fragte Mattia und deutete auf

ein Metallregal, das an einer Wand stand. Darin lagen verschieden große, etwa drei Zentimeter breite Röhren aus Ton.

»Das sind die Stützen, mit denen man die Ofenplatten stapeln kann. Siehst du«, Rosa deutete auf ein paar runde Platten, die neben dem Regal an die Wand gelehnt waren, »das sind die Ofenplatten. Man stellt drei dieser flachen Röhren ganz unten in den Ofen, dann legt man eine Platte darauf und bestückt sie mit der Keramik. Dann stellt man wieder drei Röhren obendrauf und stapelt die nächste Platte und so weiter.«

»Verstehe. So bekommst du ziemlich viele Teile in den einen Ofen!«

»Genau. Vor allem beim ersten Brand, in dem du nur die getöpferten, getrockneten Stücke brennst. Ohne Glasur kannst du die nämlich noch ineinanderstellen«, erklärte Rosa. Es machte ihr Spaß, ihr Wissen preiszugeben. Mattia hörte ihr aufmerksam zu, als wäre er ihr wissbegieriger Schüler.

»Und dann muss alles noch mal gebrannt werden?«, fragte er.

»Ja, nach dem Schrühbrand, so heißt der erste Durchgang, müssen alle Teile glasiert werden, dann wieder trocknen und ein weiteres Mal in den Ofen, das nennt sich dann Glasurbrand«, dozierte Rosa.

»Und dann kommen die fertigen Teller aus dem Ofen, auf denen ich meine Pasta servieren kann«, resümierte Mattia lächelnd.

Rosa grinste und legte ihre Hand kollegial auf seine

Schulter: »Auf eine gute Zusammenarbeit, würde ich mal sagen!«

Nach einem langen Tag voller Ideen und Pläneschmieden saßen Mattia und Rosa völlig geschafft auf den kleinen Steinstufen vor der Töpferei und blickten zufrieden in den verwunschenen Vorgarten. Die Beete waren trocken und von Unkraut überwuchert, an den alten Holzlatten des Zauns lugten zwischen dem hohen Gras hier und da ein paar Büsche hervor. Einige trugen schon erste Blüten, gelbe und weiße.

Über ihnen ragte die Krone eines Mandelbäumchens in den Himmel, Rosa beobachtete das sanfte Tanzen der weißen Blüten unter einer leichten Brise und einige Bienen, die zwischen den zarten Ästen emsig umhersummten. Hier könnte sie ewig sitzen und einfach nur in den hellblauen Himmel und den saftig grünen Garten mit all seiner Blütenpracht starren. Und ja, wunderbarerweise konnte sie das ab heute. Wenigstens für eine kleine Weile. Ihr Herz machte wieder einen kleinen Sprung.

Sie spürte Mattias Arm an ihrem, er saß dicht neben ihr und blickte, wie sie, schweigend auf dieses zauberhafte Fleckchen Erde. Vorsichtig beobachtete sie ihn von der Seite. Sein Gesichtsausdruck verriet ihr, dass er sich noch lange nicht an diese märchenhafte Landschaft gewöhnt hatte. Vielleicht würde man das nie, egal, wie lange man hier lebte.

Mattia schien ihren Blick zu spüren und begann zu grinsen. Rosa stieß einen kurzen Schnaufer aus, hielt sich eine Hand über die Augen, weil die Sonne auch am Abend noch kräftig blendete, und lächelte.

»Glücklich?«, fragte Mattia.

»Und wie«, antwortete Rosa und konnte es sich nicht verkneifen, ihren Kopf auf seine Schulter zu legen.

Für diesen Tag hatten sie genug geplant und geträumt, Rosa hatte sich etliche Skizzen gemacht, hatte notiert, was sie brauchen würde, was sie wiederverwenden könnte und was so alt und kaputt war, dass sie es wegwerfen musste. Natürlich immer mit der Erlaubnis der Signora de Luca.

Auch im Garten war Rosa umhergetigert. Hier, hatte Mattia ihr versichert, würde die Signora de Luca ihr freie Hand lassen. Der Deal war, dass Rosa das Haus und den Garten wieder etwas von den Zeichen der jahrelangen Vernachlässigung befreite und dafür die Werkstatt nutzen konnte. Wie lange sie hierbleiben würde, wusste sie nicht. Aber für die Dauer ihres Aufenthalts war das ein perfektes Kleinod, um sich von der Hektik der Stadt etwas zu erholen und endlich ihre Kreativität wiederzubeleben.

Die Werkstatt und den Wohnraum wollte Rosa auf jeden Fall so lassen. Sie würde alles einmal kräftig putzen und entstauben, aber die Möbel, die der alte Keramiker besessen hatte, waren alle noch völlig in Ordnung, und sicherlich wollte auch seine Witwe die Räumlichkeiten so gut wie möglich erhalten. Die alte Keramikerseele sollte sich schließlich wohlfühlen, dachte Rosa liebevoll.

Die Sonne verschwand schon langsam hinter den sanften Hügeln und verwandelte die wenigen zarten Wölkchen am Himmel in rosa Zuckerwatte. Der gelbe Fiat hielt vor Mattias

Restaurant, wo sich über der Terrasse die solarbetriebene Lichterkette eingeschaltet hatte. Wie kleine Glühwürmchen sah es aus, wenn ein kurzer Windstoß kam und die Lichter zum Tanzen brachte.

Rosa folgte Mattia auf die Terrasse. Auf einem Stuhl hatte es sich die graue Katze gemütlich gemacht.

»Das ist Signor Bruno«, sagte Mattia und tätschelte dem Stubentiger den Kopf. Dieser begann sofort zu schnurren und seinen Kopf in Mattias Handfläche zu drücken.

Rosa kicherte. »Buonasera, Signor Bruno«, sagte sie.

»Und gehört der zum Restaurant?«

»Der gehört niemandem«, erklärte Mattia, »ist sein eigener Herr, verbringt mal hier die Nacht, mal woanders.«

»Klingt nach einem wilden Junggesellendasein«, witzelte Rosa.

»Kann man so sagen. Er ist allerdings oft hier in letzter Zeit. Bestimmt weiß er, dass hier noch so einer lebt.«

»Da seid ihr wenigstens nicht so einsam in eurem Singledasein.«

Rosa grinste.

Mattia sah sie etwas forschend an. Er sagte nichts mehr.

Noch immer standen sie auf der Terrasse. Ein wenig unschlüssig wirkte Mattia jetzt, und es sah nicht so als, als wolle er sich verabschieden.

»Ich sollte mich langsam auf den Weg machen, es ist schon fast dunkel«, sagte Rosa jetzt leise.

»Ja, da hast du recht. Im Dunkeln solltest du nicht nach Hause fahren.«

Hieß das jetzt, sie müsse sich beeilen, oder wollte er ihr

damit sagen, dass sie bei ihm bleiben sollte? Rosa konnte seine Intentionen nicht ganz einschätzen.

»Es war ein ganz, ganz wunderbarer Tag«, sagte sie jetzt und sah Mattia lange mit einem Lächeln an. »Aber ich sollte jetzt wirklich fahren.«

Mattia hielt sie mit seinem Blick fest, seine braunen Augen, umgeben von diesen langen, dunklen Wimpern, musterten Rosas Gesicht.

»Va bene, Rosa. Komm gut nach Hause und grüß meine Nonna.«

»Das mache ich. Morgen können wir vielleicht schon mit der Arbeit beginnen«, sagte Rosa voller Vorfreude.

»Ich werde gleich morgen früh mit der Signora de Luca sprechen, und dann gebe ich dir Bescheid. Bene?«, versprach er.

»Va bene, grazie mille, Mattia!«

Rosa wandte sich um und lief über die Wiese zu dem staubigen Parkplatz. Als sie in ihr Auto stieg, winkte sie ihm noch einmal zu. Mattia hob nur die Hand und sah ihr sanft lächelnd hinterher.

15

Rosa war früh auf den Beinen. Sie hatte nicht schlafen können bei all dem Adrenalin, das durch ihren Körper strömte. Sie hatte bis weit nach Mitternacht wach gelegen und an all die Dinge gedacht, die sie in der Töpferei machen wollte. So viele Ideen waren ihr dabei durch den Kopf gerauscht, die sie an der Töpferscheibe verwirklichen wollte. Zuerst waren da die Pasta- und Pizzateller für Mattia, die hatte sie ihm versprochen, und das war ja wohl das Mindeste, das sie tun konnte, um ihm zu danken. Gedankenversunken stand sie vor dem kleinen, vergilbten Spiegel in der Schranktür und begutachtete ihr Outfit für den heutigen Arbeitstag. So richtig passende Arbeitskleidung hatte sie natürlich nicht in ihren Koffer gepackt. Das einzig wirklich bequeme, das sie mitgenommen hatte, waren ihre dunkelgrauen Stoffshorts und ein weißes Tanktop, um das sie nicht allzu traurig wäre, würde es ein wenig Tonmatsch abbekommen. Ihre Haare band sie sich zu einem Pferdeschwanz, und damit ihr keine langen Strähnen ins Gesicht fielen, schob sie sich ein hellblaues Haarband auf den Kopf. Dazu schlüpfte sie in ihre schwarzen Sneaker, und fertig war das perfekte Handwerkerinnern-Outfit. Na ja, in der Kleidung würde sie kein echter Handwerker ernst nehmen, aber was soll's. Sie ging ja schließlich nicht auf den Bau in Berlin, sondern fuhr hinaus ins apulische Hinterland, um einen italienischen Koch zu treffen, mit dem sie eine alte Keramikwerkstatt wiederherrichten wollte. Das klang wie die völlig verrückte Handlung eines wunderschönen Films, dachte Rosa und sprang vergnügt die Treppen hinunter. Im Untergeschoss war es ganz still, Francesca schien sich einen freien Morgen genommen zu haben und noch im Bett zu liegen. Lächelnd schlich sich Rosa durch die blaue Haustür hinaus in die längst erwachte Stadt.

Mattia wartete schon auf sie. Er hatte ihr gleich am Morgen eine Nachricht geschickt und sie erst einmal zum Frühstück auf seiner Terrasse eingeladen. Ohne einen guten italienischen Kaffee geht es nicht, hatte er geschrieben.

Signor Bruno lag auch schon wieder auf der kleinen Holzbank, die an einer Seite der Terrasse stand und mit vielen bunten Kissen bestückt war. Genüsslich hielt Bruno seinen weißen Bauch in die Sonne und streckte seine Pfoten von sich.

»Hattet ihr einen schönen Männerabend?«, fragte Rosa neckisch.

»Mit Signor Bruno immer«, gab Mattia schlagfertig zurück. »Du hast ein paar ziemlich gute Gespräche verpasst!«

»Ach, da wollte ich euch gar nicht stören, ihr hattet bestimmt viel zu bereden«, schmunzelte Rosa.

Auf dem Tisch standen allerlei Leckereien, Mattia hatte

sich ganz schön ins Zeug gelegt. Da waren süße Cremes, herzhafte Aufstriche, Schinken, Käse, Tomaten, Oliven, Brot und natürlich ein Zitronenkuchen, der ganz herrlich duftete.

»Hast du den frisch gebacken?«, fragte Rosa.

»Was glaubst du? Du denkst wohl, ich liege normalerweise um diese Zeit noch im Bett! No, no, Signorina Rosa, der Koch dieses Etablissements steht hier jeden Tag ab 7 Uhr in der Küche!«.

»Ich bin beeindruckt, Signor Chef.« Das hieß Koch auf Italienisch, hatte Rosa gelernt.

»Du musst unbedingt meine Frühstückscremes probieren! Es gibt Pistazien-, Schoko- und Zitronengeschmack«, erklärte er und deutete auf die drei kleinen Schälchen, befüllt mit einer grünen, einer braunen und einer gelben köstlich aussehenden Mousse.

Das ließ Rosa sich nicht zweimal sagen, brach sich etwas Ciabatta ab und strich sich zuerst die Pistaziencreme auf das knackige, noch ofenwarme Brot. Die grüne Nuss war ihr absoluter Lieblingsgeschmack, wenn es um Cremes, Eis oder andere Süßigkeiten ging.

»Mattia, das ist das absolut Leckerste, was ich je auf einem Brot gegessen habe! Du bist ein Künstler!«

Mattia lachte und war sichtlich zufrieden mit diesem Feedback. Sofort griff Rosa auch zu der Zitronencreme, nahm einen großen Bissen und seufzte noch einmal genüsslich, dann widmete sie sich der Schokocreme. Danach ließ Rosa sich glücklich in ihren Stuhl fallen.

»Ich nehme an, du bist zu voll für Zitronenkuchen, oder?«, fragte er grinsend.

»Bist du verrückt? Niemals! Her damit!«

Beide lachten, Mattia hob schulterzuckend ein großes Stück vom Blech und legte es auf Rosas Teller.

Entweder war Rosa nun gut gestärkt für einen langen Arbeitstag oder so voll von all den Schlemmereien, dass sie sich demnächst einfach nur müde und träge ins Gras vor der Töpferei fallen lassen würde. Noch hatte sich ihr Körper nicht entschieden. Sie saß neben Mattia, diesmal in der Ape von Alessia und Filippo und machte sich in ihrem Kopf einen Plan, was sie heute alles putzen und reparieren wollte.

»Ich habe gute Nachrichten«, unterbrach Mattia ihre Gedanken. »Die Signora de Luca hat mir versprochen, dass ihr Sohn im Laufe des Vormittags den Strom wieder anstellen wird. Das geht wohl über seine Firma und ist keine große Sache!«

»Perfetto«, rief Rosa und klatschte in die Hände, »dann können wir ja sogar schon alle Geräte ausprobieren.«

»Und dann müssen wir noch ein paar Besorgungen machen«, überlegte Mattia.

»Ja, wir brauchen Putzmittel, Wischmopp, Lappen …«, zählte Rosa auf. »In einer sauberen Werkstatt arbeitet es sich besser!«

»Ziegel, Mörtel und Werkzeuge, um das Dach für den Ofen zu reparieren«, fügte Mattia hinzu.

Glücklicherweise kannte sich Mattia auch hier wieder bestens aus und hatte seine Kontakte. Zuerst fuhren sie zu seinem Bekannten Paolo Colella, der schon das Dach seines Restaurants repariert hatte, als Mattia das alte Haus gekauft hatte.

Paolo war sichtlich erfreut, ihn zu sehen, er umarmte ihn herzlich und plapperte sofort drauflos. Als er Rosa erblickte, streckte er beide Arme aus und rief auf Italienisch: »Ma che bella! Wie heißt deine Freundin denn?«

Rosa lächelte ein wenig verschämt, und Mattia antwortete grinsend: »Die Bella heißt Rosa, sie ist Keramikerin, und wir wollen die alte Töpferei wieder zum Leben erwecken.«

»Was für Neuigkeiten!«, rief Paolo. »Und du willst, dass ich das Dach für dich repariere?«

»Es ist nur ein kleines Loch im Gartenhaus. Ziegeldach. Du hast mir damals alles gezeigt, ich denke, ich krieg das hin«, erklärte Mattia, »aber das Werkzeug dazu könntest du mir leihen!«

»Certo, certo, selbstverständlich.« Paolo nickte. Dann musterte er die beiden.

»Wollt ihr ein paar Pasticciotti, Giuseppina hat gerade welche frisch aus dem Ofen geholt.«

Wenn das so weiterging, würde sich Rosa heute gar nicht mehr bewegen können. Mattia sah sie grinsend an.

»So ein Angebot können wir natürlich nicht ausschlagen, stimmt's Rosa?«

»Ähm, grazie mille!«, stotterte sie.

Als sie Paolo in seinen Garten folgten, flüsterte Mattia ihr eine Entschuldigung zu. »Tut mir leid, Rosa, aber es ist sehr unhöflich in Italien, eine Einladung auszuschlagen.«

Rosa blies ihre Wangen auf und ließ die Luft dann langsam wieder entweichen, als wolle sie Mattia damit deutlich machen, dass kein einziger Pasticciotto mehr in sie reinpasste.

»Nimm einfach einen und knabber ein bisschen dran.«

Rosa verdrehte die Augen.

Paolos Frau Giuseppina saß am Gartentisch, vor sich ein Tablett, auf dem viele kleine Küchlein aufgetürmt lagen.

»Buongiorno, Giuseppina«, sagte Mattia freundlich, und Rosa tat es ihm gleich.

»Ciao, mein lieber Mattia! Und wer ist deine entzückende Freundin?«

Auf dem Weg zurück zur Ape spürte Rosa einen schweren Stein in ihrem Magen. Sie konnte nicht glauben, dass diese nette ältere Dame ihr tatsächlich drei dieser Gebäckteile aufgezwungen hatte. Jedes Mal, wenn Rosa sich höflich dagegen gewehrt und »No, grazie, no, no« gesagt hatte, war sie nur noch hartnäckiger geworden und hatte ihr eines nach dem anderen auf den Teller gelegt. Aber Rosa wollte Mattias' Freunde auf gar keinen Fall beleidigen, sie wusste auch längst, wie wichtig den Italienern ihr Essen und ihre Gastfreundschaft war. Das war Rosa aus Deutschland nur von ihrer Oma gewohnt, und selbst die gab nach dem dritten *Nein* klein bei.

Eine Stunde hatten sie bei Paolo und Giuseppina vertrödelt, sie bezweifelte, dass sie heute noch irgendeine Arbeit in der Werkstatt beginnen konnten.

»Alles in Ordnung?«, fragte Mattia, als er ihren etwas genervten Gesichtsausdruck bemerkte, während er das Werkzeug und Material, das Paolo ihm gegeben hatte, auf die Ladefläche der Ape packte.

»Sitzen wir jetzt bei all deinen Freunden so ewig rum?«, fragte sie etwas bockig, und sofort tat ihr dieses Verhalten leid.

»Komm schon, dolce far niente, davon hast du doch selbst so geschwärmt, wenn ich mich richtig erinnere!«, neckte Mattia sie. »Aber keine Sorge, keine Stopps mehr bei Freunden. Jetzt fahren wir einkaufen, um deine Liste abzuarbeiten, und dann zurück in die Töpferei.«

»Scusa, Mattia, die vielen Pasticciotti bekommen mir wohl nicht so gut«, sagte Rosa entschuldigend, und Mattia begann zu gackern.

»Sie hat dich schon ganz schön abgefüllt!«, rief er, und auch Rosa konnte ihr Lachen nun nicht mehr unterdrücken.

»Das reicht jetzt als Vorrat bis in den Winter«, scherzte sie.

Es war schon recht spät, als sie schließlich an der Töpferei eintrafen.

»Heute werde ich mich wohl nicht mehr an die Töpferscheibe setzen«, seufzte Rosa.

»Aber um den Strom zu prüfen, ist es noch nicht zu spät«, stellte Mattia fest, als sie aus der Ape stiegen.

»Du hast recht! Oh, bin ich aufgeregt, hoffentlich funktioniert alles!« Rosa hopste ein bisschen auf der Stelle. Das Wichtigste war natürlich, dass sie die Töpferscheibe zum Laufen brachten. Das allein würde sie schon so glücklich machen.

Sie tippelte nervös hinter Mattia her, der das Gartentor aufschob und sich seinen Weg durch den Vorgartendschungel zur Haustür bahnte. Er schloss auf und hielt kurz inne.

»Bereit?«, fragte er und legte seine Hand auf den Lichtschalter.

»Ohh, ist das spannend!«, säuselte Rosa.

»Uno, due, tre!«, zählte Mattia, und mit einem Klick erstrahlte der untere Raum in einem warmen gelben Licht.

»Es klappt!«, rief Rosa fröhlich. »Lass uns schnell nach oben, die Scheibe ausprobieren.«

Eilig schob sie sich an Mattia vorbei und lief die Treppe hinauf in den Werkstattraum. Sie setzte sich auf den kleinen Hocker vor der Töpferscheibe und wartete, bis auch Mattia heraufgekommen war und sich erwartungsvoll neben sie stellte.

Rosa legte ihren Zeigefinger auf den Startknopf und atmete tief ein. Die Luft anhaltend, drückte sie auf den Knopf, woraufhin sich die Scheibe erst langsam und, nachdem Rosa das Fußpedal heruntertrat, immer schneller bewegte.

Sie stieß einen Jubelschrei aus.

»Sie dreht sich!«, rief sie und freute sich wie ein kleines Kind. Mattia amüsierte sich prächtig über ihre unbändige Begeisterung und beobachtete sie mit einem breiten Grinsen im Gesicht.

»Va bene, Rosalina«, versuchte er sie jetzt etwas zu beruhigen, »wollen wir den Ofen auch noch ausprobieren, oder reicht dir die Aufregung für heute?«

»Spinnst du? Dolce far niente war einmal, ich weiß gar

nicht mehr, wohin mit meiner ganzen Energie«, rief sie und rannte die Treppe hinunter.

In dem kleinen Gartenhaus gab es einen Lichtschalter und eine Steckdose. Die Konstruktion sah ziemlich abenteuerlich aus, dachte Rosa, aber wer weiß.

»Keine Ahnung, wer die Steckdose montiert hat und wie, aber ganz trauen würde ich ihr nicht.« Mattia runzelte die Stirn.

»Aber der alte Keramiker muss hier ja auch seinen Ton gebrannt haben«, versuchte Rosa ihn und ein wenig auch sich selbst zu beruhigen.

Mattia nahm den Stecker des Ofens, das Kabel war ordentlich in einem kleinen Holzverschlag untergebracht worden, und alles sah noch ganz passabel aus. Er steckte den Stecker in die Dose und sah zu Rosa.

»Jetzt du«, forderte er sie auf und deutete auf den kleinen Bildschirm, der an der Seite des Ofens befestigt war.

In Rosa regten sich seltsame Gefühle, eine Mischung aus Vorfreude und Melancholie. So lange hatte sie schon nicht mehr einen Keramikofen eingeschaltet, sie erinnerte sich an das rote Leuchten der Zahlen, wenn sie das Brennprogramm einstellte. Oft hatte sie gemeinsam mit Lenni vor dem Ofen gestanden, und beide hatten Stoßgebete gen Himmel gesandt, dass alles heile herauskommen würde. Sie hatten sogar zwei kleine Figuren getöpfert, die sie ihre »Ofengötter« nannten und während des Brands auf den Deckel stellten. Wenn sie abends die Werkstatt verlassen hatten, hatte jeder den beiden Göttern noch einmal über ihre Köpfe gestreichelt. Und jedes Mal, wenn sie nach Hause gegangen waren, hatten sie sich über ihre eigene Albernheit und ihren Aberglauben lustig gemacht. »Wenn uns jemand sehen würde«, hatte Lenni gelacht, »niemand würde uns mehr als professionelle Keramiker ernst nehmen!« Und Rosa hatte ihm amüsiert beigepflichtet.

Sie strich sanft mit ihrer Hand über die staubige Anzeige, dann befühlte sie die Unterseite des kleinen Programmierers, an der sie den Startknopf fand. Es klickte. Kurz passierte gar nichts. Dann erschien die Zahl 23 auf der Anzeige. Rosa atmete erleichtert aus, diesmal war sie etwas gefasster. Vielleicht hatte sie das Ganze etwas zu sehr in die Vergangenheit versetzt, und sie tauchte nur langsam wieder auf.

»Scheint zu funktionieren, oder?«, fragte Mattia neugierig.

»Ja, 23 Grad sind's anscheinend im Ofen«, sagte Rosa.

Mattia klatschte in die Hände. »Großartig!«

»Wie finden wir jetzt aber heraus, ob die Elektrik einen ganzen Brand aushält?«, fragte Rosa besorgt.

»Wie lange geht denn so ein Brand?«, wollte Mattia wissen.

»Ein Testdurchgang heizt normalerweise bis ca. 1050 Grad hoch. Das dauert bestimmt bis morgen früh und das Abkühlen dann auch noch mal einen Tag«, erklärte Rosa.

Mattia machte große Augen.

»Ich hatte keine Ahnung, wie heiß diese Dinger werden!«, gab er zu. »Das könnte gefährlich werden …« Er sah Rosa etwas hilflos an, als wüsste er auch nicht so recht, wie sie dieses Problem lösen sollten.

Rosa dachte nach.

»Als wir unseren ersten Brennofen bekommen haben, hatten wir Riesenschiss, dass uns die Werkstatt abfackelt«, begann sie zu erzählen, »und haben dann kurzerhand da übernachtet.«

Sie lächelte bei der Erinnerung an diese Nacht mit Lenni in ihrer Keramikwerkstatt.

»Wir haben uns Decken auf den Boden gelegt und die ganze Nacht dem Klacken des aufheizenden Ofens gelauscht.«

»Du teilst dir also deine Werkstatt in Berlin mit anderen Keramikern?«, fragte Mattia interessiert. Rosa schluckte und sah nervös auf die Temperaturanzeige.

»Ähm, nein, nur mit … einem Freund«, stammelte sie und versuchte ihre Erklärungsnot zu überspielen. Dann log sie kurzerhand, nur um nicht von Lenni erzählen zu müssen: »Wir sind Kollegen und arbeiten getrennt. So viel Platz haben wir da gar nicht, deshalb wechseln wir uns immer ab.«

Mattia nickte.

»Also gut«, sagte er jetzt.

»Was?«, fragte Rosa überrascht.

»Es wird doch schon recht warm in der Nacht. Wir lassen einfach die Tür vom Gartenhaus offen und bauen uns ein kleines Lager auf! Ich hab bestimmt noch ein paar Matratzen bei mir, Kissen, viele Decken …«

»Du willst die Nacht hier im Garten verbringen?«, hakte Rosa ungläubig nach.

»Na irgendwer muss auf den Ofen aufpassen, oder willst du, dass hier morgen alles niedergebrannt ist?«

Er hatte schon recht, dachte Rosa. Sie könnte mit Sicherheit kein Auge zumachen, wenn der Ofen hier so allein vor sich hin brutzelte.

Mattia sah sie erwartungsvoll an.

»Und?«

»Anders geht es wohl nicht«, stimmte sie ihm zu.

»Du scheinst aber nicht sehr überzeugt zu sein.«

Etwas unsicher, was sie sagen sollte, zuckte Rosa mit den Schultern.

Mattia dachte kurz nach.

»Weißt du, ich hab noch die Reste vom Zitronenkuchen und Massen an süßen Cremes da. Und Spaghetti mit Tomatensoße gehen ganz schnell, die koche ich zum Abendessen.«

Er sah Rosa gespannt an. Sie lächelte.

»Das hört sich gar nicht mal so schlecht an«, gab sie nun zu.

»Ottimo«, rief Mattia ausgelassen. »Und morgen früh können wir dann direkt mit der Arbeit loslegen!«

Doch vorm Abendessen hatten sie noch einiges zu tun. So zugewachsen, wie sie das Gartenhaus vorgefunden hatten, konnte es natürlich nicht bleiben, wenn der Ofen es kräftig aufheizen würde. Das Gestrüpp musste runter, vor allem vor dem kleinen Fenster mussten sie die Pflanze zurückschneiden, damit sie es öffnen und auch dort ein wenig Luft hereinlassen könnten. Auch auf dem Dach und durch das kleine Loch zwischen den Ziegeln hatten sich die grünen Ranken ihren Weg gesucht. Während Mattia das Häuschen von einem Großteil der Pflanze befreite, hatte sich Rosa darangemacht, das Gras rundherum herauszureißen und einen Platz für die Matratzen zu schaffen. Sie machte ihn besonders weiträumig, sodass auch zwei Schlafstätten dort hinpassen würden.

»Warte«, rief sie Mattia zu, der gerade damit beginnen wollte, die wunderschön riechende Kletterpflanze mit den kleinen weißen Blüten von der Hauswand zu entfernen.

»Lass sie uns vorsichtig umlegen«, schlug sie vor und kam ihm zu Hilfe.

Bald hatten sie alle Gräser und Pflanzen so weit entfernt, dass sie sich vor dem Haus einrichten und den Ofen anstellen konnten.

»Dann wollen wir mal das Schlaflager herrichten«, sagte Mattia voller Tatendrang und lief los, in Richtung Ape. Rosa folgte ihm.

Er hatte nicht zu viel versprochen. Im hinteren Teil seines Restaurants gab es einen großen Lagerraum, in dem er Möbel, Stühle, Geschirr, Küchengeräte und andere Dinge verstaut hatte.

»Das hat sich in den Jahren so angesammelt, ein paar Dinge sind für Projekte, die ich hier schon lange mal realisieren wollte. Aber viele Sachen sind gar nicht von mir. Ich lagere auch Möbel für Freunde«, erklärte Mattia.

»Ecco, die sehen doch sehr gut in Schuss aus«, sagte Mattia und zog zwei Matratzen hervor.

»Wir brauchen natürlich etwas zum Drunterlegen, damit die nicht schmutzig werden. Mein Freund Leo bringt mich sonst um«, witzelte er.

»Super, ich habe auch ein paar gemütliche Kissen und Decken gefunden«, rief Rosa aus einer anderen Ecke.

Sie suchten alles, was sie für ein behagliches Schlaflager benötigten, zusammen und stapelten ihre Fundstücke auf der Terrasse übereinander.

»Das sollte reichen«, überlegte Mattia und musterte den Decken- und Kissenberg und die zwei Matratzen.

»Das reicht dicke«, grinste Rosa.

Und dann gab es Spaghetti mit Tomatensoße, ein so einfaches Gericht, das Mattia mit frischen Tomaten und Basilikum aus der Region sowie ein bisschen Parmigiano in einen wahren Gaumenschmaus verwandelte. Dazu seine hausgemachte Zitronenlimonade aus den Früchten, die vor der Töpferei wuchsen, versicherte er Rosa. Sie freute sich schon sehr darauf, die prächtigen gelben Zitronen vom Baum zu ernten.

Als sie fertig gegessen hatten, machten sie sich daran, ihre Ausstattung für die Nacht auf die Ape zu laden. Signor Bruno schaute ihnen aufmerksam von der kleinen Wiese aus zu.

»Bin gleich wieder da«, rief Mattia, als sie alles verladen hatten, und eilte zurück ins Restaurant. Rosa blieb noch auf der Straße stehen und genoss die milde Abendluft. Jetzt war es beinahe dunkel und so still geworden, dass Rosa den leichten Wind in den Baumkronen hören konnte.

Mattia kam mit einer großen Kiste in beiden Händen wieder.

»Was hast du denn da drin versteckt?«, fragte Rosa neugierig.

»Wirst du schon sehen!«

Sie breiteten die große Plane auf der Fläche aus, die Rosa vor dem Gartenhaus von Gras und Unkraut befreit hatte. Darauf legten sie ein paar weiche Decken und dann die zwei Matratzen. Zum Schluss warfen sie die bunten Kissen kreuz und quer auf ihr gemütliches Nachtquartier und legten noch ein paar leichte Decken auf ihre Matratzen, falls es kühl werden würde.

Dann holte Mattia seine Kiste und öffnete den Deckel. Er zog ein paar Lichterketten, einige mit kleinen Lämpchen, andere mit bunten Lampions, hervor.

»Damit wir uns nicht gruseln im Dunkeln!«, sagte er.

»Fantastische Idee«, fand Rosa und nahm sich gleich eine Lichterkette, um sie an einen der Zitronenbäume zu hängen. Mattia wickelte die Kette mit den Lampions um den Laubengang, der an einer Seite der Töpferei über einer kleinen verwitterten und kaum mehr zu erkennenden Steinterrasse stand. Ein paar mehr Lichter legten sie zwischen die Matratzen auf die Wiese. Mattia hatte auch eine Kabeltrommel mitgebracht, an die er die verschiedenen Lichterketten jetzt anschloss. Dann rollte er das Verlängerungskabel zur Haustür und verschwand in der Töpferei. Rosa hatte es sich schon auf einer der Matratzen bequem gemacht und schaute gespannt in den Himmel. Plötzlich machte es klack, und alle Ketten leuchteten hell auf, die Lampions strahlten in Blau, Gelb und Grün, und die kleinen Lichter in den Bäumen ließen die Zitronen fast golden erscheinen. Es war eine magische Stimmung, die sich mit einem Mal über den Garten legte, und Rosa hielt sich begeistert die Hände vor den Mund.

»Guck dir das an, Mattia, es ist grandios!«, rief sie.

Mattia kam aus dem Haus gerannt und blieb kurz stehen, um sich das Spektakel anzusehen.

»Bellissimo«, rief er, lief zu Rosa und hielt ihr seine Hand für ein High five hin. Sie schlug ein, und beide lachten.

»Das kann nur gut werden«, sagte Rosa.

»Und jetzt der Ofen«, bemerkte Mattia.

»Den hätte ich fast vergessen«, lachte Rosa und stand auf.

Mattia steckte den Stecker in die Dose, Rosa programmierte den Testlauf, und der Ofen begann mit einem Klacken hochzuheizen.

Rosa faltete ihre Hände wie zum Gebet und sah in den Himmel.

»Hals- und Beinbruch«, sagte sie.

»In bocca al lupo«, fügte Mattia hinzu, was so ziemlich dasselbe bedeutete, erklärte er Rosa. Übersetzt hieß es »Im Maul des Wolfes«.

Mattia hatte eine Flasche Wein mitgebracht, die er jetzt mit einem Korkenzieher öffnete. Dazu zwei Gläser. Sie setzten sich auf ihre Matratzen und stießen an.

»Auf einen erfolgreichen Probelauf«, rief Rosa und nahm einen großen Schluck. »Ich glaube, den brauche ich jetzt!«, gab sie zu.

Die ersten Stunden vergingen wie im Flug. Rosa und Mattia waren kein bisschen müde, und sowieso war an Schlaf gar nicht zu denken, während nur wenige Meter entfernt der Brennofen immer heißer wurde. Er hatte sich schon auf 300 Grad hochgeheizt, bis zum nächsten Morgen sollte er fast bei der Endtemperatur angekommen sein, dachte Rosa.

Die Weinflasche hatten sie längst geleert, und jetzt saßen sie, Mattia im Schneidersitz, Rosa die Knie an ihre Brust gezogen, zwischen all den Kissen und redeten.

»Wie stellst du dir das alles hier eigentlich vor?«, fragte Mattia. »Ich meine, wie lange willst du hierbleiben?«

Rosa zuckte mit den Schultern.

»Ich weiß nicht. Ein paar Wochen? Monate?« Sie grinste. »Ehrlich gesagt habe ich gar nicht so richtig geplant, wie lange meine Reise dauern soll.«

»Das ist schon ziemlich mutig, einfach so loszufahren«, gab Mattia zu.

Rosa sah nachdenklich in den stillen, erleuchteten Garten.

»Es ist so schön hier, dass ich gar nicht mehr wegwill. Aber für immer kann ich ja auch nicht bleiben. Ich muss unbedingt ganz bald meinen Freundinnen erzählen, dass ich jetzt erst mal in einer alten Keramikwerkstatt in der italienischen Pampa töpfere.«

»Die werden dich wahrscheinlich für verrückt erklären«, witzelte Mattia.

Rosa sah zum Ofenhaus, dann zur alten Töpferei. Dann lächelte sie Mattia an.

»Ich glaub auch. Ich mein, schau dich doch mal um. Das ist ganz schön abgedreht!«

Mattia lachte und nickte.

Beide schwiegen für einen Moment. Im Hintergrund klackte behäbig der Ofen.

»Aber manchmal muss man das auch«, sprach Rosa jetzt

nachdenklich weiter, »ein bisschen den Verstand verlieren. Dinge machen, die alle für völlig wahnsinnig halten. Oder?«

Mattia blickte lange in ihre Augen und begann dann zu lächeln.

»Da fragst du den Richtigen.«

»Stimmt, ich hatte vergessen, dass du der Verrückteste von allen bist!«

»Wenn es nach meiner Nonna und den meisten meiner Freunde in Bari geht, ja«, bekräftigte er.

»Aber ist es denn nicht viel verrückter, umgeben von Lärm, Stress, engen Gassen, tagein, tagaus zu leben? Gehetzt, ohne je zur Ruhe zu kommen? Das ist ab und zu ganz schön, aber ununterbrochen? Das kann ich mir einfach nicht mehr vorstellen«, sinnierte Mattia ernst.

Rosa nickte zustimmend. Sie fühlte genauso. Auch das hatte sie sicherlich dazu gebracht, auf diese Reise zu gehen und für eine Weile aus Berlin zu fliehen. Es hatte sie fertiggemacht, dort zu sein, umgeben von all den Menschen, die ihr Leben auf die Reihe zu bekommen schienen, die eilig durch die Stadt hetzten, als wüssten sie genau, was zu tun war, als hätten sie alles fest im Griff. Sie selbst hatte einfach gar nichts mehr im Griff gehabt, ihr Leben war aus den Fugen geraten, hatte einen kompletten Wasserschaden erlitten, Land unter. Und niemand hatte ihr damit helfen können. Nicht einmal ihre beste Freundin, die sich so sehr um sie sorgte. Es hatte Rosa einfach ununterbrochen leidgetan, dass sie so undankbar in ihrem Bett gelegen hatte und den gut gemeinten Ratschlägen ihrer Freunde nicht hatte folgen können. Hier in Apulien musste ihr niemand Hilfe leisten, sie musste nicht das Mitleid der anderen fürchten. Niemand kannte ihre Geschichte. Das war befreiend, weil die Menschen ganz unbefangen mit ihr redeten, sie waren nicht übervorsichtig und achteten nicht ständig darauf, nicht das Falsche zu sagen. Diese Behutsamkeit hatte sie irgendwann nicht mehr ausgehalten. Deswegen wollte sie es auch dabei belassen, ihre Vergangenheit, so gut es ging, verschleiern und hier ein völlig anderes Dasein führen als in Berlin. Das war ihre Befreiung, ihre Chance, ihr Leben wieder ein wenig in den Griff zu bekommen.

Mattia sah sie forschend an.

»Ich glaube, das hier ist der friedlichste Ort, den ich mir im Moment vorstellen kann«, sagte sie verträumt und atmete tief ein. Mattia tat es ihr gleich und sah nach oben in den Nachthimmel.

»Warte«, sagte er nach einer Weile und stand auf.

Er lief zum Haus und verschwand einen kurzen Moment. Dann gingen plötzlich alle Lichter aus, und es war ganz dunkel.

»Was machst du denn?«, rief Rosa verwirrt.

Mattia kam zurückgelaufen und setzte sich dicht neben sie. Jetzt streckte er seinen Arm aus und deutete mit dem Zeigefinger Richtung Firmament.

»Das ist doch unglaublich, oder?«, staunte er.

Rosa sah nun auch nach oben. Am dunklen Nachthimmel prangten Tausende oder wahrscheinlich Millionen kleiner Sterne! Das war auf jeden Fall beeindruckender als ihre selbst gebaute Lichtinstallation. In Berlin hatte sie nie so viele Sterne auf einmal gesehen. Klar, da war die Dunkelheit ja auch viel zu verschmutzt durch das künstliche Leuchten der Stadt. Hier, umgeben von so gut wie nichts, konnte man nachts, sobald man alle Lichter gelöscht hatte, für einen Moment nicht mal seine eigene Hand vor Augen sehen.

»Willst du mir jetzt die Sternzeichen erklären?«, fragte Rosa spöttisch.

»Keine Sorge«, lachte Mattia. »Das Einzige, das ich über Sterne weiß, ist, dass sie verdammt weit weg und verdammt hell sind!«

Rosa kicherte. Zum Glück, dachte sie. Das wäre so ziemlich das Kitschigste, das er jetzt hätte bringen können. Sie hatte es schon immer albern gefunden, wenn in Filmen der männliche Protagonist plötzlich genau wusste, welche Sternkombination wie hieß und wo sich welcher Himmelskörper befand. Als hätte er sich jahrelang auf diesen einen Moment vorbereitet, um seine Angebetete zu beeindrucken.

»Was ich dich schon lange fragen wollte …«, setzte Rosa plötzlich an, weil ihr gerade ein Gedanke gekommen war.

»Was kommt denn jetzt?«, fragte er mit einem Schmunzeln im Gesicht.

»Wie hast du eigentlich den Vespa-Vermieter überzeugt, mir keine Riesenrechnung für seinen zerkratzten Roller aufzudrücken?«

Mattia sah sie überrascht an. Rosa wollte jetzt unbedingt endlich klären, was es mit dieser mysteriösen Abmachung auf sich hatte.

»Ich meine, bist du da in irgendwelche … wie soll ich sagen, krummen Dinger verwickelt?«, fragte Rosa vorsichtig und sah ihn ernst an.

»Du meinst … Mafia?«, fragte er jetzt und machte ein sehr finsteres Gesicht. »Ich weiß nicht, ob du das wirklich wissen willst.«

Rosa erschrak und schwieg.

Mattias Miene erhellte sich plötzlich, dann prustete er los.

»Dein Gesicht! Zu komisch!«

Rosa boxte ihm kindlich in die Seite.

»Hör auf, mich zu veräppeln«, rief sie, »und sag mir lieber, wie du das gemacht hast!«

»Keine Sorge, Rosa, ich hab nichts mit der Mafia zu tun und habe es auch nicht vor. Solange sie nicht irgendwann in meinem Restaurant vorbeikommen und Schutzgeld erpressen.«

Er grinste und Rosa verdrehte die Augen.

»Okay, okay. Ich hab ihm einfach angeboten, dass er mit seinen Kollegen ins Restaurant kommen darf und ich ein Vier-Gänge-Menü für sie koche.«

Rosa stutzte und sah ihn mit großen Augen an.

»Das hast du gemacht? Aber das ist doch unglaublich viel Arbeit!«

»Na ja, ich bin von höchstens sechs Personen ausgegangen. Mit der Zeit werden es aber immer mehr. Er ruft schon seit Wochen immer wieder an und berichtet, dass er noch einen weiteren Kollegen einstellen musste.«

Mattia lachte und verdrehte die Augen.

»Oh nein, du Armer, das tut mir leid!«

Aber auch Rosa musste nun lachen.

Nach einer Weile sah sie ihn ein wenig forschend an.

»Du bist ziemlich nett, weißt du das?«

Rosa lächelte ihn an, aber Mattia zog nur eine Augenbraue nach oben.

»Nett, ja?«

»Nein, so meinte ich das nicht«, beteuerte Rosa und hielt sich beide Hände vors Gesicht.

»Du merkst schon, ich bin eine ziemliche Null im Komplimentemachen«, rechtfertigte sie sich.

»Oh ja, das ist kaum zu überhören«, sagte Mattia und knuffte sie spielerisch in die Seite.

»Du bist nicht nur nett«, führte Rosa jetzt weiter aus, »du bist ziemlich toll. Und irgendwie habe ich wohl auch zu viel Wein getrunken«, kicherte sie jetzt und vergrub verlegen ihr Gesicht in seiner Schulter. Mattia legte seinen Arm um sie.

»Kein Problem, ich auch!«

Rosa spürte die Wärme, die von ihm ausging. Sie bemerkte, wie gut er roch. Sie fühlte ein Kribbeln in sich aufsteigen, und plötzlich war ihr seine Nähe gar nicht mehr unangenehm. Als sie aufschaute, blickte sie in seine Augen, seine warmen, dunklen Augen. Er drückte sie fester an sich, und ganz sanft berührten sich ihre Lippen.

Rosas Herz schlug wie wild, sie fühlte sich leicht, und gleichzeitig wollte sie am liebsten in Mattias Umarmung versinken. Der Kuss kam ihr wie eine Ewigkeit vor, und sie wünschte, dieser Moment würde niemals enden.

Als sie sich kurz ansahen und er ihr sanft eine Strähne aus dem Gesicht strich, flüsterte Rosa:

»Ti voglio bene, Mattia.«

Es war ein Satz, den sie gelesen hatte und der so viel hieß

wie *Ich mag dich gern.* Jedenfalls hatte Rosa sich das so gemerkt. Aber Mattia hielt mit einem Mal inne. Noch immer nah bei ihr, wandte er seinen Kopf ab. Dann löste er seine Umarmung und blieb ganz still neben Rosa sitzen.

»Was ist mit dir?«, fragte sie leise.

Sie war überzeugt davon, diese drei Worte auf Italienisch richtig gesagt zu haben. Oder doch nicht? Oder hatte er vielleicht mehr erwartet?

Mattia schwieg. Als wäre er auf einmal abgetaucht, so saß er da und reagierte kaum auf ihre Frage. Er atmete nur tief ein, und es klang, als hätte sich eine Schwere in ihm ausgebreitet, die Rosa irgendwie von sich selbst kannte. Sie legte ihm ihre Hand auf die Schulter und sah ihn an.

»Tut mir leid, Rosa, ich weiß auch nicht«, sagte er jetzt mit trauriger Stimme.

»Habe ich was falsch gemacht?«, fragte sie.

»Nein, ganz und gar nicht. Es ist alles richtig. Manchmal drifte ich einfach ein bisschen ab, weißt du. Dann muss ich kurz innehalten. Und deine Worte … die haben mich an etwas erinnert …«, er stockte und winkte dann ab, »aber vielleicht ist es auch nur der Wein.«

Mattia wirkte noch immer etwas abwesend, und Rosa erschrak ein wenig über seine plötzliche Abkehr. Schon am Tag in Noci hatte er so einen Moment gehabt, den sie nicht richtig einordnen konnte. Es machte ihr ein wenig Angst, dass er ihr so nahekam und sie dann ganz unerwartet wieder zurückwies. Hatte sie sich ihm zu früh geöffnet?

Nervös rupfte sie einen Grashalm aus der Wiese und drehte ihn zwischen ihren Fingern. Ihr Herz schlug noch immer schnell, aber jetzt fühlte es sich nicht mehr so gut an. Mattia saß neben ihr und blickte schweigend in den Garten.

Am nächsten Morgen wurde Rosa vom Zwitschern der Vögel und dem Zirpen der Zikaden geweckt. Mit einem Blinzeln öffnete sie ihre Augen, um sie herum war der Garten erwacht. Es dauerte eine Weile, bis Rosa wusste, wo sie war. Noch ein wenig benommen vom Schlaf, bemerkte sie, dass sie ihren Arm um Mattia gelegt hatte, der dicht neben ihr lag. Sie fuhr hoch. Sie mussten zusammen auf ihrer Matratze eingeschlafen sein. Als Rosa an den Kuss von letzter Nacht und Mattias seltsame Reaktion dachte, legte sich ein flaues Gefühl in ihren Magen.

Eilig stand sie auf, sah sich um und erinnerte sich nun wieder an den Ofen. Der Garten war jedenfalls noch da, und es stieg auch sonst nirgendwo Qualm auf. Rosa ging verschlafen zum Steinhaus und lugte durch die Tür. Alles sah funktionstüchtig aus, die Anzeige stand auf 950 Grad. Nur noch 100 Grad, dann hatte der Ofen es geschafft und die Endtemperatur erreicht. Rosa war erleichtert. Es hatte funktioniert, und schon bald würde sie wieder Keramik herstellen können.

Vom Schlaflager hörte sie Mattia nun gähnen. Sie ging zu ihm und blickte in seine schlaftrunkenen Augen, die Haare zerzaust, sah er sie lächelnd an.

»Es scheint ja nichts abgebrannt zu sein.«

»Nein, alles in Ordnung«, sagte Rosa und begann, die Kissen einzusammeln.

»Du willst wohl direkt weiterarbeiten?«, fragte Mattia überrascht.

»Ich glaube, ich muss erst mal zurück in die Pension, mich duschen und was Frisches anziehen«, sagte Rosa ein wenig unterkühlt.

»In Ordnung«, antwortete Mattia, »du kannst auch bei mir duschen und eines meiner T-Shirts wird für die Arbeit bestimmt reichen, oder? Schließlich ist die Pension doch eine Stunde entfernt«, bemerkte er jetzt etwas verunsichert, und als Rosa darauf nicht antwortete, fügte er hinzu:

»Letzte Nacht tut mir leid.«

Er erhob sich von seinem Schlaflager und begann, ihr beim Aufräumen zu helfen.

»Ist schon gut. Vielleicht wäre ich heute nur lieber ein wenig für mich«, sagte sie leise.

Mattia nickte und sah auf den Boden.

Mehr brachte er nicht heraus? Keine Erklärung? Rosa verstand ihn nicht. Sie wollte jetzt so schnell wie möglich hier weg und allein sein. Als sie die Kissen und Decken zusammengeräumt hatten, nahm sie ihre Tasche.

»Rosa, warte.«

Mattia fasste sie am Arm und drehte sie zu sich um.

»Es tut mir leid. Ich fand unseren Tag wirklich schön gestern. Bitte sag mir, wenn du hier mit irgendwas Hilfe brauchst, okay?«

Rosa nickte, sah ihn noch einmal forschend an, und als nichts mehr von ihm kam, wandte sie sich um und ging.

16

In ihrer Verzweiflung tippte Rosa Annas Nummer in ihr Smartphone. Sie musste jetzt unbedingt mit jemandem reden. Der Abend mit Mattia hatte sie völlig verunsichert, und sie brauchte ganz dringend den Rat ihrer besten Freundin. Doch Anna nahm nicht ab.

Mist, dachte Rosa und sah auf die Uhr. Natürlich, Anna war sicher im Büro und hatte ihr Telefon auf lautlos gestellt.

Rosa öffnete noch einmal die Kontaktliste ihres Handys. Wenn sie schon nicht über alles sprechen konnte, wollte sie sich doch wenigstens von dem Chaos in ihrem Kopf ablenken.

Sie schrieb eine Nachricht an Sue:

Habt Ihr Lust, etwas zu unternehmen? Ich brauch dringend einen Bari-Tag, Eis und Aperol Spritz!

Die Antwort ließ nicht lange auf sich warten:

Wir sind am Fischmarkt, freuen uns auf Dich!

Schon von Weitem erkannte Rosa das hektische Treiben an den Ständen, wo frisch gefangener Fisch und Meeresfrüchte angeboten wurden. In dem kleinen Hafen lagen die typischen blauen Fischerboote und schaukelten vor sich hin, während daneben ein heiteres Durcheinander herrschte.

»Ciao, Rosa!«, rief Sue ihr zu und winkte. Gemeinsam mit Emilio stand sie an einem der Stände. In der Hand hielt sie einen kleinen Pappteller, auf dem Muscheln lagen. Freddie stand ein wenig abseits und probierte sein Italienisch an einem gesprächigen Fischer aus.

»Die musst du kosten«, sagte Sue mit noch vollem Mund und hielt Rosa eine Muschel hin.

»Sieht gut aus und hört sich vor allem gut an«, sagte sie amüsiert.

Auch diesmal bot sich Emilio als ihr Stadtguide an. Als sie sich an Meeresfrüchten und Fisch satt gegessen hatten, schlenderten sie gemeinsam in Richtung Stadtmauer, die das historische Zentrum Baris umgab. Rosa bewunderte die Farben, die sich vor ihr entfalteten. Der warme Sandton des Steins, das Hellblau des Himmels und das Grün der Palmen erinnerten sie wieder daran, wie sehr sie sich jedes Mal freute, wenn sie ihre Keramik aus dem Ofen geholt hatte und immer aufs Neue von all den wunderschönen Effekten überrascht worden war. Ein wenig vermisste sie jetzt schon die alte Töpferei. Aber dort würde sie nur viel zu sehr an Mattia denken. Ein bisschen Ablenkung würde ihr jetzt sicher guttun.

Sie stiegen die Treppen hinauf, um auf der Mauer einen kleinen Rundgang zu unternehmen. Von hier oben konnte man auf der einen Seite über das weite Meer blicken, und auf der anderen drängten sich die alten Fassaden des historischen Zentrums eng aneinander.

Dann stiegen sie hinab in die kleinen Gassen von Bari Vecchia. Durch dieses lebhafte Labyrinth führte Emilio sie vorbei an Märkten, Straßenmusikern und kleinen Geschäften, über und über befüllt mit Körben und Schnickschnack.

Nach einer Weile blieb er am Eingang einer engen Gasse stehen.

»Das ist die Strada delle orechiette«, sagte Emilio und deutete hinter sich. »Ein Muss, wenn ihr Bari kennenlernen wollt!«

Ein lautes Gemurmel drang aus der Gasse, und Menschen tummelten sich hier eng an eng, um einen Blick hineinwerfen zu können. Emilio gab ihnen ein Zeichen, ihm zu folgen, und zwängte sich zielstrebig durch die Touristengruppen. Diese besondere Gasse war von großen Sieben mit Holzrahmen gesäumt, die auf Tischen abgestellt wurden. Hinter den Tischen saßen alte, rundliche Italienerinnen und rüttelten die Siebe hin und her. Auf ihnen lagen in Mehl die kleinen ohrförmigen Teigplättchen, die Pasta, für die Bari so berühmt war.

Es war faszinierend, den Frauen bei der Herstellung der Orechiette zuzuschauen. Wie blitzschnell sie waren! Man konnte ihnen mit bloßem Auge beinahe gar nicht folgen, wenn sie von den langen Teigrollen, die sie mit ihren Handballen formten, kleine Stückchen schnitten und sie in die typische runde Form brachten.

Sue und Freddie standen schon an einem Tisch, wo die Pasta in Pappbehältern frisch zubereitet mit verschiedenen

Soßen verkauft wurde. Auch Rosa bahnte sich nun ihren Weg durch die herumstehenden Zuschauer, um ein paar der leckeren Delikatessen mitzunehmen.

Sie entschied sich für Orechiette mit Feigen. Und als sie den ersten Bissen nahm, schloss sie genüsslich die Augen und vergaß kurz den Trubel um sich herum. Die Pasta war eingelegt in einer süßen Feigensoße, gefüllt mit den frischen Früchten und überzogen mit einer knusprig gebackenen Kruste, die wahrscheinlich aus Brotkrumen hergestellt worden war. Rosa konnte es auch nach fast zwei Wochen nicht fassen, dass sie immer wieder aufs Neue von den Gaumenfreuden der italienischen Küche überrascht wurde.

Endlich kamen sie zu einer kleinen Bar, auf deren Terrasse sie es sich bequem machten und ein paar Drinks bestellten.

»Probier mal den Limoncello Spritz«, sagte Sue zu Rosa und deutete auf ein kleines Kärtchen, das in der Mitte des Tisches stand. Darauf war ein zitronengelbes Getränk abgebildet, das Glas mit Zitronenscheiben geschmückt.

Emilio rollte mit den Augen, Sue lachte:

»Was denn? Der ist wirklich lecker! Halt nicht ganz so traditionell«, witzelte Sue und zwinkerte Emilio neckisch zu.

»Hört sich tatsächlich gut an«, pflichtete Rosa ihr bei, »und wir Touristen dürfen das!«

Sue und Rosa grinsten.

Und das leuchtend gelbe Getränk schmeckte tatsächlich gar nicht schlecht. Etwas süß, aber trotzdem sehr erfrischend, fand Rosa.

»Erzähl mal, was hast du in den letzten Tagen so getrieben?«, wollte Sue jetzt von ihr wissen.

Rosa zuckte mit den Schultern und sog an ihrem Strohhalm.

»Ich habe eine alte Keramikwerkstatt gefunden, in der ich bald ein bisschen an der Töpferscheibe arbeiten kann. Dort habe ich im Garten übernachtet, um den Brennofen zu bewachen.«

Die anderen drei machten große Augen und sagten alle gleichzeitig:

»Du hast was?«

Rosa berichtete ihnen von den letzten Tagen, von dem Ausflug nach Noci, Mattias Riesenüberraschung und ihren Plänen, endlich wieder ein wenig kreativ zu werden. Und natürlich von der letzten Nacht im Garten.

»Und dann haben wir uns geküsst«, erzählte Rosa schließlich und stockte.

»Das hört sich traumhaft an!«, rief Sue, die ihr Kinn in ihre Hände gelegt und Rosa völlig verzaubert zugehört hatte.

»Und dieser Mattia klingt ziemlich toll«, sagte sie und erntete sofort einen skeptischen Blick von Freddie.

»Stimmt doch, oder nicht?«, bekräftigte sie.

Rosa schwieg und sah nachdenklich in ihr fast leeres Glas.

»Oder nicht?«, fragte Sue erneut.

Alle drei sahen Rosa jetzt voller Spannung an.

»Ja, sehr toll! Aber irgendwie ist die ganze Situation kompliziert. Ich weiß nicht, was er will. Und auch nicht, was ich will. Also, es war schon schön, ihn zu küssen, aber dann …«

»Was dann?«, fragte Sue.

»Dann ist er plötzlich ganz ernst und irgendwie traurig geworden. Ich hatte nie geplant, mich zu verlieben, und ehrlich gesagt, macht mir das alles immer noch Angst. Und dass er plötzlich so reagiert, lässt mich wirklich zweifeln, ob das nicht doch alles noch viel zu früh ist.«

»Aber wovor hast du Angst?«, fragte Sue jetzt.

Rosa blickte nachdenklich auf ihr Glas.

»Eigentlich wollte ich das für mich behalten und diese Geschichte gar nicht mit nach Italien nehmen«, fuhr Rosa fort, »aber ich glaube, allein bekomme ich das nicht mehr geregelt«, gab sie zu und blickte in die verständnisvollen Gesichter der anderen.

»Du kannst auf uns zählen«, sagte Sue. »Du weißt ja, dass Emilio der beste Lebensberater von allen ist!«

Rosa lächelte und nickte.

Dann begann sie von Lenni zu erzählen. Von ihrem Leben in Berlin, ihrer Keramikwerkstatt, Lennis Traum, gemeinsam nach Italien zu gehen. Und natürlich von seinem Tod. Als sie fertig war, musste sich Sue einige Tränen wegwischen.

»Entschuldige, Rosa, das ist alles so unglaublich traurig und wirklich eine ganz große Scheiße! Natürlich kannst du nicht einfach weitermachen, das verstehe ich sofort«, bekräftigte Sue sie und legte ihre Hand auf Rosas Unterarm.

Rosa war so froh über diese ehrliche Reaktion. Nicht einmal hatte jemand zu ihr gesagt, was für eine verdammte Scheiße das alles war. Alle hatten nur immer versucht, ihr einzureden, dass alles wieder gut werden würde und Lenni an einem besseren Ort wäre. Aber mit all diesen Wünschen und Mutmaßungen hatte Rosa einfach nichts anfangen können. Alles, was sie gewusst hatte, war, dass es ihr unglaublich dreckig ging und sie wahrscheinlich niemals über den Tod ihrer großen Liebe hinwegkommen würde.

»Ich fühle mich so unglaublich schlecht, wenn ich eine schöne Zeit mit Mattia habe, und gleichzeitig fühlt sich seine Nähe auch wirklich gut an. Aber jetzt habe ich mich endlich ein bisschen mehr auf ihn eingelassen, und er geht auf Abstand. Was ist, wenn ich mich für etwas öffne, das am Ende gar nicht echt ist, und wieder in ein tiefes Loch falle?«, fragte Rosa verzweifelt.

»Für mich hört es sich eher danach an, als sei er sehr unsicher. Vielleicht hat er eine schwere Trennung hinter sich und wurde auch verletzt?«, rätselte Emilio.

»Aber wieso redet er dann nicht mit mir, das würde ich doch verstehen«, überlegte Rosa.

»Also ehrlich gesagt machst du es ja nicht anders«, ergriff aus heiterem Himmel Freddie das Wort, der sich bisher nicht an der Unterhaltung beteiligt hatte. Die anderen sahen ihn erstaunt an.

»Ja, ich habe jetzt ausnahmsweise auch mal was beizusteuern«, sagte er, und Emilio und Sue setzten ernste und ein wenig zu interessierte Gesichter auf.

Freddie rollte mit den Augen.

»Du willst ihm ja auch nichts von deiner Vergangenheit erzählen. Vielleicht spürt er deine Unsicherheit und Zweifel. Kann doch sein, dass es euch da ganz ähnlich geht, oder?«

Freddie sah in die Runde.

»Wow«, sagte Sue jetzt, »ich glaube, Emilio, du wurdest soeben abgelöst. Wir haben einen neuen Meisterphilosophen unter uns!«

Freddie machte ein genervtes Gesicht, als fühlte er sich auf den Arm genommen. Aber Sue knuffte ihn liebevoll in die Seite, um ihn zu beschwichtigen.

Rosa nickte zögerlich. Mochte sein, dass Freddie damit recht hatte. Sollte sie also den ersten Schritt wagen und Mattia alles erzählen? Angenehm war ihr dieser Gedanke ganz und gar nicht. Und was, wenn Freddie mit seiner Annahme falschlag? Was, wenn Mattia sie trotz allem abwies?

Als sie sich verabschiedet hatten, machte Rosa noch einen kleinen Spaziergang auf der Stadtmauer. Auf der stillen Oberfläche des Meeres blinkten vereinzelt die Lichter der Boote und Jachten. Sie lauschte den Wellen, die sanft ans Ufer rollten.

Leise begann sie Lenni von Apulien, der Töpferei und ihren Begegnungen zu erzählen.

»Ich habe keine Ahnung, wo du jetzt bist und ob du überhaupt irgendwo bist. Vielleicht siehst du mir ja zu? Aber ich warne dich, werd nicht zum Stalker.«

Rosa schmunzelte.

»Du weißt, wenn ich wählen könnte, würde ich mich immer für ein Leben mit dir entscheiden. Und am liebsten hier in Apulien. Wir würden zusammen in der alten Töpferei arbeiten, und du würdest den italienischen Kunstmarkt im Sturm erobern.«

Sie hielt kurz inne und atmete tief ein.

»Du fehlst mir ganz schrecklich, Lenni. Auch wenn es vielleicht nicht immer so aussieht. Ich vermisse dein Lachen und deinen Blick, deine blöden Albernheiten. Am meisten vermisse ich es, dich fest in den Arm zu nehmen. Ich wünschte so sehr, du kämst einfach wieder zurück!«

Rosa kamen die Tränen. Sie blieb stehen und lehnte sich an die steinerne Mauer, die den Blick raus auf das große schwarze Meer freigab.

»Aber das geht nicht«, flüsterte sie. »Und ich kann dich nicht ewig festhalten. Das darf ich nicht. Ich muss dich gehen lassen, oder? Meine Erinnerung an dich wie einen Blumensamen fliegen lassen, damit etwas Neues entstehen kann.«

Sie sah auf den schwachen, dunklen Streifen zwischen Himmel und Meer. Es sah so aus, als würden sie sich in der Ferne treffen, sich berühren. Dabei waren sie so weit voneinander entfernt. Der Himmel und das Meer. Es kam auf den Standpunkt an, dachte Rosa. Wenn sie von hier aus ein Schiff weit draußen sah, wirkte es so, als würde es gleichzeitig mit dem Bug auf den Wellen reiten und mit den Segelmasten den Himmel berühren. Wäre sie aber auf dem Schiff und blickte nach oben, käme ihr der Himmel unerreichbar vor.

»Wie hast du immer gesagt? Wir sind viel zu klein, um das alles zu begreifen. Und deshalb müssen wir einfach leben, so gut es geht.«

Rosa lächelte.

»Der beste Philosoph von allen«, sagte sie leise und trat den Heimweg an.

17

Rosa erkannte den Garten der Töpferei kaum wieder!

Sie stand vor dem Tor und starrte auf den Haufen Gras, der an der Hauswand lag. Dann ließ sie ihren Blick über die gemähte Wiese schweifen. Alles roch herrlich nach frisch geschnittenem Gras. Die Stämme der Zitronenbäume waren wieder frei, um sie herum lagen einige herabgefallene Zitrusfrüchte auf dem Boden. Alles sah deutlich größer aus, dachte Rosa, plötzlich gab es so viel Platz, und sofort rauschten wieder die Ideen durch ihren Kopf. Sie könnte ihre fertig gedrehte Keramik auf Brettern platzieren und sie nach draußen zum Trocknen bringen. Auch für einen Tisch war jetzt Platz, an dem sie sitzen und Zitronenlimonade trinken konnte, wenn sie eine Pause vom Töpfern einlegte.

Natürlich wusste sie sofort, wem sie diesen Anblick zu verdanken hatte. Sie trat durch das Tor und ging langsam zwischen den Beeten entlang zur Wiese. Dort setzte sie sich kurzerhand auf den weichen Boden und ließ das alles erst mal auf sich wirken. Mattia musste den ganzen gestrigen Tag gemäht haben. Der Rasenmäher stand noch an der Hauswand, daneben eine Harke und eine Schaufel.

Rosa wäre am liebsten sofort ins Restaurant gelaufen, um mit ihm zu reden.

Doch zuerst hatte sie eine Idee.

Zum Glück hatte sie beim letzten Mal noch ein paar der Tonklumpen in Wasser eingelegt. Jetzt waren sie so weich, dass Rosa sie mit Leichtigkeit zurechtkneten konnte. Das Kneten war wichtig, um all die kleinen Luftbläschen, die sich im Inneren des Tonstücks befanden, herauszupressen. So verringerte sie das Risiko, dass ihre getöpferten Stücke im Brennofen Risse bekamen. Nachdem sie den Klumpen eine ganze Weile kräftig bearbeitet hatte, merkte sie, wie sehr ihre Arme schmerzten. So lange hatte sie diese Bewegung schon nicht mehr ausgeführt! Es war Zeit, diese Muskeln wieder aufzubauen. Durch das Kneten war eine schöne Spirale in ihrem Ton entstanden, es sah aus wie eine Schnecke. Rosa war zufrieden und begann nun den Ton auf ihre Arbeitsfläche zu schlagen und ihn zu einem kompakten rechteckigen Klotz zu formen. Dann nahm sie sich einen Draht und trennte ein großes Stück ab, das sie wiederum in ihren Händen zu einem Ball formte.

»Na, dann wollen wir mal«, sagte sie und stellte sich eine Schale Wasser auf die Ablage neben ihrer Töpferscheibe. Anschließend legte sie sich einige Werkzeuge und einen Schwamm zurecht.

Den Tonball schlug sie nun mit einem lauten Klatschen kräftig in die Mitte der metallenen Scheibe und trat auf das Fußpedal, sodass sie sich langsam zu drehen begann.

Nun tauchte sie eine Hand in das Wasser und befeuchtete

die Tonkugel, die vor ihr im Kreis rotierte. Als ihre Hände das glitschige Material berührten und begannen, es leicht zusammenzudrücken, schlug Rosas Herz augenblicklich schneller. Es war ein gutes Gefühl.

All ihre Angst war verflogen, ihre Blockade wie weggezaubert. Sie konnte sich voll und ganz auf das Formen konzentrieren.

Als hätte sie die letzten Monate nichts anderes gemacht, gelangen ihr die ersten Stücke in der neuen Werkstatt kinderleicht. Schon nach kurzer Zeit hatte sie ihre Idee umgesetzt und betrachtete die fertigen Teller, die auf dem langen Brett standen, das sie neben der Scheibe auf einem Hocker platziert hatte.

Zu lange konnte sie sich dem Töpfern an diesem Tag aber nicht hingeben, denn sie hatte eine Mission. Diesmal war sie an der Reihe, Mattia zu überraschen.

Signor Bruno schmiegte sich an ihre Beine und begleitete Rosa zur Terrasse. Im Inneren des Restaurants war laute italienische Musik zu hören. Leise schlich sich Rosa durch die Tür, Mattia schien in der Küche zu arbeiten. Leidenschaftlich stimmte er immer wieder in das Lied ein, das gerade aus dem CD-Player ertönte. Rosa lugte zur Küchentür hinein und sah, wie Mattia sich tanzend zwischen Herd, Kühlschrank und Arbeitsfläche bewegte. Er war gar nicht untalentiert, dachte Rosa und musste kichern. Überrascht drehte er sich zu ihr um und breitete seine Arme aus.

»Ciao, Rosa, mit dir habe ich gar nicht gerechnet! Ich hoffe, ich habe dich mit meiner Tanzeinlage nicht gleich wieder vergrault«, rief er, um die laute Musik zu übertönen. Er ging zum CD-Player und stellte ihn leiser.

»Ganz und gar nicht. Der Gesang war allerdings etwas fragwürdig«, lachte sie.

»Ach, das war wohl zu viel Leidenschaft für deine deutschen Ohren!«

Rosa war froh, dass die Stimmung zwischen ihnen nicht merkwürdig war, nachdem sie ihn einfach so hatte stehen lassen. Bestimmt ging es Mattia da genauso. Ein wenig nervös wirkte er schon, seit sie hier so unangekündigt aufgekreuzt war, aber da war er nicht der Einzige. Sie beide versuchten ihre Unsicherheit zu überspielen.

»Bekommst du Gäste?«, fragte Rosa und deutete auf die vorbereiteten Zutaten.

»Du wirst es nicht glauben, aber ja, ich habe eine große Reservierung heute Abend!«

Mattia grinste.

»Doch nicht etwa der Vespa-Klan?«, fragte Rosa.

Mattia nickte.

»Wie viele sind es denn letztendlich geworden?«, fragte Rosa ein wenig besorgt.

»Nach jetzigem Stand sind es zwanzig Personen, aber wer weiß, ob sich nicht noch ein Cousin dritten Grades findet!«

Mattia nahm das Ganze erstaunlich gelassen, er wirkte sogar euphorisch. Vielleicht, weil er endlich einmal wieder Gäste bekochen durfte.

»Auf meine Hilfe kannst du auf jeden Fall zählen«, versicherte Rosa.

»Bietest du dich als Tellerwäscherin an?«

»Ich hatte eher an Kellnerin gedacht, aber klar, Teller waschen kriege ich auch noch hin!«

»Ich bin für jede helfende Hand dankbar, Rosa! Aber keine Sorge, Küchenhilfen habe ich genug, du kannst gern die Gästebetreuung übernehmen. Vielleicht spricht es sich dann herum, was für eine bezaubernde Kellnerin ich habe.«

Mattia zwinkerte ihr zu. Rosa winkte ab.

»Deine leckeren Kreationen sind doch Anreiz genug!«

»Das sag mal den Baresi, die sind viel zu verwöhnt von ihrem Stammlokal um die Ecke. Wenn es nichts kostet, sind sie dabei, aber sonst ist es echt schwierig, sie hierherzulocken«, beschwerte sich Mattia.

»Wir müssen viel mehr Werbung für dich machen, Mattia! Vielleicht solltest du ab und zu auf den Markt in Bari gehen und dort ein paar deiner köstlichen Cremes und Kuchen anbieten!«

Rosa war begeistert von ihrer Idee, doch Mattia wurde plötzlich ganz ernst.

»Da kriegen mich keine zehn Pferde hin. Außerdem lohnt sich das nicht. Die essen an meinem Stand und hoffen, dass ich beim nächsten Mal wieder dastehe. Zu viel Aufwand! Da müssen wir uns schon was Originelleres einfallen lassen.«

Rosa setzte sich nachdenklich auf einen Stuhl, der neben ein paar aufgetürmten Gemüsekisten stand. Es überraschte sie ein wenig, wie vehement sich Mattia gegen ihre Marktidee sträubte. Aber vielleicht hatte er auch recht und bestimmt mehr Erfahrung als sie.

»Uns fällt schon was ein«, sagte sie jetzt überzeugt und lächelte.

»Was führt dich denn eigentlich hierher?«, wollte Mattia jetzt wissen.

»Ach, weißt du, irgendwie sah der Garten der Töpferei plötzlich so verändert aus, und ich dachte, vielleicht hast du was damit zu tun?«, grinste sie.

»Ich habe keine Ahnung, wovon du redest.« Er zuckte mit den Schultern und tat ganz unwissend.

»Hm, na gut«, sagte Rosa, »es sieht jedenfalls ganz fantastisch aus, und ich würde mich gern mit einer kleinen Überraschung bedanken. Wenn ich nur wüsste, wer dafür verantwortlich ist!«

Mattia drehte sich zu ihr um und blickte plötzlich ganz interessiert drein.

»Also, wenn das so ist, ja, vielleicht habe ich tatsächlich ein bisschen Hand angelegt.«

»Und kann ich dich für einen Moment aus deiner Küche locken? Ich verspreche, ich helfe dir danach bei allen Vorbereitungen!« Rosa hielt ihre Hand hoch und kreuzte Mittel- und Zeigefinger zum Zeichen ihres Schwurs.

»Das ist natürlich noch nicht alles«, erklärte Rosa, als sie mit Mattia in der Töpferei angekommen war und in der Werkstatt stand, »aber es ist ein Anfang, und ich möchte, dass du meine ersten getöpferten Teller bekommst!«

Mattia strahlte und sah sich die noch feuchten Pastateller genau an.

»Sie sind fantastisch, Rosa!«, rief er begeistert.

An diesem Morgen hatte Rosa vier Teller gedreht. Noch standen sie auf dem langen Brett, das Rosa in ein großes Regal geschoben hatte, in dem noch Platz für mindestens dreimal so viele Teller war. Die würde sie in den nächsten Tagen anfertigen, denn heute stand erst mal Mattias großes Essen auf dem Programm, und sie wollte sich unbedingt für seine Hilfe revanchieren und ihn, so gut sie konnte, unterstützen.

Ihre Teller würde sie solange mit einer Plastikfolie abdecken, denn bei dieser Hitze würden sie ganz sicher viel zu schnell trocknen und dann reißen. Sobald sie etwas stabiler und trockener waren, mussten sie noch abgedreht werden, dann noch ein paar Tage im Regal stehen, bis sie staubtrocken waren. Erst dann würde sie sie in den Ofen stellen können, um sie zu brennen.

»Bist du sicher, dass du heute nicht lieber in der Werkstatt arbeiten würdest, als im Restaurant auszuhelfen?«, fragte Mattia unsicher.

»Klar, ich wollte schon immer mal in einem Restaurant im apulischen Hinterland kellnern«, antwortete Rosa lächelnd. Dann fügte sie hinzu: »Im Ernst, Mattia, ich helfe dir gern, und das ist gar keine Frage, nachdem du so viel für mich getan hast!«

Und es gab wirklich viel zu tun!

Die Tische mussten auf der Terrasse zu einer großen Tafel zusammengeschoben werden, alles musste geputzt und dekoriert werden. Die Gäste hatten sich für zwanzig Uhr angemeldet. Sie hatten also noch reichlich Zeit für die Vorbereitungen. Es mussten Gläser und Besteck poliert, die Tafel gedeckt und Geschirr vorbereitet werden. Während Mattia mit Kochen und Backen alle Hände voll zu tun hatte, nahm sich

Rosa die Terrasse vor. All die Arbeit wurde untermalt von alten italienischen Popsongs aus dem CD-Player, und ab und zu war Mattia zu hören, der mit voller Leidenschaft zur Musik mitgrölte.

Wenn Rosa eine kurze Pause brauchte, stattete sie dem emsigen Koch einen kleinen Besuch ab und bot sich als Vorkosterin an. Der beste Job der Welt, dachte Rosa, als sie die leckeren Soßen vom Holzlöffel leckte oder Mattia ihr ein Stück in Zitronenkruste gebackenen Fisch in den Mund schob.

»Mmmh«, tönte es immer wieder aus der Küche, »das ist unglaublich, Mattia!«

Hätte Rosa gewusst, dass er so etwas auf die Beine stellen würde, nur um ihr eine hohe Rechnung für die kaputte Vespa zu ersparen, sie hätte viel lieber gezahlt. Das hier war auf jeden Fall ein Vielfaches von dem Schaden wert, den sie an der Vespa verursacht hatte.

Aber Mattia schien Spaß zu haben, und auch Rosa fand den Tag bisher sehr lustig. Also ließ sie sich einfach von seiner guten Laune anstecken und vergaß ihre Schuldgefühle sofort wieder.

Bald herrschte ein Riesenchaos in der Küche. Überall standen Pfannen mit verschiedenen Soßen, in der Spüle türmten sich benutzte Löffel und Kellen, und die Fliesen an den Wänden hatten auch so einiges abbekommen. Es sah aus, als hätte Mattia hier eine Essensschlacht veranstaltet. Rosa musste grinsen, denn das kannte sie nur zu gut von sich selbst. Während Lenni ein wunderbarer, aber sehr strukturierter und ordentlicher Koch gewesen war, liebte Rosa es, zu experimentieren, spontan neue Rezepte auszuprobieren und in der Küche herumzuwirbeln, ohne Rücksicht auf Verluste. Und genauso schien Mattia es auch zu halten. Er erzählte ihr, dass ihm die Ideen zu den meisten der Gerichte, die er heute Abend servieren wollte, in der Nacht zuvor im Schlaf gekommen waren. Dann hatte er sich ganz spontan an den Herd gestellt und alles ausprobiert. Zu seiner großen Freude hatte es tatsächlich geklappt!

Rosa mochte diese Abenteuerlust und den Mut, Neues auszuprobieren, sehr.

Als sie wieder auf die Terrasse kam, hatte es sich Signor Bruno mitten auf dem Tisch gemütlich gemacht und rollte sich genüsslich auf den Rücken.

»Ich seh' wohl nicht richtig«, rief Rosa und scheuchte den dicken grauen Kater von seinem Platz.

»Hast du ein Glück, dass ich noch nicht geputzt habe!« Sie nahm den feuchten Lappen, den sie aus der Küche mitgebracht hatte, und begann, die Tischplatte zu säubern. Signor Bruno beobachtete sie ein wenig bockig von der Wiese aus, wo er sich ein schattiges Plätzchen unter einem Rosenstrauch gesucht hatte.

Unter seinem prüfenden Katzenblick verteilte Rosa nun Servietten, Besteck und Gläser auf der Tafel und legte auf jeden Platz einen kleinen Strauß aus Lavendel, Basilikum und einem Zweig vom Mandelbaum mit kleinen weißen Blüten. In der Mitte des Tisches verteilte sie die schönen, mit Majolika bemalten Keramikkaraffen, die sie schon bei ihrem Frühstück hier bewundern durfte. Darin würde später Mattias köstliche selbst gemachte Zitronenlimonade serviert werden.

Am Nachmittag stießen zum Glück noch Alessia und Filippo dazu, um Mattia in der Küche zu helfen. Und es wurde noch lauter. Zusätzlich zur italienischen Musik und zu Mattias Gesangseinlagen erklangen nun lautes Stimmengewirr, Geklapper und italienische Flüche aus der Küche. Aber immer, wenn Rosa prüfend zur Tür hereinschaute, sah sie lachende Gesichter, gestikulierende Hände und schwingende Arme.

»Rosa«, riefen sie, »komm, das musst du probieren!«

Und wenn sie dann kostete, genüsslich ihre Augen verdrehte und ihre Fingerspitzen küsste, hob Mattia sie hoch und drehte sie einmal in der Luft. Dann nahm er sie in seine Arme und tanzte mit ihr laut singend durch die Küche, in den vorderen Raum des Restaurants, raus auf die Terrasse und wieder zurück. Rosa konnte sich dabei kaum halten vor Lachen. Völlig außer Puste, musste sie sich, zurück in der Küche, erst mal von all dem Herumwirbeln erholen.

Mattia wirkte wieder so ausgelassen, und all seine Zweifel, die er nach ihrem Kuss gehabt zu haben schien, waren wie weggeblasen. Rosa genoss seine Berührungen und versuchte, auch ihre Sorgen ein wenig zu vergessen.

»Ihr seid verrückt«, schnaufte sie lachend.

Der Geruch aus der Küche legte sich betörend über die Terrasse, während Rosa die letzten Handgriffe anlegte. Alles sah sehr schön aus, und sie war sich sicher, dass der Abend ein voller Erfolg werden würde. Und wenn er schon nicht dafür bezahlt werden würde, konnte Mattia bestimmt mit einigen Empfehlungen rechnen, dachte Rosa.

Eine Stunde bevor die Gäste eintreffen sollten, war Mattia im ersten Stockwerk verschwunden, wo sich sein privater Wohnbereich befand. Rosa warf einen Blick in die Küche. Alessia und Filippo saßen geschafft auf zwei Stühlen, beide ein Glas Rotwein in der Hand. Im Ofen brutzelte noch der Fisch vor sich hin, und in der Kühlvitrine standen kleine Teller mit Tiramisu, Schokoladenmousse und Semifreddo mit kandierten Zitronen.

Sie hörte, wie Mattia die Treppe herunterkam. Als sie aus der Küche in den Restaurantbereich trat, machte sie große Augen. Dieser Spitzenkoch hatte sich aus seiner verschwitzten Schürze gepellt und sich so richtig herausgeputzt. In schwarzer Stoffhose und weißem Hemd, eine schwarze Krawatte um den Hals und polierten schwarzen Lederschuhen stand er vor ihr. Er war frisch rasiert, und seine Haare hatte er glatt gekämmt. Sogar ein angenehm duftendes Parfüm hatte er aufgelegt. Jetzt breitete er seine Arme aus und drehte sich einmal um sich selbst, damit Rosa ihn von allen Seiten betrachten konnte.

»Und?«, fragte er, »kann ich mich so sehen lassen?«

Rosa lächelte.

»Sì! Sei perfetto«, sagte sie. Und wirklich, Mattia sah unheimlich gut in diesem Outfit aus, elegant, aber nicht zu geleckt. Seine charmante, lockere Art kam noch immer gut zur Geltung, auch wenn er wirklich sehr chic aussah, dachte Rosa ein wenig schwärmerisch.

»Na, dann wollen wir mal, die Gäste kommen gleich!«

Rosa durfte ein schwarzes Kleid und schwarze Schuhe von Alessia anziehen.

»Dir steht es sowieso viel besser als mir!«, rief sie fröhlich.

Und dann ging es los. Eine ganze Autokolonne traf vor dem Restaurant ein. Ein fröhliches Geplapper und Gegacker schwebte über der Dorfstraße, und langsam fanden alle Besucher ihren Weg über die Wiese. Mattia hatte vorher noch Fackeln in die Erde gesteckt, um einen kleinen Pfad zu markieren. Jetzt, in der Dämmerung sah das sehr romantisch aus. Rosa war aufgeregt, aber sie freute sich auch sehr auf diesen Abend und die Gesichter der Gäste, wenn sie Mattias tolles Menü erblicken würden. Das musste sich einfach rumsprechen, dachte sie. So was durfte kein Geheimnis bleiben. In Berlin wäre so ein Lokal monatelang im Voraus ausgebucht, selbst wenn es sich irgendwo in der brandenburgischen Pampa befände. Das stünde dann in all diesen Landhaus-Magazinen, die ja gerade die Zeitungskioske überfluteten und auf jedem Hipster-Küchentisch lagen. Rosa grinste. Ja, sie musste die Hipster herlocken! Aber jetzt hieß es erst mal Konzentration, das schönste Lächeln auflegen und ihr bestes Italienisch auspacken. Na ja, Letzteres würde sie hoffentlich mit dem Lächeln ausgleichen können.

»Buonasera e benvenuto a Casa di Mattia«, sagte Rosa, als sich alle Gäste gesetzt hatten. Auch Mattia hatte sich nun zu ihr gesellt und übernahm den komplizierten Teil der Moderation. Mit seiner sympathischen und witzigen Art zog er sofort alle in seinen Bann, während er erklärte, welche Leckereien sie an diesem Abend erwarten würden.

Und dann wurden die Antipasti serviert. Rosa gab ihr Bestes, nickte und lachte über Witze, die sie nur halb verstand, und gewann schnell die Herzen der Gäste. Immer wenn sie mit einem neuen Gang auf die Terrasse trat, verfiel die illustre Gesellschaft in einen kurzen Jubel.

Während sie aßen, standen Mattia und Rosa im Vorraum und lauschten dem genüsslichen Raunen und den vielen Komplimenten, die immer wieder laut ausgesprochen wurden.

Rosa drehte sich zu Mattia, nahm seine Hände in ihre und sah ihn begeistert an.

»Das läuft ausgezeichnet, Mattia, sie sind alle ganz verzaubert!«

Mattia lächelte und sah ihr dann tief in die Augen. Für einen Moment sagten sie gar nichts, starrten sich einfach nur an, und Rosa wurde ganz schwummerig zumute. Dann ließ sie, ein wenig durcheinander, seine Hände los.

»Das Dessert ist bald dran«, sagte sie leise und ging in die Küche.

Um ein Uhr verabschiedeten sich die Gäste und hinterließen auf der Terrasse ein kleines Schlachtfeld. Hundemüde sanken Mattia, Rosa, Filippo und Alessia auf die Bank an der Hauswand und blickten über den Garten.

»Das war großartig«, raunte Filippo.

»Und extrem anstrengend«, lachte Mattia.

Alle stimmten ihm stöhnend zu.

»Lasst uns das öfter machen«, sagte er dann und schaute dabei glücklich in die Runde.

Als sie die Terrasse aufgeräumt und alles in die Küche geschafft hatten, entließ Mattia Alessia und Filippo in ihren verdienten Feierabend.

»Bist du sicher, dass wir dir nicht mehr in der Küche helfen sollen?«, fragte Alessia.

»No, no, heute weiche ich nur noch die Pfannen und Töpfe ein und schmeiß den Geschirrspüler an. Alles andere kann bis morgen warten«, versicherte Mattia.

Sie umarmten einander, und er dankte seinen Freunden mindestens zehnmal für die tatkräftige Unterstützung.

»Was würde ich nur ohne euch machen«, rief er ihnen hinterher und warf ihnen Kusshände zu. Dann drehte er sich zufrieden lächelnd zu Rosa, die sich wieder auf der Bank niedergelassen hatte. Er schlenderte auf sie zu und ließ sie dabei nicht aus den Augen. Rosa neigte ihren Kopf und erwiderte sein Lächeln.

»Grazie mille, anche a te, Rosa«, flüsterte er, als er sich neben sie setzte.

»Di niente«, antwortete sie.

Mattia nahm ihre Hand und strich mit seiner sanft darüber.

»Du warst die beste Kellnerin, die man sich wünschen kann«, sagte er und sah sie an. Rosa gelang es nicht, sich von seinen braunen Augen zu lösen, irgendwas an ihm zog sie magisch an, und plötzlich begann ihr Herz wieder kräftig zu klopfen. Mattia kam ihr langsam näher und lächelte sie an. Sie hätte ihn jetzt unglaublich gern geküsst, aber etwas hielt sie noch zurück. Sie konnte seine Reaktion nach ihrem ersten Kuss einfach nicht vergessen. Er schien ihr etwas zu verschweigen, und das verunsicherte sie sehr. Sie entschied, den ersten Schritt zu machen.

»Ich, ich muss dir etwas erklären«, begann sie nervös.

»Okay«, sagte Mattia und sah sie etwas verunsichert an.

»Ich wollte die Geschichte eigentlich in Berlin lassen. Aber die letzten Tage mit dir haben mir gezeigt, dass das nicht so einfach ist.«

Er hörte ihr aufmerksam zu.

»Es gab da jemanden in meinem Leben«, begann Rosa. »Lenni«, sagte sie und zuckte ein wenig zusammen. Solange schon hatte sie seinen Namen nicht mehr laut ausgesprochen, und ihn jetzt vor Mattia zu nennen fühlte sich seltsam an.

»Ich habe Lenni sehr geliebt. Mit ihm habe ich mir die Keramikwerkstatt in Berlin geteilt. Und mein Leben. Es war sein Traum, mit mir nach Italien zu gehen und hier gemeinsam zu töpfern«, Rosa musste schlucken, »aber Lenni ist im letzten Jahr gestorben. Danach ging nichts mehr, ich konnte mich kaum aus dem Bett bewegen, geschweige denn in die Werkstatt gehen.«

Und dann erzählte sie Mattia von ihrem spontanen Entschluss, nach Italien zu fahren, um neue Inspirationen zu finden und vor all ihren schmerzhaften Erinnerungen zu fliehen. Und wie sie tatsächlich wieder glücklicher geworden war in den letzten Wochen hier im Süden.

»Weißt du, Mattia, du hast einen ziemlich großen Teil dazu beigetragen, dass ich wieder etwas mehr Hoffnung schöpfe. Deine fröhliche und witzige Art hat mich ganz schön mitgerissen«, sagte sie sanft. »Ich habe plötzlich Gefühle, von denen ich nicht geglaubt hätte, sie jemals wieder zu spüren. Ich habe wirklich Angst davor, wieder jemandem nahezukommen, aber bei dir kann ich irgendwie nicht anders. Vielleicht können wir es ja einfach ein bisschen langsamer angehen und uns Zeit lassen.«

Während sie sprach, hatte sie zwischen ihren Händen und Mattias Gesicht auf und ab geschaut. Als sie jetzt wieder aufsah, erschrak sie ein wenig. Mattia war etwas zurückgewichen, sein Gesicht war ganz ernst geworden, und sein Blick wirkte nach innen gewandt.

»Ist alles in Ordnung?«, fragte sie ihn verunsichert.

Er schwieg und wandte seinen Blick in den Garten. Plötzlich wirkte er wieder vollkommen abwesend, und als er Rosa ansah, erkannte sie ihn kaum wieder. Das Glänzen in seinen Augen war erloschen, sein Lächeln verschwunden, und es ging eine Kühle von ihm aus, die Rosa erschütterte.

»Das tut mir leid«, sagte er leise. »Ich wollte dich nicht überrumpeln.«

»Das konntest du ja nicht wissen«, sagte Rosa.

Mit einem Mal erhob sich Mattia und ging zur Terrassentür.

»Du kannst im Gästezimmer schlafen«, bot er ihr an.

Rosa wusste nicht, was sie sagen sollte. Mattia war nicht wiederzuerkennen. Keine Spur Mitgefühl, kein Verständnis, wie sie es eigentlich von ihm erhofft hatte. Genau das, was sie nach der Nacht im Garten befürchtet hatte, war nun eingetreten. Es fühlte sich an wie ein Schlag in die Magengrube.

»Mattia, was ist denn auf einmal los?«, fragte sie mit zittriger Stimme. Sie konnte sich die Tränen nicht mehr verkneifen.

»Entschuldige, Rosa, ich wollte nicht, dass du traurig bist. Ich bin nur wirklich sehr müde …« Er stockte und sah sie an. In seinen Augen konnte Rosa einen kurzen Moment lang eine tiefe Verletztheit erkennen. Als wäre mit Rosas Offenbarung etwas in ihm zerbrochen. Dann wandte er sich ab, und sie hörte nur noch, wie sich im ersten Stock leise eine Tür schloss.

Rosa fühlte sich zu erschöpft, um zurück in die Pension zu fahren. Also nahm sie Mattias halbherziges Angebot, im Gästezimmer zu schlafen, an. Es befand sich im Erdgeschoss und verfügte über ein eigenes Bad. Mit schwerem Herzen legte sich Rosa in das schmale Bett, das unter dem Fenster stand. Sie fühlte sich leer, und zur gleichen Zeit lastete ein Gewicht auf ihr, als wäre ihre Brust, ihr Magen mit Steinen gefüllt. Sie konnte sich kaum bewegen, regungslos lauschte sie dem Rauschen, das von draußen kam. Sie hatte solche Angst davor gehabt, dass Mattias Zurückweisung ihr unglaublich wehtun würde. Doch jetzt fühlte sie sich einfach nur dumpf und als hätte sich die kleine Tür in ihrem Herzen, die sie Mattia einen Spaltbreit geöffnet hatte, mit einem traurigen Knarren wieder geschlossen.

18

Rosa sah die Landschaft um sich herum durch einen dunklen Filter. Die Sonne legte an diesem Morgen kein goldenes Licht mehr auf die Felder, das Blau des Himmels wirkte eisig, und die Olivenhaine strahlten eine große Einsamkeit aus. Sie saß in ihrem Auto und fuhr zurück nach Bari. In ihrer Brust fühlte sie noch immer diese Schwere, sie hatte Schwierigkeiten zu atmen, sie musste sich zwingen, nicht zu weinen. Im Radio liefen auf jedem Sender italienische Liebeslieder, sie schaltete es gleich wieder aus. Sie ging das Gespräch mit Mattia immer und immer wieder durch, dachte darüber nach, was sie ihm gesagt hatte, konnte aber beim besten Willen keinen Grund ausmachen, weshalb er sich so plötzlich von ihr distanziert hatte. Sie hatte auf ein klärendes Gespräch am Morgen gehofft, doch Mattia war genauso kühl gewesen wie in der vergangenen Nacht. Nichts hatte sich geändert, noch immer war sein Blick nach innen gerichtet, nicht einmal richtig ansehen konnte er Rosa, als diese noch einmal versuchte, ihm alles zu erklären. Er hatte sich damit rausgeredet, dass er sich ganz früh mit Giulia treffen wollte, um ein wenig Gemüse zu besorgen, und er schon viel zu spät dran wäre. Während er die Tür verschlossen und sich dann auf den Weg zu Giulia gemacht hatte, würdigte er sie keines Blickes. Nur ein kurzes »Ciao, Rosa, bis bald« hatte er ihr noch zugeworfen.

Vorsichtig schloss Rosa die Tür zur Pension auf, sie hatte keine Lust, Francesca zu treffen. Die würde sie mit Sicherheit nach Mattia und der Töpferei fragen, und darauf konnte Rosa gerade gut verzichten. Zu ihrer Erleichterung war die alte Dame ausgegangen, und das untere Stockwerk lag im Dunkeln. Zügig lief Rosa die Treppe hinauf. Sie wollte das Haus verlassen haben, bevor Francesca zurückkehrte.

Während sie kalt duschte, überlegte sie, was sie nun tun sollte. Hatte sie die Kraft, einfach wieder in die Töpferei zu fahren und dort weiterzumachen? Im Moment konnte sie es sich nur schwer vorstellen, Mattias heftige Reaktion hatte sie sehr verletzt. Sie schloss die Augen und hielt ihr Gesicht in den Wasserstrahl. Am liebsten würde sie dieses Gespräch und all ihre Gefühle einfach wegwaschen. Wieso musste immer alles so unheimlich kompliziert sein? Sie hatte es ja geahnt, dass es nur wieder schmerzhaft enden würde, wenn sie sich neu verliebte. Wie dumm von ihr, dass sie sich trotzdem darauf eingelassen hatte.

Als sie ein wenig später, eingewickelt in ein Handtuch, vor dem Badezimmerspiegel stand und sich selbst betrachtete, wurde sie wütend. Sie wollte sich ihre Zeit in Apulien nicht durch dieses seltsame Gespräch mit Mattia nehmen lassen. Sie hatte sich so gefreut, mit der Töpferei endlich einen Ort gefunden zu haben, an dem sie das Gefühl hatte, richtig zu sein. Auch wenn es im italienischen Hinterland war und sie nur für einige Wochen bleiben würde, wäre es doch ein guter Anfang.

Vielleicht würde sie so viel neue Kraft und Energie an diesem schönen Fleckchen Erde sammeln können, die auch für ihren Neuanfang in Berlin reichen würde. Und ein wenig hatte sie sogar schon von einem Neuanfang in Apulien geträumt.

Ja, sie hatte sich schon ausgemalt, wie Mattia hin und wieder in der Töpferei vorbeikommen würde, um ihr seine himmlischen Kreationen vorbeizubringen, oder wie sie abends zusammen auf seiner Terrasse bei einem Glas Wein und Pasta sitzen würden. Es machte sie traurig, dass er sich so von ihr abgewandt hatte, ohne irgendeine Erklärung. Sie fühlte sich missverstanden und war enttäuscht von seiner unterkühlten Reaktion. Gleichzeitig wusste sie, dass sie die Keramikwerkstatt nicht aufgeben wollte. Sie würde es wenigstens probieren wollen, noch ein bisschen länger zu bleiben.

Gleich heute würde sie damit beginnen, ihre Ideen, die sie in den letzten Tagen gesammelt hatte, in die Tat umzusetzen. Sie zog sich etwas Luftiges an, setzte sich ihre Kappe und ihre Sonnenbrille auf und verließ das Haus.

Als Rosa in der Töpferei ankam, spürte sie sofort wieder diese Traurigkeit und eine große Sehnsucht nach Mattia, der jetzt wahrscheinlich nur wenige Minuten von ihr entfernt in seinem Restaurant saß oder irgendein neues Gericht ausprobierte. Aber sie schüttelte den Kopf, als wolle sie die negativen Gefühle abwerfen, und ging die Treppe hinauf in die

Werkstatt. Ihr Blick fiel auf die Töpferscheibe, und schon ergriff sie der Wunsch und die Lust, etwas zu erschaffen. Wenn sie sich die vielen leeren Regale ansah, die nur darauf warteten, mit frisch getöpferten Tellern, Schalen und Tassen gefüllt zu werden, gelang es ihr leichter, die Gedanken an Mattia wegzuschieben.

Aber zuallererst musste sie ihre schon fertigen Teller prüfen, die sie eigentlich für ihn angefertigt hatte. Sie konnte die kleine Hoffnung nicht ablegen, er würde sich wieder fangen und sich bei ihr entschuldigen, ihr alles erklären und sich ihr endlich öffnen. So oder so, die Teller hatten nun recht lange abgedeckt im Regal gestanden und waren bereit zum Abdrehen. Wenn sie diesen Schritt nicht rechtzeitig ausführte, könnten die Stücke zu trocken werden und unbrauchbar sein. Sie nahm sich den ersten Teller, setzte sich auf den Hocker vor die Töpferscheibe, feuchtete die metallene Oberfläche ein wenig an und legte den Teller mit dem Boden nach oben darauf. Durch das Anfeuchten wurde der Ton am Tellerrand wieder etwas weicher und klebte auf der Scheibe. So konnte Rosa an ihm arbeiten, ohne dass er sich bewegte oder gar herunterfiel. Sie startete die Scheibe, trat das Fußpedal, und während sie sich immer schneller drehte, zentrierte Rosa den Teller mit ein paar gekonnten Handgriffen, sodass er genau in der Mitte lag und nicht eierte. Zur Sicherheit, damit er wirklich fest auf der Scheibe lag, drückte Rosa nun drei kleine frische Tonstückchen an die Außenseite des Tellers und verband ihn so mit der Scheibe. Jetzt kam der Teil, den Rosa am liebsten mochte, weil er ein bisschen wie Meditation war. Sie nahm sich die Abdrehschlinge, ein Werkzeug mit einem Holzgriff und einem schlingenförmigen, scharfkantigen Metallaufsatz. Langsam führte sie die Schlinge an den sich drehenden Tellerboden und begann, den überschüssigen Ton zu trimmen. Der Teller sollte eine schöne Rundung bekommen und einen schmalen Ring, auf dem er gerade stehen konnte. Sobald Rosa das scharfe Werkzeug anlegte, formten sich schmale, gekringelte Tonlocken, die ein bisschen aussahen wie die Späne, die entstanden, wenn man Holz drechselte. Aber natürlich war der Ton viel sanfter zur Haut, und Rosa mochte das glatte Gefühl an ihren Fingerspitzen sehr, wenn sie einem getöpferten Stück noch den letzten Feinschliff gab. Als sie fertig mit dem Trimmen war, nahm sie sich einen kleinen Schwamm, feuchtete ihn an und setzte auch diesen vorsichtig an die Kanten, die sie bearbeitet hatte. So entstanden schöne, glatte Übergänge, und alles bekam einen ganz sanften Glanz. Dieser langsame, meditative Prozess löste eine angenehme Ruhe in ihr aus. In diesen Momenten fühlte sie sich ganz bei sich und frei von allen Sorgen. Dieses Gefühl hatte sie sehr vermisst, und sie bemerkte jetzt, wie es ihr in schweren Zeiten half, einen klaren Kopf zu bewahren und sich nur auf diese eine Sache zu konzentrieren. Rosa war zufrieden mit ihrem Teller und nahm sich direkt den nächsten vor.

Sie stellte die fertigen vier Pastateller zurück ins Regal, deckte sie diesmal nur ganz locker ab, sodass sie gerade genug Luft abbekamen, um ohne Risse trocknen zu können. Und weil sie gerade so gut im Flow war, drehte sie gleich noch ein paar neue Teller.

Sie verlor sich so in dieser Arbeit, dass sie gar nicht bemerkte, wie die Zeit verging. Das leichte Schleifen ihrer feuchten Hände auf der Scheibe, das Surren des Motors, die sanften Sonnenstrahlen, die durch das Oberfenster kamen und sich in goldenen Streifen auf Rosas Arme und die Scheibe legten – all das erfüllte sie mit einer Seelenruhe, die sie lange nicht mehr gespürt hatte. Die Arbeitsschritte waren immer dieselben, wie in Trance führte sie jeden einzelnen Handgriff aus. War ein Teller vollendet, nahm sie ihn von der Scheibe, stellte ihn auf ein kleines Brett und ins Regal. Dann nahm sie sich einen neuen Tonball und warf ihn auf die Scheibe, um einen weiteren Teller zu beginnen.

Nach einer Weile spürte Rosa, wie ihr Magen zu knurren begann. Sie beschloss, eine Pause einzulegen, stellte den letzten Teller ins Regal und wischte die Töpferscheibe sauber. Erstaunt sah Rosa auf die Uhr. Sie hatte beinahe vier Stunden an der Scheibe gesessen! Es fühlte sich wahnsinnig gut an, endlich wieder so konzentriert arbeiten zu können. Sie hatte in den letzten Stunden nicht nur getöpfert, auch an Mattia hatte sie kein einziges Mal denken müssen. Diese Erkenntnis gab ihr Kraft, weiterzumachen.

Auf dem Weg zur Töpferei hatte sie sich ein paar Snacks besorgt und setzte sich nun mit einer Decke auf die Wiese vor dem Haus. Um sie herum lieferten sich die zwitschernden Vögel und die zirpenden Zikaden einen Wettstreit, wer lauter war. Rosa liebte diesen Lärm, sie schloss ihre Augen und atmete tief, ließ die Landluft in ihre Lungen strömen und sog den Geruch von Blüten und saftigen Wiesen ein. Nichts konnte dieses wunderbar friedliche Gefühl ersetzen, das sich inmitten von Natur in ihr ausbreitete. Es war ein guter Plan, hierzubleiben, sich aufs Land zurückzuziehen, im Garten zu werkeln und zu töpfern. Und trotzdem konnte sie nicht anders, als immer wieder einen kurzen Blick auf ihr Telefon zu werfen. Sie hoffte, eine Nachricht von Mattia würde aufblinken. Jetzt, wo sie nicht mehr an der Töpferscheibe saß, begann sich ihr Gedankenkarussell aufs Neue zu drehen, in ihrem Magen lag ein flaues Gefühl, und sie wurde etwas schwermütig.

Eine ganze Weile hatte sich Rosa nicht von ihrem Platz inmitten der Zitronen- und Mandelbäume wegbewegt. Ihre Grübeleien hatten sie festgehalten, und sie war traurig und antriebslos geworden. Doch jetzt sah sie, wie die Sonne sich allmählich auf ihren Abendlauf vorbereitete. In einigen Stunden würde es dunkel sein. Rosa raffte sich auf und beschloss, die letzten hellen Stunden des Tages für ein wenig Gartenarbeit zu nutzen. Es würde sie sicherlich auch etwas aus ihren Grübeleien holen.

Sie griff sich ein paar Gartenhandschuhe und eine kleine Hacke und machte sich daran, das Unkraut aus den Flächen zu zupfen, die der Keramiker wohl vor Jahren einmal zu Beeten ausgearbeitet hatte. Als sie sich niederhockte, um an den abgesteckten Rändern zu beginnen, erkannte sie, dass die Beete von bunten Keramikscherben eingerahmt waren. Was für eine schöne Idee, dachte Rosa. Der Keramiker musste zerbrochene Gefäße so umfunktioniert und ihnen einen neuen Zweck gegeben haben. Sie war schon immer eine große Verfechterin davon, Dinge wiederzuverwenden, umzufunktionieren und zu reparieren, statt sie einfach wegzuwerfen.

Rosa fand blaue, grüne, gelbe und weiße Scherben, die mit der scharfen Kante in die Erde gesteckt worden waren. Sie wollte diese Abgrenzung genau so lassen.

Nachdem sie die ersten zwei Beete vor dem Haus von Unkraut befreit und mit einem Spaten umgegraben hatte, ließ Rosa sich erschöpft auf einen alten Holzstuhl fallen. Heute würde sie wohl keinen Finger mehr krümmen können.

Sie brauchte erst mal eine Abkühlung. Sie erinnerte sich daran, dass sie bei ihren zahlreichen Entdeckungstouren durch den Garten einen Wasserschlauch gesehen hatte. Ob der noch funktionierte? Rosa lief in den hinteren Teil des Gartens, wo sie den Schlauch fand, zusammengerollt und über einen kleinen Holzpfeiler gelegt. Ein Zischen ertönte, als sie den Metallhebel umlegte, der Schlauch wand sich ein wenig wie eine ermüdete Schlange, und kurz darauf spritzte das Wasser aus seiner Öffnung. Rosa entfuhr ein kurzer Jauchzer.

Sie legte den Schlauch ins Gras und zog kurzerhand ihr Top und ihre Shorts aus. In Unterwäsche führte sie den erfrischenden Strahl nun langsam immer höher an ihren Beinen entlang, über ihren Bauch, bis sie sich an die Kälte gewöhnt hatte. Dann ließ sie das Wasser von ihrem Kopf, über ihre Schultern und ihren ganzen Körper laufen. Quietschend und schnaufend genoss Rosa das kühle Nass, schüttelte ihren Kopf und tänzelte unter dem Wasser umher.

Sie fühlte sich zurückversetzt in ihre Kindheit, als sie als kleiner Nackedei quiekend durch den Sprenger im Garten ihrer Großeltern gesprungen war. Sie hatte das stundenlang machen können, nie wurde es ihr langweilig oder zu kalt.

Nach einem ausgiebigen Wassertanz legte sich Rosa in die Wiese, um sich von der Abendsonne trocknen zu lassen. Sie spürte eine sanfte Brise Sommerwind auf ihrer Haut und das Kitzeln der Grashalme an ihrem Rücken. Das Summen der Insekten und das Rauschen der Baumkronen lagen über dem Garten. Rosa war kurz davor, wegzudösen, als ihr Smartphone klingelte. Eilig hastete sie über die Wiese und griff sich das Telefon, das sie dort auf einem Stuhl liegen gelassen hatte.

»Hallo?«, rief sie keuchend in den Hörer.

»Hey, Rosa, hier ist Sue«, tönte es am anderen Ende.

»Oh, hey, Sue!«

In ihrem Herzen spürte sie einen kleinen Stich. Kurz hatte Rosa gehofft, es sei Mattia, der sie anrief und sich entschuldigen wollte.

»Wir wollten dir nur Bescheid sagen, dass wir morgen abreisen müssen, es ist eine Schande! Aber Freddie muss etwas in seinem Büro regeln.« Sue schniefte etwas aufgesetzt.

»Oh nein, das ist ja schade, Sue! Ich hätte euch so gern noch die Töpferei gezeigt!«, sagte Rosa enttäuscht, und plötzlich fühlte sie sich noch mehr allein als zuvor.

»Wie wär's, wenn du sie uns heute zeigst?«, fragte Sue. »Wir fliegen erst morgen Abend und würden dich so gern noch mal sehen! Wenn du willst, kommen wir in deine Einöde!«

Rosa lachte.

»Das ist eine großartige Idee«, sagte sie. »Ich kann ein paar liebe Gesichter gerade sehr gut gebrauchen.«

»Oje, ich hoffe, das hat nur etwas damit zu tun, dass du

Ablenkung von all der schweren Töpferarbeit brauchst!«, antwortete Sue besorgt.

»Erzähl ich euch vielleicht später. Aber jetzt kommt erst mal her, wir können was kochen!«, schlug Rosa vor.

Rosa freute sich auf den angekündigten Besuch. Wenn es langsam Abend und dunkel wurde, war es doch ziemlich einsam hier draußen auf dem Land. Sie zog sich wieder an, die Sonne hatte sie längst getrocknet, und überlegte, was sie vorbereiten konnte, bevor die drei eintreffen würden.

Da sie noch keine Gartenmöbel besaß, legte sie ein paar Decken und Kissen auf der Wiese aus, brachte Gläser, Teller und Besteck auf einem alten Holztablett nach draußen und stellte die zwei Flaschen Rotwein dazu, die sie sich aus Bari mitgenommen hatte. Sue hatte vorgeschlagen, dass sie und Freddie den Einkauf für das Abendessen gemeinsam mit Emilio übernehmen könnten. Rosa war gespannt auf ihre Ausbeute und die italienischen Leckereien, die sie mitbringen würden.

Etwa eineinhalb Stunden später hörte Rosa die heiteren Stimmen ihrer Freunde vor dem Haus und lief zum Gartentor, um sie zu begrüßen.

»Ciao bella!«, rief Sue und breitete ihre Arme aus.

»Ciao bellissima«, rief Rosa und umarmte Sue, dann Freddie und Emilio.

»So schön, dass ihr noch kommen konntet! Hereinspaziert!«

Freddie und Emilio hatten jeder eine vollgepackte Papiertüte in der Hand, und Sue trug zwei Flaschen Rotwein mit sich.

»Also mit Wein sind wir ganz gut ausgestattet«, lachte Rosa.

»Ach, das ist noch gar nicht alles«, warnte Emilio, »warte, bis du den restlichen Einkauf siehst!«

Sie gingen in den Garten und blieben auf der Wiese stehen. Ihre Freunde machten große Augen, als Rosa ihnen das Grundstück präsentierte.

»Hier werden wir heute speisen«, sagte sie grinsend und deutete auf den vorbereiteten Picknickplatz. »Auf eurer Rechten seht ihr ein paar wunderschöne Zitronenbäume und dahinter den Mandelbaum. Die zwei Beete da vorne habe ich heute unter Einsatz all meines Schweißes umgegraben. Und dahinten ist das Gartenhaus, in dem der Keramikofen steht.«

»Das ist ja wunderschön, Rosa«, schwärmte Sue und sah sich mit leuchtenden Augen um.

»Was für ein großes Glück, dass du das gefunden hast!«, rief Emilio.

»Jetzt zeig uns mal die Werkstatt«, forderte Freddie sie auf, und Rosa führte sie zum Eingang.

Staunend inspizierten sie das Haus von innen, die Werkstatt und Rosas frisch getöpferte Teller. Sue kam gar nicht mehr aus dem Schwärmen heraus.

»Vielleicht schaffen wir es ja noch mal, dich hier zu besuchen. Und dann musst du mir das Töpfern beibringen. Wie lange hast du denn vor zu bleiben?«

»Das wäre toll! Ich habe ehrlich gesagt noch keine Ahnung. Auf einen Töpferkurs lade ich euch aber auf jeden Fall ein, egal ob hier oder in Berlin.«

»Das hört sich großartig an, stimmt's, Freddie?«, fragte Sue begeistert.

»Und ob«, sagte er. »Ich bin auf jeden Fall dabei. Am liebsten hätte ich dir ja direkt schon beim Renovieren der Werkstatt geholfen.«

»Er liebt es zu handwerkeln«, schmunzelte Sue. »Aber du hast bestimmt genug Hilfe, oder?« Sie zwinkerte Rosa zu.

»Wenn du Mattia meinst«, sagte sie ein wenig enttäuscht, »das hat sich wohl erst mal erledigt.«

»Wie bitte?«, fragte Sue entsetzt.

»Was ist denn passiert?«

Rosa rollte mit den Augen.

»Lasst uns in den Garten gehen und eine Flasche Wein aufmachen«, schlug sie vor.

Alle nickten zustimmend.

»Das ist ja das Allerletzte«, sagte Sue wütend und steckte sich einen Tarallo in den Mund. Rosa sah traurig auf ihre nackten Füße im Gras. Sie hatten sich auf die Decken gesetzt, Rotwein in ihre Gläser eingeschenkt und eine Tüte italienisches Salzgebäck aufgemacht. Rosa hatte ihnen alles erzählt und war von Mal zu Mal schwermütiger geworden.

»Es tut mir so leid, Rosa, ich war so fest davon überzeugt, dass dieser Mattia ein toller Kerl ist, und dann zieht er so eine Nummer ab?«

»Das habe ich auch gedacht, Sue. Ich hätte wirklich nie gedacht, dass er mich so hängen lassen würde. Nach allem, was ich ihm erzählt habe. Es ergibt überhaupt keinen Sinn«, sagte Rosa.

»Vielleicht hat er Angst bekommen, dass du dich nie wieder auf jemand Neues einlassen würdest«, rätselte Freddie.

»Das würde seine kaltherzige Reaktion weder erklären noch entschuldigen, oder?«

Rosa blickte ratlos in die Runde.

»Natürlich nicht. Ich kann mir ehrlich gesagt nichts vorstellen, was das entschuldigen könnte. Das war ein totaler Arschloch-Move, egal, wie verletzt er in seinem Männerstolz ist!«, bekräftigte Sue.

»Es ist merkwürdig«, sagte Rosa nachdenklich, »hier jetzt einfach weiterzumachen, als wäre nichts geschehen. Ich weiß nicht, wie lange ich das durchhalte.«

»Auf keinen Fall darfst du dir deine schöne Keramikwerkstatt vermiesen lassen«, bestärkte Emilio sie.

»Komm schon, du hast doch schon so viel geschafft, und es ist ganz toll geworden!«, sagte Sue bestimmt.

Rosa spürte einen Kloß im Hals, nahm einen Schluck aus ihrem Glas und spülte ihn mit Rotwein herunter.

»Jetzt hab ich aber wirklich Hunger«, sagte sie und sah in zustimmende Gesichter.

In ihren Einkaufstüten hatten sie alle Zutaten für eine leckere Gemüselasagne, frische Focaccia, Käse und alles, was man für Aperol Spritz brauchte, sogar frische Orangen.

Während Emilio und Freddie die Lasagne vorbereiteten, mixten Rosa und Sue die Getränke.

»Warte«, rief Sue und lief aus der Küche nach draußen.

»Wo will sie denn hin?«, fragte Rosa, und die beiden Jungs zuckten nur mit den Schultern.

Einen Moment später stand Sue mit einer Tüte Eiswürfel in der Tür. »Die haben wir in der Kühltasche vergessen«, rief sie und füllte ein paar Brocken in die Gläser.

»Ihr seid ja bestens ausgestattet«, lachte Rosa.

»Perfekt!«, sagte Sue, als sie zu guter Letzt auch Strohhalme verteilt hatte.

»Auf diesen wunderschönen, verwunschenen Ort«, rief sie und hielt ihr Glas hoch. Sie stießen an.

Rosa war dankbar für diese drei, dafür, wie vertraut sie sich schon waren, obwohl sie sich noch nicht mal zwei Wochen kannten. Sie hatten ihr den Aufenthalt in Bari so viel leichter und fröhlicher gemacht. Wer weiß, ob sie ohne sie nicht schon längst wieder in Berlin wäre.

»Ach, ich werde euch so vermissen!«, sagte sie und schaute dabei auf die Eiswürfel in ihrem Glas, die in dem knallroten Getränk vor sich hin knackten.

»Jetzt nicht traurig sein, Rosa, lass uns heute Abend an nichts Schlechtes mehr denken«, sagte Sue und legte Rosa ihre Hand auf die Schulter.

Der Abend verschwamm für Rosa in Lachen, Licht und einem Gemisch aus Fröhlichkeit, Leichtigkeit und Melancholie. Sie hörten italienische Popsongs und Liebesschmonzetten, die aus dem kleinen Radio dröhnten, das Freddie irgendwann angestellt und laut aufgedreht hatte.

Am liebsten hätte sie die Zeit angehalten und ewig mit ihren Freunden in diesem traumhaften Moment verharrt.

19

Doch auch diese wunderschöne Nacht ging zu Ende. Am nächsten Morgen brachen die drei schweren Herzens auf, um ihre Reise zurück nach England anzutreten.

»Mach's gut, Rosa, wir melden uns, wenn wir in London angekommen sind, versprochen«, sagte Sue und umarmte Rosa fest.

»Und kommt bitte ganz schnell wieder her, sobald ihr könnt, ja?«, schniefte sie.

»Auf jeden Fall! Ich werde vor Sehnsucht nach diesem Traumort bestimmt verrückt werden!«, versicherte Sue.

Jetzt umarmte Rosa auch Freddie und Emilio. Selbst den beiden war anzusehen, wie schwer ihnen der Abschied fiel.

»Es war schön, dich kennengelernt zu haben, Rosa«, sagte Emilio und lächelte.

»Lange wirst du nicht auf uns warten müssen, das kannst du glauben«, witzelte Freddie.

»Ich bitte darum!«, lachte Rosa.

Als die drei sich ins Auto setzten und davonfuhren, musste Rosa sich einige Tränen wegwischen. Sie fühlte sich schlagartig allein, und die Gedanken an Mattia kamen zurück.

Sie brauchte Klarheit darüber, wieso er so heftig reagiert hatte. Am liebsten würde sie ins Restaurant fahren und ihn zur Rede stellen. Sie konnte nicht fassen, dass es einfach so zu Ende sein sollte. Aber sie dachte auch, dass sie nicht schon wieder den ersten Schritt machen wollte. Wenn er das Bedürfnis hatte zu reden, musste er schon kommen. Es machte sie wütend, wie sehr Mattia sie eingelullt hatte in seinen italienischen Charme, sie verzaubert hatte mit seinen dunklen Augen und seinem tiefgründigen Blick, aber kaum war es ernst geworden, war er verschwunden. Alles, was er wollte, war vielleicht nur ein bisschen oberflächliches Vergnügen. Auch wenn es ihr schwerfiel, ihr Bild von Mattia völlig umkrempeln zu müssen, so fühlte es sich in diesem Moment deutlich besser an, wütend zu sein, als in ihrer Traurigkeit zu versinken. Es setzte neue Kräfte in ihr frei, und die brauchte sie gerade.

Rosa entschloss sich kurzerhand, ans Meer zu fahren. Es war zu heiß an diesem Tag, um im Garten zu arbeiten. Auch die Werkstatt heizte sich ganz schön auf, wenn die Sonne durch die großen Fenster schien. Vielleicht würde sie am Abend zurückkommen, um noch ein wenig an der Töpferscheibe zu arbeiten, Lust und Ideen hatte sie allemal.

Aber sie hatte das Meer nun schon so lange nicht mehr gesehen.

Der Gedanke, gleich in das erfrischende, salzige Wasser einzutauchen, hob Rosas Stimmung ein wenig. Sie drehte das Radio laut, öffnete das Fenster und trat beherzt auf das Gaspedal. Mit einem italienischen Popsong im Ohr, in dem es passenderweise um *il mare* ging, fuhr sie die Landstraße hinab.

Als ihre Zehen den weichen, warmen Sand berührten, wusste Rosa wieder, weshalb sie nach Italien gekommen war. Sie blickte auf eine kleine, einsame Bucht, umgeben von weißen Felsen, die bis ins Meer reichten. Zu ihren Füßen zerschellten schaumige Wellen, und am Strand kamen nur ihre sanften Ausläufer an, die leicht plätschernd ans Ufer rollten. Weit und breit war niemand zu sehen, Rosa hatte ein Fleckchen gefunden, an dem sie das Meer ganz für sich allein hatte. Sie breitete ihr gelb-weiß gestreiftes Badetuch aus, an dessen Enden lange Fransen hingen. Rosa hatte es sich vor Jahren gekauft, als sie zusammen mit Lenni in den Urlaub gefahren war. Sie hatte solche Angst gehabt, dass diese Ferien eine Katastrophe werden würden. Zum ersten Mal als Paar jeden Tag zusammen, zwei ganze Wochen lang. Doch sie war überrascht worden. Von Lenni, von sich selbst und von ihrem Umgang miteinander. Jede Sekunde mit ihm hatte sie genossen. In diesem Urlaub hatte sie den Entschluss gefasst, Lenni zu fragen, ob er zu ihr ziehen wollte. Ihre damalige Mitbewohnerin hatte gerade einen Job in einer anderen Stadt angenommen und war auf der Suche nach einem Nachmieter gewesen. Das perfekte Timing. Mit seinem Einzug hatten die besten drei Jahre ihres Lebens begonnen.

Rosa zog ihren Bikini an und ging langsam zum Ufer. Zuerst stellte sie sich nur knöcheltief ins Wasser und beobachtete die leuchtenden Muster, die das Licht auf die glänzende Oberfläche legte, wie sie von den leichten Wellen zum Tanzen gebracht wurden. Kleine, golden glänzende Formen wanderten auch über ihre braun gebrannten Füße. Sie konnte den Grund ganz klar erkennen, so rein war das Wasser hier. Schritt für Schritt bewegte sie sich nun vorwärts und spürte, wie die Kühle langsam an ihrem Körper emporstieg. Als sie sich hüfttief im Wasser befand, blieb Rosa stehen. Ihre Arme streckte sie von sich, ließ ihre Handflächen über die sanfte, kühle Oberfläche streifen.

Rosa tauchte ein. Das Wasser umspülte ihren Körper, eine Weile ließ sie sich so treiben und lauschte dem Rauschen um sich herum.

Am liebsten wäre sie einfach für immer an diesem Strand, in dieser abgeschiedenen Bucht geblieben und hätte sich für nichts entscheiden müssen. Nichts als das Meer, die Sonne und den weichen Sand.

20

Als Rosa zurück zur Keramikwerkstatt fuhr, kam sie an dem kleinen Sandweg vorbei, an dessen Ende sich Mattias Restaurant befand. Auf dem Hinweg war es ihr noch leichter gefallen, daran vorbeizufahren, sie hatte ja schließlich das Meer als Ziel gehabt. Doch jetzt schlug ihr Herz schneller, und sie blickte sich nervös um. Vielleicht würde sie ihn sehen, wie er auf seinem Fahrrad zum Restaurant fuhr, beladen mit einer Kiste voller Obst und Gemüse. Aber alles blieb ruhig, es war schon beinahe unheimlich, wie leer die Straßen hier waren. Kurz entschlossen lenkte Rosa ihr Auto in den kleinen Weg und fuhr im Schritttempo auf Mattias Garten zu. Sie konnte einfach nicht so weitermachen, als wäre nichts gewesen. Wenn sie ihn nicht zur Rede stellen würde, bekäme sie heute Nacht kein Auge mehr zu, und ihr Gedankenchaos wüchse ins Unermessliche. Diese ewige Ungewissheit darüber, wie es nun weitergehen würde, ob sich Mattia jemals wieder bei ihr blicken lassen würde und was überhaupt das Problem war, lag ihr zu schwer auf der Seele und ließ ihr keine Ruhe. Sie musste Klarheit bekommen.

Die Terrassentür war zu. An der Scheibe klebte ein Zettel, auf dem auf Italienisch, Englisch und Deutsch geschrieben stand: »Vorübergehend geschlossen«.

Das war seltsam, dachte Rosa. Sie wusste, dass das Restaurant normalerweise um diese Zeit geöffnet war und Mattia in der Küche stand und irgendeinen leckeren Kuchen backte. Er hatte ihr einmal erzählt, dass er vier Tage die Woche öffnete und kochte oder Süßspeisen zubereitete, auch wenn sich keine Gäste angekündigt hatten. Er nutzte diese Tage zum Experimentieren und probierte neue Rezepte aus. Wenn etwas Gutes dabei herauskam, verteilte er es an die Nachbarn und aß selbst davon.

Rosa setzte sich auf einen Stuhl auf der Terrasse. Auch Signor Bruno ließ sich nicht blicken.

Was sollte das heißen, »vorübergehend«? Hatte er das Restaurant nur heute geschlossen, für ein paar Tage oder sogar noch länger? Und hatte sein plötzliches Verschwinden etwas mit ihrem Gespräch zu tun?

Er hätte ihr doch wenigstens erklären können, dass er eine Weile für sich sein wollte.

Kurzerhand entschloss sich Rosa, zu Alessia und Filippo zu fahren, um herauszufinden, wo Mattia steckte.

Filippo öffnete die Tür und sah sie erstaunt an.

»Rosa! Was machst du denn hier?«, fragte er in gebrochenem Englisch.

»Ciao, Filippo. Ich hoffe, ich störe nicht«, sagte Rosa vorsichtig.

»Nein, nein, komm herein.«

Er machte ihr Platz, und Rosa ging ins Haus. Sie kam direkt in einen großen Wohnbereich, der wunderschön ausgebaut war. Die beiden lebten in einem Landhaus mit alten Deckenbalken und unverputzten Steinwänden.

Jetzt kam auch Alessia die Treppe herunter und begrüßte Rosa.

»Wie schön, dich zu sehen, Rosa. Ist alles in Ordnung?«, fragte sie.

Filippo bedeutete ihr, sich auf das große Sofa zu setzen, das mitten im Raum stand und von dem aus man durch eine große Terrassentür nach draußen in den Garten schauen konnte.

»Ich wollte euch fragen, ob ihr vielleicht wisst, wo Mattia abgeblieben ist?«

Das Sofa war unglaublich gemütlich, und der Blick in den Garten sah aus wie in einem dieser Leben-&-Wohnen-Magazine.

»Wir dachten, ihr wärt vielleicht zusammen weggefahren«, sagte Alessia und sah Rosa erstaunt an.

»Nein, ich habe ihn seit zwei Tagen nicht mehr gesehen. Seit dem Abend im Restaurant«, sagte sie und sah etwas geknickt auf ihre Hände.

»Wie seltsam! Wir waren gestern bei ihm im Restaurant, aber haben nur einen Zettel an seiner Terrassentür vorgefunden. Ist denn etwas passiert? Es war doch so ein schöner Abend«, sagte Filippo überrascht.

Rosa rang nach Worten, und ihr Blick wanderte zwischen den beiden hin und her, die sie fragend ansahen.

»Ich weiß nicht, ja, vielleicht. Er war plötzlich so anders, nachdem ihr gegangen seid.«

Sie wollte ihnen nicht von ihrem Geständnis und von Lenni erzählen. Nervös zupfte sie an einem Sofakissen.

»Er hat das manchmal«, begann Alessia jetzt. »Früher hatte er diese Phasen, in denen er plötzlich kaum wiederzuerkennen war und sich zurückgezogen hat. Wir haben es aber lange nicht mehr erlebt, dass er einfach so weg ist, ohne uns Bescheid zu sagen.«

Sie setzte sich neben Rosa und nahm ihre Hand.

»Es tut mir leid«, sagte sie sanft. »Ich kann mir wirklich nicht erklären, weshalb Mattia einfach weg ist.«

»Aber warum ist er denn manchmal so? Hat er euch etwas erzählt?«, fragte Rosa.

Beide schüttelten die Köpfe.

»Wir haben ihn ja erst kennengelernt, als er sein Restaurant gekauft hat. Alles, was vorher in Bari passiert ist, davon hat er nie gesprochen. Irgendwann haben wir aufgehört zu fragen, es schien ihm unangenehm zu sein.«

»Unangenehm ist noch untertrieben«, fügte Filippo hinzu, »er wurde regelrecht wütend, wenn wir ihn nach seiner Familie fragten oder ob er eine Freundin habe.«

Filippo stand auf und ging in die offene Küche, wo er aus einem Schrank eine Flasche Wein und drei Gläser holte. Er hielt sie in Richtung Rosa und Alessia und sah sie fragend an.

Beide nickten. So langsam brauchte Rosa wieder ein bisschen Wein. Diese ganze ungeklärte Situation machte sie völlig fertig. Ein kleiner Beruhigungstrunk half da bestimmt.

»Aber wo kann er denn sein? Und wie lange bleibt er

sonst so weg, wenn er einfach abhaut?«, wollte Rosa wissen, während Filippo den Wein einschenkte.

»Meistens war er nur ein Wochenende verschwunden, zwei oder drei Tage höchstens. Dann stand er plötzlich wieder singend in der Restaurantküche, als wäre nichts gewesen.« Alessia wirkte nachdenklich.

»Mach dir mal keine Sorgen, der kommt schon zurück und kriegt sich wieder ein. Bestimmt tut ihm das alles unheimlich leid«, versuchte Filippo Rosa zu beruhigen.

»Und wenn du solange mit irgendwas Hilfe brauchst, kannst du uns immer Bescheid sagen, okay?«, bekräftigte Alessia.

»Das ist lieb von euch, danke.«

Rosa versuchte ein Lächeln, das sicherlich etwas aufgesetzt wirkte.

Nach dem Besuch bei Alessia und Filippo war Rosa zurück in die Töpferei gefahren. Es war spät geworden, und Rosa entschied, hier zu übernachten. Sie breitete die Decken und Kissen auf dem Boden im Untergeschoss aus und richtete dort ihr Schlaflager ein. Sie fühlte sich schlagartig in ihre Kindheit zurückversetzt. Mit Anna hatten sie das oft gemacht, wenn Rosa bei ihr übernachtet hatte. Die hatte den weichsten Teppich, auf dem Rosa je gesessen hatte, und er reichte über den halben Schlafzimmerboden. Mit ein paar Kissen, Chips und Süßigkeiten waren das immer die besten Sleepover-Partys gewesen, fand Rosa. Sie vermisste Anna sehr. Wie schön es wäre, könnte sie jetzt mit ihr zusammen auf ihrem Deckenlager liegen und durch das Fenster hinaus in die tanzenden Baumkronen und den dunkelblauen, sternbehangenen Nachthimmel schauen. Rosa nahm ihr Smartphone, sie wollte ihre Freundin heute Abend endlich mal wieder anrufen. Es würde ihr guttun, eine vertraute Stimme zu hören.

»Rosa?«, ertönte Annas Stimme am anderen Ende.

»Hey, Anna! Ich wollte mich mal aus meinem Exil melden!«, sagte Rosa. Ihr Herz klopfte schneller, sie freute sich so sehr, diese warme Stimme zu hören, die ihr jetzt vorkam wie aus einer anderen Welt.

»Oh, liebste Rosa, wie schön dich zu hören, wie geht es dir, wie ist Italien, was erlebst du so? Und am allerwichtigsten: Wann kommst du wieder nach Hause?«, rief Anna fröhlich ins Telefon.

Bei ihrer letzten Frage und vor allem bei dem Wort *nach Hause* spürte Rosa einen kleinen Stich in ihrer Brust. Irgendwann einmal hatte sich Berlin wie ihr Zuhause angefühlt. Aber das war schon lange her, denn ohne Lenni fehlte ein Teil, ein sehr wichtiger Teil, der Berlin zu ihrem Leben gemacht hatte.

»Es geht mir gut«, sagte Rosa, und es fühlte sich sofort falsch an. Es war ein Reflex, weil es ihr ja tatsächlich besser ging, wenn sie Annas Stimme hörte.

»Erzähl, was erlebst du so?«, wollte Anna jetzt wissen.

»Ich habe eine alte Töpferei gefunden, mit Garten, Wohnbereich und einer voll ausgestatteten Werkstatt«, lachte Rosa.

Es blieb kurz still am anderen Ende der Leitung.

»Wie bitte?«, fragte Anna dann ungläubig.

»Es ist wahr, Anna, das alte Haus stand seit Jahren verlassen, und na ja, jetzt darf ich hier ein wenig töpfern. Ich habe schon ein paar Teller angefertigt und sogar ein paar Beete im Garten angelegt«, berichtete Rosa, und jetzt, da sie es jemandem erzählte, der sie genau kannte, jemandem aus ihrem früheren Leben, hörte sich das alles plötzlich wieder völlig abgedreht an.

»Du bist ja wahnsinnig!«, rief Anna und lachte jetzt auch. »Aber warte mal, heißt das, dass du für länger in Italien bleiben willst?«, fragte sie jetzt ein wenig besorgt.

»Ehrlich gesagt weiß ich auch nicht, was ich will. Es ist leider alles etwas komplizierter, als ich mir das vorgestellt habe, weißt du?«, erklärte Rosa. »Erinnerst du dich noch an Mattia, von dem ich dir ganz am Anfang erzählt habe?«

»Na klar, der attraktive Italiener mit den schönen Augen!« Rosa hörte ganz genau, wie breit Annas Grinsen jetzt war.

»Äh, ja, genau der«, sagte Rosa und seufzte. »Anna, ich glaube, ich bin da zu tief in etwas reingeraten, und dabei wollte ich das gar nicht. Ich habe mir doch geschworen, erst mal kein Gefühlschaos mehr zu wollen. Und jetzt … tja, ich glaube, ich bin mittendrin in einer Riesengefühlskatastrophe!«

»Oh, Rosa, sag jetzt nicht, dass du dich in diesen Mattia verliebt hast? Und warum Katastrophe? Wenn der Typ dich verletzt, komm ich nach Italien und steck dem seine Spaghetti sonst wohin!«, rief Anna aufgebracht.

Jetzt gackerte Rosa los und konnte sich gar nicht mehr beruhigen. Auch Anna stimmte in ihr Gelächter ein. Sie hatte einfach immer die beste Art, auf Dramen zu reagieren und sie kurz in eine Comedy-Nummer zu verwandeln.

»Oh ja, bitte komm her, und die Spaghetti-Aktion würde

ich wirklich gern sehen!«, rief Rosa nach Atem ringend. Vor lauter Lachen tat ihr schon der Bauch weh.

»Ich mein das ernst, Rosa, und 'ne Pizza schieb ich gleich noch nach!«

Beide prusteten wieder los.

Als sie sich nach einer Weile beruhigt hatten und nur noch ihr schweres Atmen zu hören war, setzte Rosa wieder an. Zuerst erzählte sie Anna von ihren Tagen mit Mattia und wie sie die Töpferei wieder zum Laufen bringen wollten. Sie erzählte von dieser wunderschönen Zeit, die ihr so viel gegeben hatte.

»Und ich glaube, ich habe tatsächlich Gefühle für Mattia. Aber er ist seit zwei Tagen einfach verschwunden und nicht mehr auffindbar, seit …« Rosa stockte.

»Seit?«, fragte Anna.

»Seit ich ihm von Lenni erzählt habe«, sagte Rosa leise.

»Wie bitte? Du erzählst ihm von der schlimmsten Zeit deines Lebens, und er verschwindet?«, fragte Anna jetzt wieder ungehalten.

»Ich weiß, er hat sich ziemlich idiotisch verhalten«, gab Rosa zu, »das hätte ich nie von ihm erwartet. Aber seine Freunde haben erwähnt, dass irgendwas in seinem Leben passiert sein muss. Und vielleicht wollte er einfach nicht daran erinnert werden, wer weiß.«

»Meinst du, er kommt zurück, um sich bei dir zu entschuldigen und alles zu erklären?«

»Ich weiß es nicht, Anna. Ich weiß wirklich nicht, was ich davon halten soll.«

»Und jetzt bist du da ganz allein in deiner Töpferei auf dem Land?«, fragte Anna ungläubig.

Rosa schwieg. Nach einer Weile sagte sie traurig: »Ich wünschte wirklich, er würde vorbeikommen und wir könnten noch mal über alles reden.«

»Und was, wenn nicht?«, fragte Anna jetzt vorsichtig.

Rosa überlegte einen Moment. Natürlich hatte sie schon daran gedacht, dass Mattia sich vielleicht nie wieder bei ihr melden oder all ihre Annäherungsversuche abblocken könnte.

»Ach Anna, ich habe keine Ahnung«, klagte Rosa aufgelöst.

»Liebes, lass dir vielleicht ein bisschen Zeit und schau, wie es sich anfühlt. Das mit der Keramikwerkstatt hört sich wirklich unglaublich schön an. Immerhin hast du deine Kreativität wiederentdeckt, und das wird dir so ein Typ doch nicht einfach vermiesen! Aber natürlich würde ich mich am allermeisten freuen, dich wieder hier zu haben. Also bleib bloß nicht zu lange da, verstanden? Ich vermisse dich so sehr!«, gab Anna zu.

»Du fehlst mir auch ganz schrecklich«, sagte Rosa traurig.

21

Anna hatte recht gehabt. Rosa wollte sich ihr kleines Töpferparadies auf Zeit nicht vermiesen lassen. Auch wenn es ihr schwerfiel, sich von den Gedanken an Mattia zu lösen, versuchen wollte sie es.

Das Telefonat mit ihrer besten Freundin hatte ihr gutgetan und ihr wieder ein wenig Energie gegeben. Also war sie direkt nach dem Aufstehen in den Garten gegangen und hatte sich wieder den Beeten gewidmet. Sie setzte verschiedene Kräuter in den Boden, die seit ihrer Einkaufstour mit Mattia auf der Terrasse gestanden und darauf gewartet hatten, ihre Wurzeln endlich in frische Erde graben zu können.

Während sie mit ihren Händen die Erde bearbeitete, hielt sie immer mal wieder kurz inne, um den Insekten und dem Wind in den Blättern zu lauschen. Als sie das letzte Pflänzchen eingesetzt hatte, blickte sich nach oben und bemerkte, wie sich der Himmel verdunkelt hatte und große graue Wolken aufgezogen waren. Rosa erschrak. Da braute sich was zusammen, dachte sie. Sie hatte schon ewig nicht mehr auf ihre Wetter-App geschaut und keine Ahnung, was angesagt war. Sie griff nach ihrem Handy und öffnete den Wetterbericht. Tatsächlich: Für diesen Abend und die Nacht waren schwere Gewitter vorhergesagt! Und bevor Rosa sich überlegen konnte, ob sie zurück nach Bari fahren sollte, zuckte sie unter einem lauten Donnern zusammen. Sie nahm ihre Gartengeräte und den angefangenen Sack mit frischer Erde und brachte alles unter dem Laubengang in Sicherheit. Sie würde lieber hierbleiben und abwarten. Jetzt mit dem Auto über Land zu fahren war sicher keine so gute Idee.

Sie setzte sich auf einen Stuhl unter das Vordach und beobachtete, wie alles im Garten plötzlich zu tanzen begann. Ein kräftiger Wind war aufgezogen und rauschte um das Haus und durch Büsche und Bäume. Eigentlich fand Rosa stürmisches Wetter immer aufregend, und die kühle Frische, die damit einherging, war ihr nach all den heißen Tagen gar nicht so unrecht. Ein mulmiges Gefühl hatte sie trotzdem bei dem Gedanken, dass sie hier auf dem Land in einem ziemlich alten Haus saß und keine Ahnung hatte, wie so ein Sturm in Italien ablief. Sie versuchte, mehr Informationen über das Wetter im Internet zu finden, doch ihre Verbindung zeigte nur noch einen Balken an, und die Seiten wollten sich nicht mehr öffnen. Mist, dachte Rosa, jetzt spinnt auch noch die Internetverbindung.

»Ganz ruhig«, redete sie sich gut zu. »Bestimmt komme ich auch ohne Empfang klar die eine Nacht. Morgen sieht es sicher schon wieder besser aus.«

Und dann brach der Himmel auf, und schwere Regentropfen klatschten auf die Erde. In wenigen Minuten hatten sich große Pfützen auf der Dorfstraße gebildet, und das Wasser fand seinen Weg durch die undichte Überdachung der

Terrasse. Rosa floh ins Haus, wo sie sich ans Fenster stellte und das Spektakel eine Weile beobachtete. Immer wieder sah sie auf ihr Smartphone, doch es änderte sich nichts: Das Netz blieb miserabel.

Sie wollte das Beste daraus machen und sich ihren Platz am Fenster so richtig gemütlich herrichten. Aus einem Küchenschrank holte sie sich ein paar Kerzen. Und als sie ein Feuerzeug in ihrer Tasche suchte, fiel ihr das kleine Keramikhäuschen, das ihr die Verkäuferin in Noci geschenkt hatte, in die Hände. Vielleicht bringt es Glück in der Liebe, hatte sie gesagt. Rosa drehte es in ihren Fingern und platzierte es dann auf das Fensterbrett. Dann stellte sie einige Teelichter dazu und zündete sie an. Ihr warmer Schein legte sich sanft auf das glänzende Weiß des Häuschens, und jetzt sah es aus wie aus Gold. Auch auf die Treppe stellte sie einige Kerzen, sodass die Wände und der schmale Gang in ihrem flackernden Licht erstrahlten. Schon war das Ganze gar nicht mehr so unheimlich. Draußen krachte und stürmte es, der Regen klopfte unentwegt ans Fenster, und wenn Rosa in den Garten schaute, sah sie, wie sich die kleinen, schwächeren Bäume und Büsche unter dem starken Wind verbogen.

Rosa nahm sich einige Blätter Papier und einen Bleistift aus einer Schublade, setzte sich auf ihr Decken- und Kissenlager und begann, ein paar Skizzen anzufertigen. Zuerst zeichnete sie verschieden geformte Vasen, einige rund, mit dickem Bauch und schmalen Hälsen, andere zylinderförmig mit breiten Öffnungen.

Nachdem sie lange gezeichnet und immer wieder nach draußen in den Sturm gesehen hatte, überkam Rosa eine große Müdigkeit. Sie löschte die Kerzen und ließ sich geschafft in ihre Kissen sinken, schloss die Augen, und unter dem Donnern und Tosen schlief sie bald ein.

Am nächsten Morgen hatte sich der Sturm gelegt, und als Rosa die Augen öffnete, hörte sie nur ein leichtes Tropfen vor dem Fenster.

Sie stand auf und sah nach draußen. Als sie in den Garten blickte, erschrak sie. Zweige und Blätter lagen wüst auf der Wiese, einige dünne Äste waren von den Zitronenbäumen gebrochen, die gelben Früchte lagen um die Stämme verteilt, und die Lichterketten hatte der Wind davongerissen. Jetzt hingen sie über dem Zaun und lagen in den Büschen. Rosa hatte völlig vergessen, sie abzunehmen und in Sicherheit zu bringen. Aber das Unwetter hatte sie auch auf kaltem Fuß erwischt.

Jetzt fielen ihr auch ihre frisch bepflanzten Beete ein.

»Oh nein«, sagte Rosa voller Sorge zu sich selbst und lief zur Haustür. Sie rannte hinaus, und sofort fiel ihr Blick auf das große Desaster. Die Beete waren völlig überschwemmt, einige Kräuterpflänzchen hatte es weggespült, und sie lagen nun ein paar Meter weiter auf der Wiese. Rosa hielt sich die Hände vors Gesicht und seufzte laut. Sie hatte sich so viel Arbeit gemacht! Schnell griff sie sich die Kräuter, schüttelte ihre Wurzeln trocken und stellte sie unter das Vordach auf die Terrasse, damit sie ein wenig trocknen konnten. Rosa hatte keine Ahnung, ob sie dieses Trauma überleben würden, aber sie würde ihr Bestes geben, um sie zu retten. Sobald die

Beete nicht mehr so durchnässt waren, würde sie erneut alle Pflänzchen einsetzen und hoffen, dass sie sich erholten.

Frustriert begann sie, die Blätter und Zweige einzusammeln und in den hinteren Teil des Gartens auf einen Haufen zu legen. Sie löste die Lichterketten aus den Zaunstreben und den Büschen und brachte sie auf die Terrasse. Dort wollte sie sie trocknen lassen und später probieren, ob sie vielleicht doch noch funktionierten.

Danach wollte sie einkaufen fahren. Die Reste vom Kochabend mit ihren Freunden gingen zur Neige, und sie musste unbedingt ein paar Vorräte anlegen. Der nächste Supermarkt war über eine Stunde entfernt, und sie wollte nicht ständig hin und her fahren müssen. Sie sah auf ihr Smartphone. Der Empfang war noch immer so schlecht wie am Abend zuvor. Vielleicht war irgendwo eine Störung durch den Sturm aufgetreten, dachte Rosa, schnappte sich die Schlüssel und verließ das Haus.

Doch nur wenige Minuten später wurde ihr ein Strich durch die Rechnung gemacht. Schon von Weitem erkannte sie den riesigen Baum, der quer über der Straße lag. Sie war gerade einmal bis zur ersten Kurve gekommen.

»Was zum Teufel?!«, rief Rosa entsetzt. Sie stieg aus dem Auto, um sich ein Bild von der Situation zu machen. Keine Chance. Niemals würde sie den Baum allein wegbewegen können, und an ihm vorbei ging auch kein Weg. Der Straßenrand war von Natursteinmauern gesäumt, die der Baum ordentlich verwüstet hatte. Überall lagen die großen Steine auf der Fahrbahn. Es war aussichtslos. Und einen anderen Weg in den nächsten Ort und zum Supermarkt gab es nicht.

»Verdammt!«, fluchte Rosa und sah sich verzweifelt um. Was sollte sie denn jetzt machen? Sie hatte keinen Empfang und keine Möglichkeit, in den nächsten Ort zu fahren. Das Haus von Alessia und Filippo befand sich auf der anderen Seite des Baums. Jetzt war Rosa tatsächlich der Weg zur Außenwelt versperrt.

Ein wenig beunruhigt setzte sie sich wieder ins Auto und kehrte um. Es würde bestimmt bald jemand kommen und die Straße frei machen. Es musste doch einen Dienst dafür geben, der nach einem Sturm die Fahrbahnen prüfte. Oder warteten die darauf, dass man sie anrief und Verwüstungen meldete? So weit draußen würde es vielleicht auch niemanden interessieren, dachte Rosa jetzt, und ihr wurde bang. In Gedanken ging sie ihre Vorräte durch. Ein bisschen Brot hatte sie noch übrig, und ihre Freunde hatten reichlich Aufstrich besorgt, das würde bestimmt noch ein, zwei Tage reichen. Ein Stück Lasagne blieb ihr noch, eine Packung Oliven und eine Paprika lagen im Kühlschrank. Sie würde auf jeden Fall ein paar Tage klarkommen, war Rosa überzeugt. Zur Not würde sie eben zu Fuß gehen müssen. Zu Mattias Restaurant würde sie etwa eine halbe Stunde brauchen, aber wer wusste schon, ob der bereits zurück war? Zu Alessia und Filippo würde sie sicherlich mehrere Stunden laufen müssen. Also beschloss Rosa, erst mal ruhig zu bleiben und abzuwarten. Mit ein wenig Arbeit an der Töpferscheibe würde sie sich vielleicht ablenken können.

Alle paar Stunden lief Rosa auf die Dorfstraße, bis zur ersten Kurve, um nachzusehen, ob schon jemand dabei war, den Baum wegzuräumen. Aber es tat sich nichts. Niemand schien Notiz von der Straßensperre genommen zu haben. Sie spürte plötzlich, wie weit entfernt sie von allem war. Eine weitere Nacht würde sie ohne Verbindung zur restlichen Welt in der Töpferei verbringen müssen.

Wenigstens hatte sich das Wetter ein wenig gebessert. Es war zwar noch immer bewölkt, aber der Regen hatte aufgehört, und der Wind hatte sich gelegt. Rosa hatte das Gefühl, dass es jetzt noch stiller als ohnehin schon hier in dieser Einöde geworden war. Die Stille nach dem Sturm, dachte sie und ließ ihren Blick über die Felder wandern.

An diesem Abend saß sie noch lange an ihrer Töpferscheibe. Sie konnte von Glück reden, dass diese noch funktionierte und nicht irgendwo ein Baum auf eine Stromleitung gefallen war. So ganz hatte sie ihre Großstadtmentalität noch nicht hinter sich gelassen.

Als Rosa ihr letztes Gefäß fertig gedreht und ins Regal gestellt hatte, sah sie auf die Uhr. Es war weit nach Mitternacht, und sie war völlig ins Töpfern vertieft gewesen. Die Regale füllten sich langsam, und bald würde sie den ersten Brenndurchgang mit den Pastatellern starten müssen, um etwas Platz zu schaffen. Vielleicht konnte sie es morgen wagen, den Ofen anzustellen, wenn das Wetter wieder ganz stabil war. Sie schaute aus dem Fenster und sah in den ruhigen Garten. Kein Lüftchen regte sich mehr, nur ein paar kleine Tröpfchen fanden noch ihren Weg herab auf die Erde, das Unwetter schien vorüber zu sein.

22

Die Sonnenstrahlen kitzelten Rosa an der Nase, und sie öffnete langsam ihre Augen. Durch das Fenster über ihr fiel ein warmes Licht, sie konnte die winzigen Staubkörnchen tanzen sehen. Rosa streckte und erhob sich, um das Fenster weit zu öffnen und die frische Morgenluft hereinzulassen. Endlich sieht alles wieder so richtig italienisch aus da draußen, dachte sie und lächelte. Sie musste unbedingt bald die herabgefallenen Zitronen verarbeiten, vielleicht würde sie heute eine Limonade zubereiten.

Auf der Terrasse trockneten noch immer die Kräuter, das würde jetzt bestimmt ganz schnell gehen. Die Sonne wärmte schon wieder alles auf, Rosa lief barfuß in ihrem Sommerkleid durch den Garten und atmete tief durch. Als wäre sie neugeboren worden nach diesem unheimlichen Sturm, so fühlte sie sich an diesem Morgen.

Das Wasser hatte sich glücklicherweise aus ihren Beeten zurückgezogen, war schon beinahe vollkommen in der Erde versickert. Nur auf der Dorfstraße hielten sich die Pfützen standhaft.

Rosa schlüpfte in ihre Turnschuhe und stapfte durch den

Schlamm die Straße hinunter bis zur ersten Kurve. Hoffentlich hatte mittlerweile jemand den Baum wegräumen können, dachte sie. Aber vergebens. Noch immer lag er so wie vor einem Tag, stur und unbewegt, und versperrte Rosa die Durchfahrt.

»Das kann doch nicht wahr sein«, sagte Rosa verzweifelt. Nach Bari würde sie nicht mehr so schnell kommen. Auch der Supermarkt war zu Fuß sehr weit weg, besonders, da sie durch diesen Schlamm staksen müsste. Würde sich die Situation am nächsten Tag nicht ändern, wäre sie gezwungen, die Wanderung auf sich zu nehmen, denn noch länger würde sie mit den wenigen Vorräten, die ihr blieben, nicht auskommen. Aber zuerst wollte sie Mattia einen Besuch abstatten und nachsehen, ob er schon wieder zurückgekehrt war.

Rosa fand das Schild, das an Mattias Terrassentür geklebt hatte, von Wind und Regen zerfetzt auf der Wiese. Kein gutes Zeichen, dachte sie und ging langsam in Richtung Terrasse. Die Tür war noch immer verschlossen, kein Geräusch von drinnen zu hören. Außerdem war der Vorgarten verwüstet. Rosa konnte sich nicht vorstellen, dass Mattia hier gewesen war, ohne ein wenig aufzuräumen. Er war also noch immer verschwunden.

Großartig, dachte Rosa jetzt ein wenig grimmig, sie saß hier auf dem Land fest, und niemanden schien es zu interessieren. Missmutig verließ sie das Grundstück und machte sich auf den Rückweg zur Töpferei.

Die schlammige Straße hatte ihre Schuhe völlig eingesaut, und ihre Beine fühlten sich schwer an. Als sie zurück in den Garten kam, rollte sie den Gartenschlauch aus und stellte das Wasser an, um sie abzuwaschen. Doch alles, was aus der Öffnung herauskam, war eine eklige braune Flüssigkeit. Rosa erschrak ein wenig und ließ das Wasser weiterlaufen. Vielleicht hatte der Sturm etwas damit zu tun? Sie kannte sich nicht mit der Wasserversorgung in Apulien aus und hatte keine Ahnung, woher das Wasser aus ihrem Hahn stammte. Aber so konnte es doch nicht ewig bleiben, dachte Rosa und wurde nervös. Die braune Suppe plätscherte fröhlich weiter auf den Rasen und wurde kein bisschen klarer.

»So ein verdammter Mist!«, rief Rosa jetzt aufgelöst. Sie hatte gedacht, mit dem Sturm wäre das Schlimmste überstanden gewesen, und jetzt das! Sie drehte den Hahn wieder zu und ging nachdenklich zurück ins Haus. Es war zum Verrücktwerden. Das alles kam ihr langsam vor wie in einem idiotischen Horrorfilm.

Trotz allem entschied sie, sich zu beruhigen, und was war dafür besser geeignet, als sich ihren Tonstücken zu widmen. Ihre Teller waren nun trocken genug, um in den Ofen zu kommen, also platzierte sie sie auf einem langen Brett und trug sie, alles vorsichtig auf ihrer Schulter balancierend, die Treppe hinunter und raus in den Garten. Das Brett stellte sie auf einen flachen, länglichen Stein vor dem Häuschen ab, in dem sich der Brennofen befand.

Als Rosa die Tür öffnete, rollte ihr ein wenig Schutt entgegen. Erschrocken starrte sie auf den Boden, dann begriff sie und blickte nach oben, wo das Loch im Dach noch größer geworden war. Einige Ziegel mussten sich im Sturm gelöst haben und heruntergefallen sein. Und zwar direkt durch das

Loch im Dach. Rosa sah sich das Ganze genauer an und erkannte voller Entsetzen, dass die schweren Ziegelteile auch auf die Steckdose gefallen waren. Es sah nicht gut aus: Die Dose hatte sich von der Wand gelöst, und einzelne Kabel hingen heraus. Rosa griff die graue Plastikdose und drückte sie wieder an die Wand, sodass die Kabel verschwanden, doch jetzt sah sie, dass auch die Ummantelung nicht mehr ganz in Ordnung war, denn am Rand waren mehrere kleine Teile herausgebrochen.

So würde Rosa den Ofen bestimmt nicht nutzen können, und riskieren wollte sie es auf keinen Fall, jetzt, da niemand ihr wirklich helfen konnte.

Rosa trat rückwärts aus dem Häuschen und starrte auf das Dunkel hinter der halb geöffneten Tür.

Langsam kam es ihr so vor, als würde sich irgendeine übermächtige Kraft zwischen sie und ihren Traum vom Töpfern auf dem Lande stellen. Rosa hielt sich die Hände vors Gesicht, setzte sich auf die Wiese und begann zu schluchzen. Ein Missgeschick nach dem anderen hatte an ihren Nerven gezerrt, und jetzt brach es aus ihr heraus. Hatte sie es vielleicht einfach nicht in sich, das alles allein zu schaffen? Wollte ihr etwas damit sagen, sie solle besser wieder zurück nach Berlin fahren? Aber auch das war im Moment unmöglich, denn noch immer lag mitten auf der einzigen Straße, die sie mit der Außenwelt verband, ein riesiger Baum.

»Was denn nun? Soll das heißen, ich soll abhauen? Und warum wird mir dann mein einziger Ausweg versperrt?«, schluchzte Rosa verzweifelt in ihre Handflächen.

23

Rosa war ohne Brennofen so ziemlich aufgeschmissen. Sie war weder in der Lage, ihre fertigen Stücke zu brennen, noch konnte sie weiter töpfern, da ihr dazu der Platz fehlte.

Am Nachmittag beschloss Rosa, zu Alessia und Filippo zu wandern, die würden sicherlich wissen, was man in einer solchen Situation tun musste. Außerdem sprachen sie Italienisch, was es natürlich sehr viel einfacher machte, einen Räumdienst zu benachrichtigen.

Rosa packte die letzte Flasche Wasser und einen Apfel in ihren Rucksack und zog ihre verdreckten Turnschuhe an. Es war nicht das perfekte Wanderoutfit, aber es musste reichen.

Nach beinahe zwei Stunden sah Rosa in der Ferne endlich das Haus von Alessia und Filippo auftauchen. Geschafft, dachte sie erleichtert. Ihre Füße taten ihr weh, und sie hatte die Wasserflasche vollständig geleert. Jetzt war sie nicht nur völlig verschwitzt, sondern musste auch ziemlich dringend auf die Toilette. Sie legte einen Schritt zu, und nach weiteren zehn Minuten war sie an dem großen Holztor angekommen. Rosa klingelte. Beruhigt atmete sie auf, als schon nach kurzer

Zeit Alessia ihr die Tür öffnete. Sie musste ziemlich fertig aussehen, bemerkte Rosa jetzt, da Alessia sie etwas besorgt musterte.

»Rosa, was ist denn passiert, ist alles okay?«, fragte sie.

Rosa ahnte, wie zerzaust ihre Haare aussehen mussten, die voller Ton vom Töpfern waren. Sie blickte an sich hinunter: Der Schlamm der Dorfstraße war ihr bis zu den Oberschenkeln gespritzt, und ihre Beine waren von großen, braunen Flecken überzogen.

»Ich … da … ähm, nach dem Sturm«, stammelte Rosa, »da liegt ein Baum auf der Straße und ich bin hergelaufen.«

Plötzlich stellte sie fest, wie schwach sie sich fühlte. Sie begann, ein wenig zu schwanken, und Alessia hielt sie am Arm.

»Ach Gott, du Arme, komm rein! Willst du etwas trinken?«

Rosa nickte nur kurz und ließ sich ins Haus führen.

Filippo stand in der offenen Küche und war gerade damit beschäftigt, Spaghetti aus einem großen Kochtopf in ein Nudelsieb zu schütten. Als er aufschaute, hielt er inne.

»Was ist denn mit dir passiert?«, fragte er erschrocken.

»Sie ist bis zu uns gewandert, von der Töpferei!«, sagte Alessia und fügte hinzu: »Ein Baum ist wohl auf die Straße gefallen. Ruf mal schnell den Räumdienst an!«

Untereinander sprachen die beiden Italienisch, das Rosa immer besser verstehen konnte. Mit ihr aber wechselten sie ins Englische, auch wenn ihnen das etwas schwerfiel. Immerhin konnten sie sich auf diese Art gut verständigen.

Nachdem Rosa ein Glas Wasser in einem Rutsch ausgetrunken hatte, kam Filippo wieder aus einem Nebenzimmer und hielt ihr ein sauberes T-Shirt und Shorts hin.

»Hier, das ist von Alessia. Du kannst gern duschen, ich zeige dir, wo das Bad ist. Ich habe angerufen, die kommen wohl erst morgen, um den Baum wegzuräumen.«

»Solange bleibst du einfach bei uns, wir haben ein Gästezimmer«, schlug Alessia vor und lächelte Rosa an.

»Danke, ich weiß gar nicht, was ich sagen soll. Das ist wirklich lieb von euch«, sagte Rosa mit schwacher Stimme, nahm die Kleidung entgegen und folgte Filippo ins Obergeschoss, wo sich das Badezimmer befand.

Rosa schaute in den großen Spiegel, der an der Badezimmertür hing. Endlich sah sie wieder normal aus. Sie hatte sich die Haare gewaschen und gekämmt, sich abgeschrubbt und vom Schlamm befreit und Alessias saubere Kleidung angezogen. Ihre Haut war so braun gebrannt, sie erkannte sich beinahe gar nicht wieder.

Als sie die Treppe herunterkam, saßen die beiden am Küchentisch und aßen Spaghetti mit Tomatensoße und schwarzen Oliven. Auf dem Tisch stand ein dritter Teller, und Filippo zog einen Stuhl hervor, um ihn ihr anzubieten. Rosa hatte tatsächlich großen Hunger und nahm die Einladung zu Pasta und Wein gerne an. Sie setzte sich, Filippo tat ihr eine große Portion auf, und sie musste sich ganz schön zwingen, nicht ihre Manieren zu verlieren und sofort alles hinunterzuschlingen.

Während des Essens sprachen sie über alles Mögliche, nur nicht über Mattia. Alessia erzählte, wie sie vor acht Jahren das Haus in desolatem Zustand gekauft und ausgebaut hatten, wie sehr es ihre Beziehung auf die Probe gestellt und sie am Ende doch zusammengeschweißt hatte. Rosa bemerkte natürlich, dass die zwei sie gern über Mattia ausgefragt hätten. Immer wenn es eine kurze Pause im Gespräch gab, warfen sie sich Blicke zu und fingen an, sich abwechselnd zu räuspern. Doch genau in diesen Momenten ergriff Rosa wieder das Wort und lenkte die Unterhaltung in eine neue Richtung. Glücklicherweise gelang ihr das ganz gut, und Alessia und Filippo begriffen schnell, dass sie gerade keine große Lust auf ein Gespräch über ihn hatte.

Nach dem Essen fühlte Rosa sich hundemüde. Am liebsten wäre sie direkt am Tisch eingeschlafen, hätte ihren schweren Kopf auf das Platzdeckchen gelegt und wäre weggedöst.

»Komm, Rosa, ich zeige dir das Gästezimmer«, sagte Filippo freundlich. Ihre Müdigkeit musste ihr wirklich anzusehen sein.

Rosa folgte ihm in ein Nebenzimmer im Erdgeschoss und obwohl sie viel lieber einfach ins Bett gefallen wäre, musste sie kurz innehalten und diesen liebevoll eingerichteten Raum bewundern.

»Wie hübsch«, schwärmte sie und sah sich um.

»Das ist Alessias Werk, sie liebt es, Gäste zu haben«, erklärte Filippo.

Es war kein großer Raum, aber so gemütlich, dass sich Rosa vorstellen könnte, Tage ausschließlich in diesem Zimmer zu verbringen. Das Fenster gab den Blick in ihren wunderschön verträumten Garten frei, geöffnete, leicht durchsichtige Vorhänge fielen bis zum Boden. Rosa fühlte sich sofort wohl, lächelte Filippo an und versuchte, sich ein Gähnen zu verkneifen.

»Vielen Dank, dass ich heute Nacht hierbleiben darf!«

»Selbstverständlich, fühl dich wie zu Hause. Du bist bestimmt müde nach der ganzen Aufregung. Morgen wird der Baum verschwunden sein, und wir bringen dich zurück zur Töpferei«, sagte er noch beim Hinausgehen und schloss dann die Tür.

24

Und so war es dann auch. Am nächsten Morgen fuhren Filippo und Alessia sie zurück zur Töpferei und ließen es sich nicht nehmen, einen Blick in die alte Werkstatt zu werfen. Wieder im Garten, erzählte Rosa ihnen, was sie und Mattia schon alles geschafft hatten. Sie führte die beiden zum Gartenhaus.

»Ich will euch etwas zeigen, vielleicht könnt ihr mir helfen.« Rosa öffnete die Tür zum Ofen.

»Da ist in dem Sturm ganz schön was runtergekommen und hat die Steckdose beschädigt. Meint ihr, das kann man reparieren?«, fragte Rosa.

Filippo hockte sich hin und warf einen fachmännischen Blick auf die Steckdose. Er sah sich auch das Kabel genau an, das vom Haus bis hierher ins Gartenhäuschen verlegt wurde.

»Hm, das sieht schon ganz schön mitgenommen aus. Das Kabel ist definitiv beschädigt, das muss wahrscheinlich alles einmal komplett erneuert werden. Allein kann ich das nicht machen, aber ich kenne einen guten Elektriker in Bari. Ich kann ihn gleich anrufen, wenn wir zu Hause sind und dir Bescheid geben, wenn du willst?«

Rosa sah ihn nachdenklich an.

»Danke, Filippo, das ist wirklich lieb. Und du bist sicher, dass da ein Elektriker ranmuss? Das wird sicher teuer.«

»Da muss ein Profi ran. Und benutzen solltest du den Ofen so auf keinen Fall, das kann ich ganz sicher sagen.«

Er sah sie entschuldigend an.

»Na gut, du kannst ja mal fragen, und dann sehen wir weiter.«

Rosa war geknickt. Eine Erneuerung der Stromleitung konnte sie sich bestimmt nicht leisten. Vielleicht würde die Signora de Luca etwas beisteuern, aber wie wahrscheinlich war das, wenn Rosa sowieso nicht plante, für lange Zeit hier zu arbeiten? Große Reparaturarbeiten hatte die Signora sicher auch nicht eingeplant.

Als sie sich vor der Töpferei von Rosa verabschiedeten, ergriff Alessia doch die Gelegenheit, das Gespräch auf Mattia zu lenken.

»Wir haben gesehen, dass Mattia noch immer nicht zurück ist«, begann sie vorsichtig.

Rosa nickte zögerlich und schwieg.

Alessia sah Filippo kurz an und fügte dann hinzu:

»Weißt du, kurz nachdem Mattia hierher aufs Land gezogen war, haben wir einmal seine Großmutter bei ihm im Restaurant getroffen. Und ich habe mich nach deinem ersten Besuch bei uns an etwas erinnert, das sie uns damals gesagt hatte. Als Mattia in der Küche war und wir mit ihr allein auf der Terrasse saßen, bat sie uns, auf ihn aufzupassen. Sie sagte, dass er jetzt ganz besonders gute Freunde brauchte. Als ich sie fragte, was sie damit meine, sah sie plötzlich ganz traurig aus, wollte aber auch nicht mehr darüber erzählen.«

Alessia und Filippo sahen beide etwas ratlos aus.

»Irgendetwas muss in seiner Zeit in Bari vorgefallen sein, etwas ziemlich Traumatisches«, überlegte Filippo. »Ich weiß noch, wie ich ihn einmal damit aufgezogen habe, wie selten er Frauenbesuch in seinem Restaurant habe und ob das an seinen Kochkünsten läge. Da ist er richtig wütend geworden und war danach zwei Tage abgetaucht.«

Rosa sah ihn erstaunt an. Es war tatsächlich seltsam, wie wenig Mattia auch ihr aus seinem Leben erzählt hatte.

»Es tut uns leid, dass wir dir nicht besser helfen können. Mattia ist für uns leider auch manchmal noch wie ein Buch mit sieben Siegeln. Er ist eigentlich ein herzensguter Mensch, der wahrscheinlich nicht weiß, wie er mit den Schatten seiner Vergangenheit umgehen soll.«

»Ist schon gut, das ist ja nicht eure Schuld«, sagte Rosa.

»Wir werden uns Mattia mal vornehmen, sobald er zurück ist. Ich bin mir sicher, dass ihm das alles ganz schön leidtut. Und vielleicht könnt ihr dann noch mal darüber reden?«, fügte Alessia beschwichtigend hinzu.

Rosa lächelte verkrampft und zuckte mit den Schultern. Alessia sah sie zweifelnd an, als ahnte sie, dass Rosa nicht vorhatte, ewig auf eine Entschuldigung zu warten. Natürlich wäre sie sehr an einer Aufklärung interessiert. Ein wenig Sorgen machte sie sich jetzt auch um Mattia, denn anscheinend lag ihm irgendetwas ziemlich schwer auf der Seele, über das er nicht reden konnte. Mit niemandem. Und das war vielleicht auch der Grund, weshalb er sich für dieses einsame

Leben auf dem Dorf entschieden hatte. Aber sollte sie denn ewig darauf warten, dass er sich ihr endlich öffnete und Licht ins Dunkel brachte? Wenn er sich nicht einmal seinen Freunden anvertraute, weshalb sollte er ihr, die er ja gerade erst kennengelernt hatte, sein Geheimnis offenbaren?

Rosa bedankte sich etliche Male bei Alessia und Filippo für ihre Hilfe und winkte ihnen nach, als sie mit ihrer Ape davontuckerten. Dann öffnete sie das Tor, warf einen kurzen Blick auf ihre ruinierten Beete und ging zur Terrasse. Dort setzte sie sich und blickte nachdenklich auf die Zitronen, die immer noch vom Sturm abgeschüttelt auf der Wiese lagen.

Eine halbe Stunde später klingelte schon das Telefon. Es war Filippo.

»Ciao, Rosa, ich habe gerade mit dem Elektriker gesprochen. Er sagt, eine so große Arbeit würde einige Hundert Euro kosten und Außenarbeiten kann er im Moment nicht machen, weil für die nächsten Tage wieder schlechtes Wetter angesagt ist. Das wäre zu unsicher. Tut mir leid, dass ich keine besseren Nachrichten für dich habe.«

»Schon gut, grazie mille, dass du ihn angerufen hast. Ich glaube, ich muss erst mal darüber nachdenken, wie es hier mit dem Töpfern weitergehen soll«, sagte Rosa ein wenig enttäuscht. Sie hatte auf ein Wunder gehofft, darauf, dass es unkompliziert und sofort hätte repariert werden können.

Nachdem sie aufgelegt hatte, ging Rosa ins Haus, die Treppe hinauf in die Werkstatt. Sie sah sich um. Es würde keinen Sinn machen, jetzt weiterzuarbeiten. Sie hatte keinen Platz mehr, um neue Gefäße zu lagern, wenn sie nichts brennen und fertigstellen konnte. Fürs Erste würde sie zurück in die Pension zu Francesca fahren.

Vielleicht war ihr kleines Abenteuer hier auch zu Ende, dachte sie jetzt traurig. Sie hatte das Gefühl, dass alles nur noch bergab ging, seit sie Mattia von Lenni erzählt hatte. Ein bisschen kam es ihr wie ein Zeichen vor, dass das hier nicht der Neuanfang war, den sie sich gewünscht hatte. Dass alles einfach viel zu schnell gegangen war und sie noch nicht bereit, sich neu zu verlieben. Seit sie sich ihre Gefühle eingestanden und sich Mattia geöffnet hatte, stand ihr Aufenthalt unter einem schlechten Stern.

Rosa putzte die Werkstatt, befreite die Töpferscheibe, die Regale und alle Gefäße von Ton und Staub und wischte den Boden. Sie wollte das Haus in einem guten Zustand verlassen. Als sie fertig war, setzte sie sich auf den kleinen Hocker vor der Drehscheibe und blickte durch den Raum. Es war ohne Zweifel die schönste Keramikwerkstatt, die Rosa je gesehen hatte und sie würde diesen Ort schrecklich vermissen. Dann stand sie auf und ging langsam die Treppe hinunter.

Als sie in ihrem Rucksack nach dem Autoschlüssel suchte, fand sie ganz unerwartet die kleine Postkarte, die sie in Berlin in Pettis Laden gefunden und mitgenommen hatte.

PS. Über Apulien leuchtet die Liebe, stand auf der Rückseite. Rosa musste sofort an Mattia denken. Was für ein seltsamer Zufall, dachte sie und betrachtete noch einmal das Foto auf der Karte. Es war Polignano al Mare, der Ort, an dem sie ihren gemeinsamen Abend verbracht hatten. Der Ort, an dem ihr vermeintlich neues Leben begann. Und ausgerechnet der Ort, an dem Mattia ihr diesen Satz gesagt hatte.

Sie lehnte die kleine Karte an die Vase, die seit ihrer Ankunft hier auf dem Tisch gestanden hatte. Dann nahm sie ein Blatt Papier, einen Stift und setzte sich, um mit schwerem Herzen eine Nachricht zu schreiben:

Wer auch immer als Nächstes diesen verzauberten Ort betritt, dies ist ein Geschenk von einer temporären Bewohnerin, die hier beinahe ihr Glück gefunden hätte.

Rosa

Sie setzte das Datum unter den Text, dann legte sie den Zettel neben die Postkarte. Vielleicht würde sie einem anderen Menschen einen Neuanfang bescheren. Rosa fand diese Vorstellung schön. Und sie wollte, dass etwas von ihr in Italien blieb, wenn sie dieses wunderschöne Land wieder verlassen würde.

Langsam zog sie die Tür zu, warf noch einmal einen Blick in das dunkle Zimmer, das sie nun sehr wahrscheinlich für immer zurücklassen würde. Ihr kamen die Tränen. Sie ging den kleinen Weg zum Gartentor, drehte sich noch einmal um.

Dann stieg sie in ihr Auto. Wie um sie zu verhöhnen, strahlte der Himmel jetzt in einem makellosen Hellblau auf sie herab. Keine einzige Wolke war zu sehen. Die Zikaden lärmten, als hätten sie nach dem Unwetter Angst, niemand würde ihnen mehr zuhören, als wäre der ohrenbetäubende

Donner eine Konkurrenz für sie gewesen. Lediglich eine leichte Brise ließ die Blätter der Olivenbäume im Sonnenlicht flimmern.

Rosa umfasste mit beiden Händen das Lenkrad und atmete tief durch. Auf geht's, dachte sie. Jetzt bloß nicht in den Rückspiegel sehen. Blick nach vorn.

Sie drehte das Radio laut auf und fuhr los.

Sie holperte über die schlechte Landstraße, vorbei an den Natursteinmauern, den Olivenhainen, den gelben Kornfeldern.

Es war die Straße, die sie am Meer entlangführen würde. Nach einer halben Stunde blitzte schon ein kleines Stück Blau am Horizont auf. Ein winziges Dreieck, das zwischen den grünen Hügeln und dem hellblauen Himmel eingezwängt lag. Doch schnell wurde es größer, nahm immer mehr Fläche ein, Rosa bemerkte, wie sie automatisch beschleunigte, als ginge eine starke Anziehungskraft von diesem Meer aus. Bald zog es sich über den gesamten Horizont.

In diesem Moment fühlte Rosa es ganz deutlich: Noch einmal wollte sie die glänzend weißen Häuschen in den Klippen sehen und das goldene Meer in der Abendsonne. Sie nahm kurzerhand die Ausfahrt nach Polignano. Es war der erste Ort gewesen, an dem sie sich nach dem Tod von Lenni so richtig frei und leicht gefühlt hatte, und der Ort, mit dem das alles in Pettis Postkartenladen begonnen hatte.

Sie dachte wieder an Mattia und wie er sie an einem ihrer ersten Tage in Italien hierhergebracht hatte. Dieser Abend mit ihm, das ausgelassene Tanzen war einer der schönsten Momente für sie auf dieser Reise gewesen. Ein wenig Sehnsucht nach diesen ersten Tagen stieg in ihr auf. Sie vermisste die Leichtigkeit, das Gefühl, etwas Neues könnte beginnen. Sie vermisste Mattia.

Rosa parkte das Auto am Ende der Straße, von der ein kleiner Sandpfad auf die Klippen führte. Sie befand sich oberhalb von Polignano und konnte von hier auf das hübsche Städtchen herabblicken. Ihr Herz schlug schneller, als sie sich der Anhöhe näherte. Das Meer rauschte weit unten und schlug seine Wellen gegen die Felsen.

Sie stellte sich nah an den Abgrund und sah hinunter, bis ihr schwindelig wurde und sie zwei Schritte zurücktreten musste. Noch einen Moment wollte sie hierbleiben und dann runter ans Meer gehen, um zu schwimmen. Der Strand, den sie von hier aus sehen konnte, war menschenleer, sie würde sich ganz allein in dem kühlen, türkisfarbenen Nass erfrischen können. Rosa lächelte. Gleichzeitig füllte sich ihre Brust mit einem wehmütigen Gefühl, einem unangenehmen Kribbeln, wie vor einer wichtigen Prüfung.

Rosa setzte sich auf einen großen Stein, der von der Sonne aufgewärmt war, stützte ihre Ellbogen auf ihre Oberschenkel und legte ihr Kinn in die Hände. So blickte sie eine Zeit lang regungslos in die Weite und versuchte, alles um sich herum auszublenden, nur das Rauschen des Meeres und das Kreischen einiger Möwen wollte sie hören. Es gelang ihr.

Bis sie plötzlich in der Ferne einen ratternden Motor wahrnahm. Sosehr sie sich aufs Meer zu konzentrieren versuchte, das Motorengeräusch kam näher und wurde immer lauter. »Es wäre auch zu schön gewesen!«, sagte Rosa vor sich hin und verdrehte die Augen. Sie wollte diesen Moment nicht mit anderen Touristen teilen. Also entschied sie, doch schon direkt an den Strand zu gehen, bevor sie auch dort nicht mehr allein sein würde. Sie erhob sich von ihrem Stein und trat den Rückweg zu ihrem Auto an. Sie beobachtete, wie am Ende des kleinen Pfades eine Ape parkte. Sah gar nicht nach Touristen aus, dachte sie. Als sie näher kam, stutzte sie ein wenig. Irgendwie kam es ihr so vor, als hätte sie genau diese Ape schon einmal gesehen. Das rote, etwas rostige Metall, der offene Anhänger. Die sah aus wie die von Alessia und Filippo, dachte Rosa.

Als das Fahrzeug wenige Schritte von ihr entfernt zum Stehen gekommen war, öffnete sich langsam die Fahrertür. Die Sonne blendete so sehr, dass Rosa nicht erkennen konnte, wer aus der Ape stieg, aber sie sah eine Gestalt neben der Tür stehen bleiben, und es schien so, als würde sie ihr zuwinken. Jemand anders war ja nicht hier, sie musste gemeint sein.

Während Rosa sich der Person weiter näherte, hielt sie sich eine Hand flach an ihre Stirn und kniff ihre Augen zusammen, um mehr zu erkennen. Kurze, vom Wind verwuschelte Haare, schlank, groß … jetzt erkannte sie sein Lächeln, und diese ihr so vertraute Stimme rief: »Ciao, Rosa!«

25

Mattia.

Da stand er neben der roten Ape, der Wind fuhr ihm durch die dunklen Haare, und seine ganze Gestalt wurde von der Sonne in einen goldenen Schein getaucht.

Viel zu dramatisch, dachte Rosa.

Vor lauter Überraschung war sie stehen geblieben, und nun standen sie sich gegenüber, nur wenige Meter trennten sie, und sahen sich an. Mattia schenkte Rosa sein charmantestes Lächeln, aber seine Augen verrieten ihr, wie unsicher er war. Immer wieder wanderte sein Blick in Richtung Boden, und auch seine Mundwinkel sanken nach einer Weile, da Rosa keine Regung zeigte, langsam wieder nach unten.

Was sollte das jetzt? Rosa versuchte fieberhaft, die Situation einzuschätzen und eine Entscheidung zu treffen. Würde sie es fertigbringen, an ihm vorbeizugehen und in ihr Auto zu steigen? Wegfahren, ohne ein Wort? Oder sollte sie ihn doch lieber zur Rede stellen? Tief in ihrem Inneren regte sich aber noch ein anderes Gefühl, der sehnsuchtsvolle Wunsch, loszurennen und ihm in die Arme zu fallen. Aber nein, natürlich würde es so nicht laufen, das wäre viel zu einfach, und wenn sie ihm überhaupt noch mal zuhören wollte, dann musste er schon wirklich eine gute Erklärung parat haben.

Nach einigen Sekunden begann Mattia, langsam auf sie zuzugehen. Er fuhr sich mit der einen Hand durch die Haare und sah Rosa an, als wolle er ihr sagen, wie leid ihm alles tue. Ja, dieser Blick hatte es in sich, denn jetzt lächelte Mattia nicht mehr. Plötzlich sah er ganz ernst aus. Er blieb vor ihr stehen, und sie atmete tief ein.

Hatte er Tränen in den Augen? Oder irrte sich Rosa etwa? Mattia trat noch einen Schritt näher an sie heran, hob seine Hände, als hielte er etwas sehr Schweres vor seinem Körper und atmete tief ein. Jetzt sah sie es ganz deutlich: Da waren wirklich Tränen.

»Rosa … mir tut das alles leid. Wirklich. Ich hätte gar nicht mehr damit gerechnet, dass ich dich noch einhole. Als ich den Zettel in der Werkstatt gefunden habe, dachte ich, dass du längst über alle Berge bist, und es hat mir beinahe das Herz gebrochen.« Er stockte.

Rosa sah ihn schweigend an.

»Ich habe großen Mist gebaut, Rosa, das weiß ich. Aber … es ging nicht anders. Als du mir von deinem Freund erzählt hast, Lenni, wurde es um mich herum dunkel. Ich war wie erstarrt und wusste nicht, wie ich aus dieser Erstarrung herausfinden sollte. Das alles ging so schnell. Ich hatte nicht damit gerechnet …«

Wieder atmete Mattia tief ein, fuhr sich mit der Hand durch die Haare und über das Gesicht. Es fiel ihm sichtlich schwer weiterzusprechen.

»Deine Offenheit, mit mir über den Tod von deinem geliebten Freund zu sprechen, hat in mir so viele Erinnerungen hervorgeholt. Und alles kam wie eine große Flut nach oben, alle Gefühle, die ich längst vergraben hatte.«

Rosa sah zu Boden. Das hatte sie nicht erwartet. Ihn jetzt, an diesem Ort, wiederzusehen. Und schon gar nicht diese Worte und seinen Blick, der mit jedem weiteren Satz mehr von seiner tiefen Trauer offenbarte. Am allerwenigsten hatte sie mit den Gefühlen gerechnet, die jetzt in ihr rumorten. Traurigkeit, Mitgefühl, aber auch eine seltsame Geborgenheit machten sich in ihr breit, während Mattia ihr seine Geschichte erzählte.

»Ich habe auch jemanden verloren«, sprach er nun leise weiter, »meine Freundin Maria. Vor drei Jahren. Ich wollte sie heiraten, das wusste ich schon seit unserem ersten Treffen. Sie war liebevoll und lustig, voller Leben und Energie. Sie wollte so viel verändern, arbeitete ständig an irgendeinem Projekt. Wir stritten so oft, weil sie so viel Zeit mit der Arbeit verbrachte. Ich war egoistisch, aber das verstand ich damals noch nicht. Wir lebten in einer kleinen Wohnung in Bari, wir wollten irgendwann ein Haus kaufen, auf dem Land. Maria wünschte sich einen Garten und einen Hund.« Mattia lächelte, und eine Träne lief seine Wange hinunter. Auch Rosa konnte ihre Tränen nicht mehr zurückhalten.

»An dem Tag, als es passierte … wir stritten viel zu dieser Zeit, und an diesem Tag gerieten wir in einen sehr großen Streit. Sie wollte, dass ich sie mit dem Auto zur Arbeit fahre, obwohl sie mir versprochen hatte, den Tag mit mir zu verbringen. Ich war so wütend! Und dann kam dieses andere

Auto, nahm mir einfach die Vorfahrt und raste in die Seite. Die Seite, auf der Maria saß.«

Mattia schluckte und schwieg. Jetzt nahm Rosa seine Hände in ihre und sah ihm in die Augen.

»Du musst das alles nicht erzählen, Mattia, es ist okay …«, sagte sie sanft. Er schüttelte den Kopf.

»Nein, ich will es erzählen. Ich muss es endlich erzählen. Es ist wichtig, verstehst du? Ich will es loswerden, so wie du es losgeworden bist. Ich weiß, dass es richtig ist, auch wenn es mich zerreißt. Es war nicht meine Schuld. Ich weiß das. Ich habe es immer wieder gehört, von allen um mich herum, von der Polizei, den Ärzten, meinen Freunden, meiner Nonna. Ich habe es mir immer wieder selbst gesagt. Aber da blieb dieses grausame Gefühl, das nicht gehen wollte. Ich dachte, egal, was alle sagen, was ich mir einzureden versuche, es war doch meine Schuld. Ich hätte nicht so wütend sein sollen, ich hätte mich mehr konzentrieren sollen, vielleicht hätte ich ausweichen können. Der andere Fahrer war betrunken gewesen. Er war zu schnell gefahren.«

Rosa schüttelte kräftig den Kopf und legte eine Hand auf Mattias feuchte Wange.

»Da bleibt immer ein Schuldgefühl zurück, Mattia, egal, was passiert ist. Selbst ich fühle mich schuldig, und wie hätte ich eine Krankheit, wie hätte ich Krebs verhindern können? Und du, wie hättest du ahnen können, dass genau in diesem Moment ein betrunkener Fahrer die Kontrolle verlieren würde. Diese Schuldgefühle gehören dazu, glaube ich. Vielleicht, weil wir diejenigen sind, die weiterleben dürfen.«

Mattia schwieg und blickte Rosa tief in die Augen. Noch

immer lag ihre Hand auf seiner Wange. Mit einem Mal waren alle schlechten Gefühle verschwunden, Rosa konnte nicht mehr sauer auf Mattia sein, wie sollte sie auch? Seine Geschichte war tieftraurig, und er war ihr in diesem Moment so nah wie nie zuvor. Endlich hatte er sich ihr geöffnet, endlich konnte sie verstehen, was ihn zu seinem Verhalten getrieben hatte, weshalb er verschwinden musste. Sie verstand sehr gut, wie sich das anfühlte und wie schwer es manchmal fiel, darüber zu reden.

»Weißt du, ich wollte dir das alles schon viel früher erzählen«, fuhr Mattia jetzt fort. »Aber der Sturm hat mich festgesetzt. Ich konnte nicht weg! Und ich habe mir so große Sorgen um dich gemacht, ich wusste ja nicht, ob du vielleicht ganz allein in dem alten Keramikerhaus sitzt. Mit dem Telefon konnte ich dich auch nicht erreichen.«

Auf Rosas Lippen legte sich ein schwaches Lächeln.

»Du wirst es nicht glauben, aber ich saß tatsächlich die ganze Zeit in der Töpferei und hatte keinen Empfang. Und dann ist auch noch ein Baum auf die Straße gefallen, und ich kam überhaupt nicht mehr weg.«

Jetzt lächelte Mattia auch, musterte Rosa aber gleichzeitig besorgt.

»Ist das wahr?«, fragte er. Sie nickte.

»Ich bin so froh, dass dir nichts passiert ist. Es war ein heftiger Sturm. So schlimm war es lange nicht mehr.«

»Für einen Moment dachte ich, ich würde verhungern. Die Vorräte waren fast alle«, lachte Rosa. All die Sorgen der letzten Tage fielen in diesem Moment von ihr ab. »Aber Alessia und Filippo haben mich aufgenommen und dafür gesorgt, dass der Baum beseitigt wird.«

»Wie bist du denn zu ihnen gekommen? Gelaufen?« Mattia sah sie überrascht an.

»Und ob! Ich habe mir meine Wanderausrüstung angezogen und bin losgestiefelt. Fast zwei Stunden durch die italienische Pampa.«

Jetzt lachten beide. Nach einer Weile senkte Mattia wieder den Blick.

»Rosa«, sagte er leise, ohne sie anzusehen, »ich kann mir ein Leben in dieser Pampa ohne dich nicht mehr vorstellen.«

Rosa wurde warm, sie konnte sich ein Grinsen nicht verkneifen. Wie sehr hatte sie auf diese Worte gehofft. Und in diesem Moment wusste sie, dass sie genau das auch wollte. Mit Mattia hier in Italien bleiben. Plötzlich fiel ihr die Entscheidung ganz leicht.

»Na ja«, flüsterte sie, »vielleicht kann Berlin noch ein bisschen warten.«

Mattia sah wieder auf, seine Augen leuchteten, und ein Lächeln lag auf seinen Lippen. Wie ein kleiner Junge sah er jetzt aus, dachte Rosa. So viel Wahrhaftigkeit und ehrliche Freude konnte sie in seinem Gesicht sehen, und sie war froh, endlich wieder den Mattia vor sich zu haben, in den sie sich so völlig ungeplant verliebt hatte.

Jetzt zog Mattia etwas aus seiner Hosentasche und hielt es ihr unter die Nase. Die Postkarte! Rosa sah ihn fragend an.

»Ich habe eine alte Postkarte von mir auf dem Tisch gefunden«, sagte er, »woher hast du die?«

»Was? Die habe ich in Berlin gefunden. Sie war der Auslöser, weshalb ich nach Apulien gekommen bin«, erklärte Rosa ein wenig verwirrt.

Mattia sah sie jetzt mit großen Augen an, dann schüttelte er ungläubig den Kopf.

»Dann habe ich dich wohl zu mir geführt«, sagte er und lächelte. »Diese Postkarte habe ich vor über zwanzig Jahren an meine Tante in Deutschland geschickt!«

Was erzählte er da? Rosa war völlig perplex und wusste nicht, was sie sagen sollte. Das konnte doch nicht wahr sein? Aber irgendwie passte auch alles zusammen. Seine Tante in Deutschland, sein Lieblingsort Polignano und der Satz auf der Rückseite, den er auch ihr gesagt hatte. Rosa glaubte eigentlich ganz und gar nicht an Schicksal, aber das schrie so offensichtlich nach einer wunderbaren Fügung, dass sie gar nicht anders konnte. Hatte sie diese kleine unscheinbare Postkarte tatsächlich hierhergeführt? War es ihnen vorherbestimmt gewesen, sich zu treffen und zu verlieben?

Rosa hielt sich ihre Hände vors Gesicht und schüttelte den Kopf, dann begann sie herzhaft zu lachen. Auch Mattia lachte jetzt. Als sie ihre Hände wieder herunternahm, sah sie in seine großen braunen Augen. Er war wieder ganz ruhig und schaute sie an. Dann legte er ihr erst seine eine Hand, dann die andere auf die Wangen. Ihr Herz begann wie wild zu klopfen, und sie spürte, wie der Boden unter ihren Füßen ganz weich wurde, sie sich beinahe nicht mehr halten konnte. Langsam kam er näher, bis ihre Gesichter ganz nah beieinander waren. In diesem Moment waren die katastrophalen vergangenen Tage vergessen, einfach so. Als hätte sie jemand mit einem Fingerschnipsen ausgelöscht. Ganz sanft berührten seine Lippen ihre, und Rosa versank in diesem Kuss wie im weiten türkisen Meer, ließ sich davontreiben, sich mitreißen und vergas alles um sich herum.

Epilog

Guarda l'alba che ci insegna a sorridere,
quasi sembra che ci inviti a rinascere.
Tutto inizia, invecchia, cambia forma.
L'Amore tutto si trasforma,
persino il dolore più atroce si addomestica.

(Schau auf die Morgendämmerung, die uns das Lächeln lehrt,
sie scheint uns fast einzuladen, wiedergeboren zu werden. Al-
les beginnt, wird alt, verändert seine Form.
All die Liebe verwandelt sich,
selbst der grausamste Schmerz wird gezähmt.)

Es war Spätsommer. Endlich konnte Rosa die Feigen aus dem Garten ernten, auf die sie sich schon so lange gefreut hatte. Einen ganzen Korb voll brachte sie in die Küche und stellte ihn auf den kleinen Holzwagen, der neben dem großen Kühlschrank stand. Mit einem Lächeln blickte sie auf die Postkarte, die an der Kühlschranktür hing. Ihre Schicksalskarte, die sie zu Mattia geführt hatte. Den Magneten, der die Karte hielt, hatte Rosa selbst gebastelt. Es war das kleine Keramikhäuschen aus Noci.

Der Tag war herrlich golden, weit entfernt auf den Hügeln war das Geräusch von Traktoren und der Gesang der Weinbauern zu hören. In ihren Weinbergen lasen sie die dicken, süßen Trauben per Hand, sammelten sie in großen Kisten und luden sie auf die Anhänger, um sie dann zum Pressen zu bringen. In den letzten Monaten hatte Rosa viel über das Landleben gelernt, hatte Weinverkostungen besucht und bei der Olivenernte geholfen. Sie wusste jetzt sogar, wie Olivenöl hergestellt wurde. Ihr Leben hatte sich um hundertachtzig Grad gedreht. Und sie war glücklich darüber. Nicht nur glücklich, sondern auch hochzufrieden. Dieser Neuanfang hatte sie mit frischer Energie erfüllt und mit so viel Tatendrang.

Sie hatte eine Weile in Gedanken versunken in der Küche gestanden und auf die vielen kleinen Küchlein gestarrt, die aufgereiht auf der Anrichte standen. Jetzt spürte sie eine Hand auf ihrer Schulter, die langsam über ihren Nacken streichelte.

»Ciao bella! Oh, die sehen sehr gut aus!«

Mattia griff sich eine dicke Feige und biss hinein.

»Mmmh, und schmecken auch so! Es sind ungewöhnlich viele dieses Jahr.«

Rosa drehte sich zu ihm um und lächelte. Seine großen braunen Augen musterten sie, und er legte dieses Grinsen auf, an das Rosa sich wohl nie gewöhnen würde. Noch immer ließ es die Schmetterlinge in ihrem Bauch aufflattern.

»Wer hat denn gesagt, dass du dir einfach eine nehmen darfst?«, fragte sie jetzt neckisch.

»Hey, ich bin hier der Chefkoch und darf so viele Feigen essen, wie ich will!«, antwortete Mattia grinsend.

»Dann bleibt aber nichts mehr für die Gäste, und das wäre wirklich schade, nachdem wir doch allen deine Feigen-Schoko-Torte angepriesen haben!«

»Das sind sowieso viel zu viele Feigen! Komm, du musst unbedingt eine probieren!«

Rosa rollte scherzhaft mit den Augen, als Mattia eine weitere Feige griff und ihr vor den Mund hielt. Sie biss hinein und schloss genüsslich die Augen.

»Wahnsinn! Okay, überzeugt, lass uns einfach alle direkt aufessen«, lachte Rosa.

»Sag ich doch!«

Mattia umarmte Rosa und hob sie hoch, sie legte ihre Arme um seinen Hals und gab ihm einen Kuss auf den Mund. Dann setzte er sie wieder zügig auf den Boden und machte ein ernstes Gesicht.

»Genug gealbert, ich habe noch viel zu tun. Wenn heute Abend alles fertig sein soll, muss ich mich ranhalten. Und du auch, Signorina!«

»Va bene, Chef!«, antwortete Rosa scherzhaft gehorsam und ging aus der Küche.

Während Mattia damit beschäftigt war, ein unglaublich gutes Essen zuzubereiten, widmete sich Rosa der Tischdekoration. Sie hatte einige Zweige Rosmarin und Lavendel gepflückt und alles mit einer kleinen lila Schleife umwickelt. Dann hatte sie Namensschilder an den Sträußen befestigt und auf die blauen Beilagenteller gelegt, die sie extra für dieses Fest getöpfert hatte. Auch große flache Teller und Pastateller hatte sie in den letzten Wochen hergestellt. Von morgens bis abends hatte Rosa an der Töpferscheibe gesessen, Glasuren aufgetragen, und auch der Ofen war ununterbrochen gelaufen und hatte Geschirr gebrannt. Es war das größte Projekt, das Rosa in ihrer bisherigen Töpferkarriere fertiggestellt hatte, und sie war wirklich stolz, jetzt, da sie alle Stücke so schön aufgereiht auf dem langen Holztisch stehen sah. 35 Gäste erwarteten sie, die gedeckte Tafel sah zauberhaft aus, und Rosa wurde von Minute zu Minute aufgeregter. Es war kein üblicher Abend im Restaurant, an dem eine Gruppe von Gästen aus Bari kam. Nein, dieses Fest war etwas ganz Besonderes. Rosa hatte ihm monatelang entgegengefiebert, jedes kleinste Detail organisiert und durchdacht, schon vor Wochen hatte sie das genaue Tischkonzept ausgeklügelt.

Auch Mattia hatte sehr viel Arbeit in sein Menü gesteckt, geplant und getestet, was das Zeug hielt. Rosa hatte sicher ein paar Kilo zugelegt bei all dem Vorkosten, für das sie bereitgestanden hatte. Sie durfte Schokotorte, Feigensoße, Orechiette con le cime di rapa, selbst gemachtes Gelato und Semifreddo, Fisch, Pasta und Lasagne und vieles mehr probieren. Ihr Urteil war immer dasselbe gewesen: himmlisch! Es war der beste Job überhaupt, fand sie und scherte sich nicht um ein paar Fettpölsterchen mehr. Am allerwichtigsten ist es, gut und zufrieden zu leben, und dazu gehörte es auch, gut zu essen. Das war eine Lebensphilosophie, die Mattia und sie mittlerweile perfektioniert hatten.

Und natürlich würde es auch den besten Wein aus der Region geben. Mattia hatte direkt fünfzig Flaschen bestellt, als sie zusammen bei der Weinlese und anschließender Weinverkostung gewesen waren. Jetzt konnte Rosa allen erzählen, dass sie höchstpersönlich die Trauben für diesen köstlichen Tropfen geerntet hatte.

Alles sollte perfekt sein für diesen Abend. Denn endlich würde sie ihre Freunde aus Berlin und London wiedersehen. Mattia hatte vor Monaten die Idee gehabt, ihre und seine Freunde zu einem gemeinsamen Festessen einzuladen, und Rosa war sofort Feuer und Flamme für seinen Plan gewesen. Anna hatte im vergangenen Sommer endlich ihre große Liebe getroffen, und dann war alles ganz schnell gegangen. Sie war schwanger geworden! Nicht unbedingt geplant, hatte sie Rosa lachend eröffnet, aber umso mehr freute sie sich jetzt darauf. Rosa konnte es kaum erwarten, Anna mit ihrem Kugelbauch zu sehen und natürlich den zukünftigen Papa dazu kennenzulernen.

Rosa hatte es einige Nerven gekostet, alle Gäste gleichzeitig zusammenzubekommen. Es hatte unbedingt im Spätsommer sein sollen, wenn es nicht mehr zu heiß, aber die Abende noch mild waren, wenn die Wein- und Olivenernte vorüber und die leckersten Früchte reif waren. Außerdem hatte Rosa es sich in den Kopf gesetzt, ihre Freunde zur Feigenzeit einzuladen, und so hatte es dann auch sein müssen. Ein wenig waren die Feigenbäume ein Gleichnis ihres Neuanfangs geworden, dachte Rosa. Die grünen unreifen Früchte hatte sie schon im Juni sehnsuchtsvoll bewundert, sie verhießen eine süße Zukunft, denn erst im September sollten sie reif und genießbar sein. Wenn Rosa daran dachte, wie lange diese Früchte reifen mussten, damit man sie endlich ernten und genießen konnte, verglich sie diesen Prozess mit ihrem eigenen neuen Leben, das kompliziert und etwas ungenießbar begonnen hatte, aber nach einiger Zeit, mit viel Geduld und Sonne, zu der süßesten Zeit ihres Lebens geworden war.

Sie konnte es kaum erwarten, ihre beste Freundin Anna und die verrückte Petti endlich wieder in ihre Arme zu schließen. Und natürlich freute sie sich auch riesig, Sue, Freddie und Emilio wiederzusehen und all die anderen Freunde und Bekannten aus Bari und der Umgebung. Sie alle hatten zugesagt und waren in diesem Moment, in dem Rosa vor der hübsch gedeckten Tafel stand, auf dem Weg zu ihr in das italienische Hinterland.

Es war ein seltsames Gefühl, die Gastgeberin dieses Abends zu sein. Ein Abend wie Rosa ihn aus kitschigen Liebesfilmen kannte. Vor einigen Monaten hatte sie dieses Leben noch verflucht, war kurz davor gewesen, zurück nach Berlin zu fahren. Niemals hätte sie sich ihre Zukunft, so wie sie jetzt gekommen war, erträumt. Und ja, sie fühlte sich noch immer, als wäre sie in einem wunderschönen Traum, aus dem sie niemals wieder erwachen wollte.

Gemeinsam mit Mattia hatte sie die Töpferei tatsächlich wieder zum Laufen gebracht, die Schäden nach dem großen Sturm reparieren lassen und sogar ein kleines Badezimmer und eine Schlafecke eingebaut. Hier verbrachte sie allerdings nur die besonders langen Nächte, wenn sie bis weit nach Mitternacht noch an der Töpferscheibe saß und wieder einmal nicht loskam von der Umsetzung einer neuen Idee.

Normalerweise schlief sie bei Mattia. Er hatte eine geräumige Wohnung direkt über dem Restaurant, und Rosa liebte es, jeden Morgen mit ihrem Kaffee barfuß auf die Terrasse zu tapsen und von den ersten Sonnenstrahlen und dem Zirpen der Zikaden geweckt zu werden. Meistens stand Mattia dann schon in der Küche und klapperte mit Töpfen und Pfannen. Und immer war auch schon ihr Frühstück längst vorbereitet, das er mit seinem breiten Lächeln herausbrachte, während Rosa sich noch verschlafen streckte. Gemeinsam saßen sie dann lange auf der Terrasse, aßen, tranken Kaffee und besprachen, was sie für den Tag geplant hatten. Dann machte Rosa sich mit der Vespa auf den Weg in die Töpferei.

Mattias Restaurant war endlich etwas besser besucht. Rosa hatte ein wenig Überzeugungsarbeit leisten und ihn dazu bringen müssen, einige seiner Kreationen auf dem Wochenmarkt in Bari anzubieten, um Werbung zu machen und Gäste anzulocken. Außerdem hatte sie einigen Reisebloggern geschrieben, und tatsächlich hatten die ersten schon den Weg zu ihnen aufs Land gefunden und sehr begeisterte Artikel verfasst. Die Kombination eines unglaublich leckeren italienischen Essens mit hübscher Keramik, gefertigt in einer Landtöpferei, war natürlich ein gefundenes Fressen für alle Hipster-Großstädter, die auch mal ein wenig Landleben erfahren wollten. Rosa war selbst überrascht von ihren Marketingkünsten, und auch Mattia war ein wenig sprachlos gewesen, als plötzlich all diese Menschen anriefen, um einen Tisch zu reservieren. Eines Abends, als der Trubel vorbei war, nahm er Rosa fest in den Arm und küsste sie leidenschaftlich.

»Meine Berliner Hipster-Flüsterin, was würde ich nur

ohne dich machen? Wer hätte gedacht, dass ich doch einmal ein erfolgreicher Restaurantbesitzer werde?«, lachte er.

Natürlich hatte sie die Blogger gleich auch noch durch ihre Werkstatt geführt. Sie hatten Hunderte Fotos geschossen, waren gar nicht mehr herausgekommen aus dem Schwärmen.

Ihre Keramik hatte sie schon an einige Restaurants und Cafés in der Umgebung und in Bari verkaufen können, und so langsam sprach sich ihre Arbeit herum. Immer wieder bekam sie größere Aufträge für Geschirr, das sie dann einige Wochen später in den Etablissements bewundern konnte. Es freute Rosa sehr, ihre Keramik in diesen hübschen italienischen Lokalen zu sehen und das unglaublich gute Essen davon zu genießen. Für sie fühlte sich das immer noch etwas unwirklich an.

Die meiste Zeit hatten sie aber ihre Ruhe hier draußen, und nur die Vögel und Zikaden und das Rauschen der Bäume waren zu hören. Und Rosa wollte, dass das für immer so blieb.

Als Mattia die Treppe herunterkam, konnte sich Rosa ein verliebtes Schmunzeln nicht verkneifen. Noch immer spürte sie dieses Kribbeln im Bauch, wenn sie ihn ansah. Er hatte sich herausgeputzt, sah aber keinesfalls overdressed aus. Die Jeans und das lockere hellblaue Leinenhemd standen ihm ausgesprochen gut, und der italienische Sommer hatte seine Haut noch mehr gebräunt. Er drehte sich einmal im Kreis, und Rosa begutachtete ihn von allen Seiten.

»Annehmbar«, sagte sie nur, und er rollte mit den Augen. Sie lachte und küsste ihn.

»Nein, nein, du siehst natürlich wie immer umwerfend schön aus«, übertrieb sie jetzt ein wenig.

»Umwerfend schön ist hier nur eine«, gab Mattia zurück und begutachtete nun auch Rosa.

Sie hatte ein leichtes pastellgelbes Sommerkleid angezogen, dazu braune Ledersandalen mit dünnen Riemchen, und in ihre langen, lockigen Haare hatte sie ein paar Blüten aus dem Garten geflochten.

»Wie der Sommer höchstpersönlich«, lächelte Mattia verliebt.

»Jetzt aber genug der Komplimente«, kicherte Rosa, »die Gäste müssen jeden Moment eintreffen!«

Und als Rosa die freudigen Rufe ihrer besten Freundin vernahm, die nur wenige Minuten später aus dem Auto gesprungen kam, fiel ihr ein riesiger Stein vom Herzen. Überglücklich rannte sie über die Wiese zur Dorfstraße und fiel Anna in die Arme.

»Rosa, wie wunderschön es hier ist! Und wie wunderschön du aussiehst, wow!«, rief Anna, als sie sich aus der Umarmung gelöst hatte und Rosa von oben bis unten anschaute.

»Wie sehr ich dich und deine Komplimente vermisst habe, Anna!«, lachte Rosa.

»Aber lass dich mal ansehen, du bist ja hier wohl die Allerschönste!«, schwärmte Rosa und betrachtete Anna und ihren runden Babybauch.

»Er war ganz aufgeregt, hat den ganzen Flug über getreten.«

»Er? Es wird ein kleiner Er?«, fragte Rosa gespannt.

»Ja, ein toller kleiner Er!«, antwortete Anna strahlend. Dann gesellte sich auch ein junger Mann zu ihnen, der während ihrer Begrüßung im Hintergrund geblieben war, jetzt aber mit einem sehr charmanten Lächeln Rosa die Hand reichte.

»Das ist Fabian«, stellte Anna ihren Freund vor.

»Freut mich sehr, ich habe ja schon viel von dir und deinem turbulenten Neustart gehört, Glückwunsch!«, sagte Fabian fröhlich. Rosa mochte ihn sofort, und die beiden wirkten wirklich wie füreinander gemacht.

Auch Petti stieg nun aus dem Auto, ein breites Lächeln im Gesicht und die Arme weit ausgestreckt. Genau wie Anna war auch sie in Begleitung gekommen, hatte aber nicht verraten wollen, wen sie mitbringen würde. Hinter ihr stieg ein hochgewachsener, schlanker älterer Herr aus dem Auto, sehr adrett gekleidet, eine kleine runde Brille auf der Nase und graue, zum Pferdeschwanz gebundene Haare.

»Liebes, Liebes, komm her, lass dich drücken! Was machst du denn nur, eine alte Dame auf so eine verrückte Reise zu schicken!«, sagte Petti ein wenig außer Atem.

Rosa drückte Petti fest an sich.

»Meine liebe Petti, ohne dich wäre das hier doch nur halb so schön! Ich wollte dich unbedingt dabeihaben!«, rief Rosa ausgelassen.

»Und jetzt sag schon, wer ist deine Begleitung?«, fragte Rosa neugierig und sah zu dem Herrn, der ihr nun auch die Hand entgegenstreckte.

»Valentin Mazurek, sehr erfreut«, stellte er sich vor.

Dieser Name kam Rosa doch bekannt vor! Natürlich, der Postkartensammler, der Petti von jeder seiner Weltreisen Hunderte Kärtchen mitgebracht hatte.

»Freut mich auch sehr!«, sagte Rosa und sah grinsend zu Petti.

»So fügt sich alles«, sagte sie, und Petti zwinkerte ihr zu.

»Valentin ist womöglich die interessanteste Person, die ich in meinem Leben getroffen habe, und das hat doch einen ganz besonderen Platz verdient, nicht?«, bemerkte Petti und nahm Valentins Hand. Als sie an Rosa vorübergingen, drehte sich Petti noch einmal um und flüsterte: »Noch dazu kennt er Liebestechniken aus aller Welt!«

Rosa lachte und nickte Petti beeindruckt zu.

Fünf Minuten später trafen auch Sue, Freddie und Emilio ein, über ihren Schultern Taschen voller Mitbringsel aus London, in ihren Gesichtern strahlende Augen.

»Es kommt mir wie eine Ewigkeit vor, dass wir hier waren! Ich habe dich so vermisst, Rosa«, sagte Sue freudestrahlend.

»Das hoffe ich doch! Schließlich habt ihr mich hier allein zurückgelassen im größten Sturm aller Zeiten!«, lachte Rosa, und Sue sah sie erschrocken an.

»Keine Sorge, alles hat sich ja zum Guten gewendet«, sagte Rosa und warf Mattia einen verliebten Blick zu.

»Aber die Geschichte mit dem Sturm musst du unbedingt erzählen!«, forderte Sue mit gespanntem Blick.

»Auf jeden Fall, aber jetzt kommt erst mal und setzt euch! Wir haben Mengen an Köstlichkeiten und Wein!«

Rosa winkte ihren Freunden zu, damit sie ihr über die kleine Wiese auf die Terrasse folgten.

Der Abend war ein voller Erfolg, Rosa so beseelt wie lange nicht mehr und überglücklich, dass tatsächlich alle ihre Freunde gekommen waren. Und natürlich hatten es sich auch Alessia, Filippo und Francesca nicht nehmen lassen, sie an diesem bezaubernden Sommerabend zu besuchen. Zu Mattias großer Überraschung hatte Francesca seine Tante Viola aus Deutschland mitgebracht, die er schon so lange nicht mehr gesehen hatte.

Alles war perfekt. Mattia warf Rosa ständig sein breites Grinsen zu, flüsterte ihr ins Ohr, wie schön sie an diesem Abend aussah, und fragte sie, ob sie ihr breites Lächeln jemals wieder ablegen würde. Rosa schüttelte den Kopf und antwortete ihm, dass das jetzt wahrscheinlich festgemeißelt wäre.

Es war eine wundervolle Runde aus den unterschiedlichsten Menschen, die alle ihre eigenen, interessanten Geschichten erzählen konnten. Petti gab einige Erzählungen aus den vielen Ländern der Welt zum Besten, die sie bereits bereist hatte. Noch dazu plauderte sie Anekdoten aus ihrem Liebesleben aus, die alle sehr amüsierten. Natürlich nannte sie keine Namen, aber als Rosa zu Valentin blickte, meinte sie ein klein wenig Scham in seinem Gesicht lesen zu können. Anna berichtete aus Berlin, von all den Verrücktheiten dieser Stadt, und überbot sich mit Freddie, Sue und Emilio und ihren Großstadtgeschichten. Und auch Tante Viola stimmte in die lebhaften Geschichten ein. Doch die Berichte aus Bari, dem bunten Treiben dieser italienischen Stadt am Meer, die Seltsamkeiten der Menschen hier, standen all den urbanen Legenden in nichts nach.

Bis in die frühen Morgenstunden wurde gegessen, getrunken und gelacht. Glücklicherweise waren die nächsten Nachbarn weit entfernt, und so konnte die Party laut und fröhlich bleiben bis zum Ende.

Völlig übermüdet, aber so beglückt und selig wie nie, fiel Rosa ins Bett. Ihr deutscher und englischer Besuch und auch Francesca und Viola durften in Mattias Haus übernachten, Platz gab es genug. Seine Freunde hatten sie gemeinsam verabschiedet, nachdem sie hundertmal betont hatten, was für ein schöner Abend das gewesen war.

Lächelnd lag Rosa auf dem Rücken zwischen den Kissen und Decken, noch immer in ihrem Sommerkleid, die Sandalen an den Füßen. Mattia kam herein, setzte sich ans Fußende des Bettes und zog ihr vorsichtig die Schuhe aus. Dann legte er sich zu ihr und streichelte ihr über den Arm. Rosa sah ihm in die Augen.

»Du siehst sehr, sehr glücklich aus«, sagte er sanft.

»Das bin ich«, antwortete Rosa geschafft.

»Und müde«, grinste Mattia.

»Auch das«, entgegnete Rosa und strich ihm eine Strähne aus der Stirn.

Dann fielen ihre Augen zu, und als Mattia sich gerade noch einmal erheben wollte, sagte sie leise:

»Grazie.«

Er drehte sich zu ihr.

»Wofür?«

»Dass du da bist. Dass du mir Abende wie diesen schenkst. Und für die Schokotorte mit den besten Feigen der Welt.«

Sie lächelte müde, und Mattia lachte.

»Di niente, Signorina Rosa.«

Songtexte

Teil I: *Una lunga storia d'amore* – Gino Paoli

Teil II: *La cosa più bella del mondo* – Simone Cristicchi

Teil III: *Come si cambia* – Fiorella Mannoia

Epilog: *Guarda l'alba* – Carmen Consoli